KB233307

몰리에르 희곡선

몰리에르 / 민희식 옮김

차 례

▨ 이 책을 읽는 분에게 · 5

서민귀족 · 9

스카펭의 간계 · 117

상상병 환자 · 195

□ 작품 해설 · 308

□ 연   보 · 316

이 책을 읽는 분에게

몰리에르 희극의 재미는, 프랑스 중세의 현실 사회를 날카롭게 풍자함과 동시에 심리분석에 기반을 둔 모랄리스트 문학인 소극(笑劇)이나 파블리오(fabliau)에 이탈리아 희극의 환상적이고 즉흥적인 생기를 불어넣어, 프랑스 특유의 고전 희극을 완성한 데 있다.

이탈리아 희극은 세 가지의 특징이 있다. 첫째 판타로네(늙은 아버지), 군인(허풍선이 무사), 사이비 학자, 하인 등 정형(定型)의 인물을 가진 가면극이다. 둘째 원래 대사 없이 줄거리만으로 이루어지며, 대사는 배우의 독창성에 맡겨짐으로써 즉흥적이고 흥미진진하며 생기넘치는 극을 이루게 된다. 셋째 극 군데군데 줄거리와는 관계없이 전개되는, 라치(lazzi)라 불리는 광대의 연기나 노래가 나온다.

항간의 소문이나 사건을 현실적으로 풍자한 프랑스 중

세의 전통 희극인 소극(farce)은 결정적으로 이탈리아 희극의 영향을 받았지만, 그것도 몰리에르에 의해서 본격적이고 완벽한 수준의 고전극이 될 때까지는 르네상스 이래 백 년 이상의 세월이 흘렀다는 것을 잊어서는 안 된다.

몰리에르 희극의 주제는 매우 다양하지만, 루이 14세 시대의 사회의 폐단을 끄집어 내어 그것을 흥미롭고 유머러스하면서도 비판적으로 그려낸 점에서 다양성 속의 통일을 찾아볼 수 있다. 여기에 그의 작품 중 〈서민귀족〉, 〈스카펭의 간계〉, 〈상상병 환자〉 이 세 편을 실었는데, 이들 작품에서도 몰리에르가 초점을 둔 방향은 다양하지만 어느 것이나 사회의 폐단을 지적하고 있다.

그는 사람들을 웃기는 것만으로는 만족하지 않고 거기에 날카로운 비판을 가한다. 그는 이러한 풍속의 비판적 묘사를 통해서 인간을 개조하고자 했던 것이다. 그 당시의 수많은 풍속을 풍자한 작가 가운데 몰리에르만이 뚜렷하게 그의 위치를 지니고 있는 이유도 그의 내부에 있는 강한 도덕적 욕구 때문이다. 그는 제아무리 사람을 웃기기 위한 희극을 쓸 때에도 이러한 그의 의도나 주제를 희생시켜 버리는 일이 없다. 그는 웃기기 위해서 예술적인 진실성을 저버리지 않았으며, 그가 이처럼 진실성을 존중한 것은 비판을 위해서는 그 영상이 진실해야 했기 때문이다.

바로 이 점이 그가 높이 평가받는 이유이며, 우리 독자도 그의 희곡을 읽고 참된 인간에의 길로 가기 위한 자기

개조가 일어난다면, 그것이 바로 이 희극을 읽은 독자의
기쁨이며 또한 보람일 것이다

옮 긴 이

서민귀족

Le bourgeois gentilhomme

등장 인물

쥬르댕　서민
쥬르댕 부인　그의 아내
뤼　실　쥬르댕의 딸
니　꼴　하녀
끄레앙뜨　뤼실을 사모하는 청년
꼬비엘　끄레앙뜨의 하인
도랑뜨 백작　쥬르댕과 동년배
도리멘느 후작부인　도랑뜨 백작의 애인
음악선생과 제자
무용선생
철학선생
검술선생
양복장이와 사동
남녀 수명의 가수, 악사, 무용수, 요리사 등 다수

곳 : 빠리
때 : 부르봉 왕조(17세기경)

막간극은 많은 악기의 합주로 이루어진다.

제 1 막

제 1 장

음악선생, 무용선생, 가수3명, 바이올린연주자
2명, 무용수 4명

무대 중앙에는 음악 선생의 제자가 책상을 향
한 채 '서민'에게서 주문받은 세레나데를 작곡하
고 있다.

음악선생 (가수들에게) 자, 모두들 이 방으로 들어와. 그
분이 올 때까지 여기서 쉬고 있어.

무용선생 (제자들에게) 자네들도 여기서 쉬게.

음악선생 (제자에게) 준비됐지?

제　　자 네.

음악선생 좀 볼까? ……응, 잘되었군.

무용선생 신작(新作)이 완성되었나요?

음악선생 (읽고 있던 악보를 보이며) 예, 아주 멋진 세레나데란 말입니다. 저분이 깨어나기를 기다리는 동안 제자에게 작곡하도록 했지요.

무용선생 잠깐 보여주실 수 있습니까?

음악선생 대화가 붙어 있죠. 쥬르댕 씨께서 보신 다음이라야죠. 이제 곧 나오실 거예요.

무용선생 말이야 바른 말이지, 당신이나 나나 돈벌이가 요즘 같으면 괜찮아요.

음악선생 정말 우리에게 필요한 사람을 여기서 찾아냈군요. 쥬르댕 씨는 무턱대고 귀족적인 취미만 좇고 있으니 우리에겐 더없는 분이죠. 댁의 무용이나 나의 음악에 대해서 세상 사람들이 모두 그런 식으로만 대해 준다면 오죽이나 좋겠어요…….

무용선생 하지만 그것으론 안 되죠. 그분이 좀더 우리들의 예술에 대해 이해심을 길러 줬으면 해요.

음악선생 그래요, 이해는 못 하시죠. 그렇지만 돈은 잘 지불하거든요. 우리의 예술은 무엇보다도 그것을 필요로 하니까요.

무용선생 솔직히 말해서 나는 다소 명예에 집착하죠. 칭찬받는 것이 기쁘죠. 어떠한 예술이라도 바보 앞에서 해보이거나, 제작함에 있어서 어리석은 사람의 야만스러운 태도와 타협하는 것은 정말 싫어요. 예술의 미묘함을 느낄 줄 아는 사람, 기분좋게 칭찬하며 우리의 수고에 보답해 주는 사람을 위해서 일하는 것이 얼마나 유쾌한 것인가는 말을 하지 않아도 압니다. 그렇죠, 우리의 일에 대한 가장 유쾌한 보수는 그것을 이해해 주는 것, 우리가 체면을 지킬 수 있도록 칭찬하며 쓰다듬어 주는 일이죠. 내 생각으로는 그 이상 우리의 노력에 대해서 비싸게 보답해 주는 것은 없어요. 이해심 있는 칭찬은 유쾌한 것이니까요.

음악선생 동감입니다. 저도 그것이 좋아요. 당신이 지금 한 말처럼 기쁜 말은 없죠. 하지만 그러한 찬미만으론 살 수 없어요. 단순한 칭찬은 인간을 편하게 하지는 않아요. 좀더 열매 있는 것이 여기에 덧붙여져야지요. 가장 좋은 칭찬 방법은 손에 쥘 것을 갖고 칭찬하는 일이죠. 사실 이 집 주인은 별로 영리한 분은 아니죠. 말하는 것도 엉망이고 칭찬하는 것도 제멋대로예요. 그 분의 판단력은 돈으로 좌우되고, 그 분의 감상력도 지갑 속에 들어 있어요. 칭찬이 화폐로 만들어지죠. 그러니 보다시피 우리를 여기에 소개시켜 준 영리한 나리가 무지한 마을 사람들보다 우리에게는 더 도움이 되죠.

무용선생 댁의 의견에도 일리는 있습니다만, 너무 금전에 구애되고 있는 건 아닌지. 인격자란 금전에 집착해서는 안 된다고 봐요.

음악선생 그렇지만 댁에서도 쥬르댕 씨가 주는 돈을 기꺼이 받고 계시잖아요.

무용선생 그건 사실이에요. 그러나 나는 그것이 내 행복의 전부라고는 생각지 않아요. 쥬르댕 씨께서 물질만이 아니라 사물에 대해서도 고상한 취미를 가졌으면 해요.

음악선생 나도 동감입니다. 그렇기 때문에 우리 둘은 이처럼 이 고생을 하고 있는 것이 아니예요? 어쨌든 우리는 쥬르댕 씨의 덕분으로 유명해질 수 있거든요. 그분이 다른 사람 대신에 돈을 내면 다른 사람이 그분 대신 칭찬해 주니까요.

무용선생 (긴장하며) 앗, 쥬르댕 씨가 나오시나 봅니다.

제 2 장

쥬르댕, 하인 2명, 음악선생, 무용선생, 다수의 바이올린 연주자 · 가수 · 무용수

쥬 르 댕 여러분! 어떠세요? 당신들의 우스꽝스런 것을 보여주지 않겠어요?

무용선생 뭐라고요? 무슨 우스꽝스런 거요?

쥬 르 댕 음, 무엇이더라? 노래와 춤의 서사라던가? 대화
　　　　　말이오.

무용선생 아, 네!

음악선생 준비가 되어 있습니다.

쥬 르 댕 아, 좀 기다리게 했군요. 양복장이가 아주 신기
　　　　　어려운 비단 양말을 해왔거든요.

음악선생 당신이 한가할 때까지 우리는 여기서 기다리고
　　　　　있겠습니다.

쥬 르 댕 두 분 다 조금만 더 기다려 주세요. 나의 예복
　　　　　이 다 될 때까지 좀 봐주셨으면 합니다.

무용선생 분부대로 하겠습니다.

쥬 르 댕 발끝에서 머리끝까지 아주 좋은 복장을 할테
　　　　　니.

음악선생 어련하시겠어요.

쥬 르 댕 이 앙리엔느(인도에서 직조한 화려한 마직물)로 멋
　　　　　지게 만들어 오도록 했지요.

무용선생 훌륭하십니다.

쥬 르 댕 양복장이 이야기를 듣자니까 귀족들은 아침마다
　　　　　이런 차림을 한다는군.

음악선생 잘 어울리십니다.

쥬 르 댕 애들아, 게 아무도 없느냐!

하 인 1 무슨 일이십니까?

쥬 르 댕 일은 없지. 너희들에게 들리나 시험해 보았지.
　　　　　(두 선생에게) 이 제복은 어때요?

무용선생 훌륭합니다.

쥬 르 댕 (옷을 펴며 비단으로 된 좁고 붉은 안감을 보여준다.
그리고 그가 입은 노란 옷도 보여준다) 이게 매일
아침 체조할 때 입는 거라오. 어떻소?

음악선생 의젓하십니다.

쥬 르 댕 이놈들아!

하 인 1 네 ——.

쥬 르 댕 또 다른 녀석은!

하 인 2 네 ——.

쥬 르 댕 자, 옷 좀 보시오. 괜찮죠?

무용선생 아주 좋습니다, 좋습니다.

쥬 르 댕 자, 그럼 일거리를 좀 볼까요?

음악선생 예, 그에 앞서 좀 드리고 싶은 말이 있는데, 분
부하신 세레나데를 여기에 덧붙였지요. 저의 제
자올시다. 이러한 일에는 훌륭한 재능을 가졌답
니다.

쥬 르 댕 (못마땅하게) 그렇지만 이런 일을 제자에게 맡겨
서는 곤란한데……. 당신이 손수 작곡해도 시
원치 않았는데…….

음악선생 제자라는 명칭에 구애받지 마십시오. 이러한 제
자는 대가에 못지않게 뛰어난 재주를 가지고 있
으니까요. 훌륭한 작곡입니다. 우선 들어 보시
고 나서…….

쥬 르 댕 음악을 감상하기 위해선 실내복을 입어야지. 잠

깐…… 그만두어라. 아니, 가져와. 입는 게 낫
겠어.

가 수 (노래한다) 아름다운 그대의 눈이
그 엄격한 법칙으로 내 마음 사로잡는 날부터
밤낮 애태우는 이 마음 누를 길 없네.
아름다운 이리스여, 그대를 사랑하는 나를
ㄱ처럼 대접하겠나.
아! 그대의 적수를 어떻게 다루겠는가?

쥬 르 댕 무슨 노래가 그렇게 음침해? 졸려서 못 견디겠
어. 좀더 명랑한 걸 만들 수 없소?

음악선생 원래 곡은 가사와 조화가 되어야 하는 법입니다.

쥬 르 댕 언젠가 재미있는 노래를 배운 적이 있지…….
잠깐만, 그 뭐라던가?

무용선생 저는 기억이 안 나는데요.

쥬 르 댕 음, 양이 나오는 노래야.

무용선생 양이라고요?

쥬 르 댕 옳지, 이런 가사였어. 이제 생각이 나는군. (노
래한다)
“나는 생각하였노라
쟈느뚱은 얌전하고 예쁜 처녀라고
나는 생각하였노라
쟈느뚱은 양보다 고운 처녀라고
아 ── 아 ──
그러나 그녀는 백 배고 천 배고

심산 호랑이보다 독한 사람."
어때 재미있는 노래지?

음악선생 재미있군요.

무용선생 나리의 노래 솜씨가 대단하군요.

쥬 르 댕 나는 과거에 음악을 배운 적은 없어.

음악선생 꼭 배우셔야죠, 춤은 추실 줄 아시니. 무용과
음악은 밀접한 관계가 있는 예술입니다.

무용선생 그리고 그것이 마음의 눈을 아름다운 곳으로 향
하게 합니다.

쥬 르 댕 (생각하다가) 귀족들도 역시 음악을 배우겠지?

음악선생 물론이죠.

쥬 르 댕 그렇다면 나도 배워야지. 하지만 시간을 어떻게
정할까? 검술선생 이외에 철학선생도 하나 고용
했으니. 수업은 오늘 아침부터 시작하기로 되어
있지.

음악선생 철학 공부도 결코 헛되지 않겠지만, 역시 음악
을 따를 수는 없습니다.

무용선생 음악과 무용, 음악과 무용이 무엇보다도 필요합
니다.

음악선생 음악 이상으로 국가에 유용한 것은 없습니다.

무용선생 무용 이상으로 인간에게 필요한 것은 없다고 봅
니다.

음악선생 음악이 없는 국가는 존재하지 않지요.

무용선생 무용이 없는 인간은 아무것도 할 수 없지요.

음악선생　이 세상의 모든 혼란과 전쟁은 사람들이 음악을 배우지 않는 데 그 원인이 있습니다.

무용선생　인간 사회의 모든 불행과 역사상에 나타난 온갖 비참한 사건, 정치가의 실각, 용감한 군인의 패배는 모두 무용을 배우지 않았기 때문입니다.

쥬 르 댕　아니, 그건 어째서?

음악선생　원래 전쟁이란 사람들 사이에 화합이 안 되는 데서 생기는 법이죠.

쥬 르 댕　그건 사실이야.

음악선생　그러니 모든 사람이 음악을 배우게 되면 그 가락에 맞춤으로써 마침내 세계의 평화가 실현되리라 봅니다.

쥬 르 댕　과연 그렇군.

무용선생　무릇 개인이 무슨 잘못을 저지르면, 가정이나 국가의 정치나 군사 문제에 있어서도 "아무개는 어떤 사건으로 인해 실각했다. 즉 발을 헛디디고야 말았다"라고 하지 않습니까?

쥬 르 댕　그렇게 말하지.

무용선생　그 발을 헛디뎠다라고 하는 것은 무용을 모르는 데서 생기는 것이 아니겠습니까?

쥬 르 댕　음, 그럴 법한 이야기군.

무용선생　그런 뜻에서 무용과 음악의 존엄성과 유용성을 깊이 이해해 주셔야겠어요.

쥬 르 댕　이제야 알겠군.

음악선생 그럼, 우리의 일거리를 보여드릴까요?

쥬 르 댕 어디 봅시다.

음악선생 전에 말씀드린 것처럼 이것은 제가 음악이 표현할 수 있는 여러 가지 정열을 재료로 옛날에 쓴 시(詩)입니다.

쥬 르 댕 좋소.

음악선생 (가수들에게) 자, 앞으로 나오시오. (쥬르댕에게) 이 두 사람이 양치기로 분장했다고 상상해 주십시오.

쥬 르 댕 왜 언제나 양치기들이지? 어디 가나 그것만 보여주니.

무용선생 음악에 맞춰 대사를 하도록 하려면, 또 실감나게 하려면 정말로 양치는 집에 가야지요. 그리고 노래는 옛날부터 양치기의 부속물이니까요. 왕이나 시민이 자기 마음을 노래하는 것은 대화로서 별로 자연스럽지가 않지요.

쥬 르 댕 그럼 해보시오.

음악으로 된 대화.

여자 가수, 남자 가수 1, 2
사랑에 사로잡힌 이 마음
수많은 갈등으로 언제나 시달리고
괴로움과 한숨을 즐길 수는 없지만

　　　　　누가 뭐라 하든
　　　　　자유보다 더 좋은 즐거움은 없어
가 수 1　두 마음을
　　　　　하나의 소망 속에 불태우는
　　　　　달콤한 불꽃보다
　　　　　즐거운 것은 없다.
　　　　　사랑의 기대 없이 행복 없나니
　　　　　사랑 없이는
　　　　　인생의 즐거움도 없도다.
가 수 2　사랑의 법칙에 얽매이는 것은
　　　　　성스러운 사랑이 아니라지만
　　　　　아, 잔인한 힘이여!
　　　　　성스런 목녀(牧女)는 보기 힘들다.
　　　　　이 변덕 많은 인생
　　　　　살 만한 가치도 없다.
　　　　　그러니 사랑은 영원히 체념해야지.
가 수 1　성스러운 정열이여!
여 가 수　즐거운 자유여!
가 수 2　믿지 못할 여자여!
가 수 1　하지만 나에겐 귀중한 그대여!
여 가 수　당신은 내 마음에 들도다.
가 수 2　끔찍하게 무서운 여인이여!
가 수 1　아! 사랑을 위해선 증오심도 버리리라.
여 가 수　그럼 충실한 목녀를 그대에게 데리고 오겠노라.

가 수 2　그런 여인이 어디 있는가?

여 가 수　우리의 명예를 위해서

　　　　　이 마음 그대에게 바치노라.

가 수 2　그러나 목녀여,

　　　　　그 마음이 진실함을 어찌 믿으리오.

여 가 수　행동을 보고 믿으오,

　　　　　우리들 가운데 누가 더 많이 사랑하는가.

가 수 2　신뢰를 저버리는 놈은

　　　　　하느님이여, 멸망시켜 주소서!

다 같 이　이처럼 아름다운 정열에

　　　　　이 마음 불태우리라.

　　　　　아! 사랑은 즐거운 것,

　　　　　두 마음이 진실할 때.

쥬 르 댕　끝났나?

음악선생　네.

쥬 르 댕　잘됐군. 이따금 퍽 재미있는 문구도 있고.

무용선생　제 작품도 하나의 춤이 지닐 수 있는 모든 아름

　　　　　다운 동작과 모습을 갖춘 시작(詩作)입니다.

쥬 르 댕　그것도 또 양치기인가?

무용선생　그것이 마음에 더 드실 것 같아서요.

　　　　네 명의 무용수가 무용선생 명령대로 모든 동작과

스텝을 밟는다. 그것이 제1막간극이 된다.

제 2 막

제 1 장

쥬르댕, 음악선생, 무용선생, 하인

쥬 르 댕 이것은 아무리 보아도 수작은 아니지만, 녀석들
잘 뛰는데.

음악선생 춤에 음악을 붙이면 더 효과가 나지요. 우리가
나으리를 위해서 만든 발레는 아주 멋지지요.

쥬 르 댕 나중에 꼭 보도록 하지. 그런 것을 여러 가지
만들어 줘……. 만찬에 초대한 사람들이 기다
리고 있어서 말이야.

무용선생 준비는 다 되어 있습니다.

음악선생 하지만 그것만으로는 부족하지요. 나으리와 같
이 호화롭고 예술에 대해서 취미를 가지고 계신
분은 매주 수요일과 목요일 가정 음악회를 가지

셔야 합니다.

쥬 르 댕 귀족들도 그렇게 하고 있소?

음악선생 물론입니다.

쥬 르 댕 그렇다면 나도 해야지……. 헌데 그게 재미있을까?

음악선생 물론이지요. 가수가 셋 필요합니다. 고음 한 사람, 저음 한 사람, 최고음 한 사람. 거기에다 반주를 넣을 저음의 비올라 하나, 티오르보 하나, 크라브생 한 대, 그리고 리뚜르넬에서 고음부를 위한 바이올린 두 개.

쥬 르 댕 거기에다 배에서 부는 나팔도 붙여야지. 그것은 내가 좋아하는 악기고 음도 듣기 좋으니.

음악선생 그것은 우리에게 맡겨 주세요.

쥬 르 댕 하여튼 잊지 말고 곧 가수를 보내시오. 식사 중에 노래하도록 할테니까.

음악선생 만반의 준비를 갖추고 있겠습니다.

쥬 르 댕 무용극도 잘 부탁하오.

무용선생 예, 염려 마세요. 그 중에서도 미뉴에뜨가 나으리의 마음에 드실 줄 압니다.

쥬 르 댕 그래, 미뉴에뜨는 내 특기 중의 하나지. 내 춤 솜씨를 보이고 싶군. 자, 선생 가르쳐 주시오.

무용선생 예, 그럼 먼저 모자를 쓰셔야죠. (하며 모자를 주자 쥬르댕이 받아 쓴다) 랄랄라, 랄랄라…… 다시 한 번…… 랄랄라, 랄랄라, 박자에 맞추어서 오른쪽 발을 내셔야죠. 어깨를 움직이면 안 됩니다. 머리를 들고…… 발끝을 밖으로 향해서 랄랄라, 랄랄라, 가슴을 펴고.

쥬 르 댕 어떻소?

음악선생 아주 능란하십니다.

쥬 르 댕 참, 그건 그렇고, 후작부인에게 인사하는 법을 배울 수 없을까? 꼭 알아 둬야겠는데…….

무용선생 후작부인에게 인사하는 법이라고요?

쥬 르 댕 그렇지. 도리멘느라는 후작부인이오.

무용선생 손을 내밀어 보세요.

쥬 르 댕 당신이 해보시오, 내가 잘 보고 있을테니.

무용선생 극히 정중하게 인사하려면 먼저 한 번 뒤를 향해 절을 하고, 그 다음은 상대편을 향해 가까이 가면서 세 번 절을 합니다. 그리고 맨 마지막에는 상대방의 무릎 언저리까지 굽혀서 인사를 해야 합니다.

쥬 르 댕 그러지 말고 시범을 보여주시오.

하 인 1 검술선생께서 오셨습니다.

쥬 르 댕 이 방에서 연습할테니 들어오시라고 해. 내 검술 솜씨를 구경해 주시오.

제 2 장

검술선생, 음악선생, 무용선생, 쥬르댕, 하인 2명

검술선생 (검을 주면서) 자, 우선 인사하세요. 몸을 똑바로 펴고 왼쪽 넓적다리 쪽을 조금 기울이고…… 그렇게 다리를 펴면 안 돼요. 두 발을 직선상에 놓고, 손목을 허리에 대고, 칼 끝을 어깨 높이로…… 그렇게 팔을 펴지 마세요. 왼손은 눈 높이로, 오른쪽 어깨는 조금 밖으로 향하고, 머리는 똑바로 하고 잘 노려보고, 전진! 몸이 흔들리지 않도록 제4의 자세로 찌르시오. 한 번 더…… 똑같이 하나, 둘…… 원자세로 돌아가 발에 힘을 주고 똑같은 동작, 뒤로 물러서서, 덤벼들 때는 칼이 먼저 나오고 몸이 충분히 가려져야지요. 하나, 둘, 자, 제3의 자세로 찌르세요. 한 번 더 몸이 흔들리지 않도록 전진——, 자 거기서 찌르세요. 하나, 둘, 원자세로 돌아가 되풀이, 뒤로 물러서며 자, 방어하며! (하고 말하면서 두세 번 찌른다)

쥬 르 댕 어때요?

음악선생 멋진 솜씨군요.

검술선생 누차 말씀드린 바와 같이 검술의 비법에는 두 가지가 있을 뿐입니다. 즉 찌르느냐 그렇지 않으면 찔리느냐의 두 경우죠. 따라서 요전번 명백한 논증으로 설명한 바와 같이, 적의 칼이 당신의 몸에 닿지 않도록 피하기만 하면 찔리는 법은 없을 것입니다. 그것은 당신의 손목을 안팎으로 약간 돌리는 동작만으로 충분합니다.

쥬 르 댕 그렇게만 하면 용기가 별로 없는 사람일지라도 상대편을 쉽사리 죽일 수 있으며, 또 내가 해를 입지 않는다는 것이지요?

검술선생 물론입니다. 당신은 내가 증명하는 것을 보셨잖아요.

쥬 르 댕 그렇소.

검술선생 따라서 우리들 검술사들은 국가에서 절대적으로 존경받아야 하며, 검술이 다른 학문보다 그 얼마나 귀중한 부분인가를 짐작할 수 있습니다. 예를 들면 음악이라든지 무용 따위는…….

무용선생 말씀 삼가세요. 적어도 무용을 운운할 때는 존경하는 이라는 말을 잊지 마세요.

음악선생 음악의 오묘한 진리를 존중해 주시기 바랍니다.

검술선생 당신네들은 이상한 분들이군요. 당신의 학문과 나의 학문을 비교하려 들다니…….

음악선생 아니, 이 잘난 척하는 꼴이라니 ──.

무용선생 가슴패기를 연 묘한 동물이군.

검술선생 휘청휘청 선생, 정말 춤 좀 추도록 해줄까요?
그리고 음악선생도 재미있는 노래를 부르도록
해줄까?

쥬 르 댕 (무용선생에게) 여보시오! 당신들 미쳤소, 응? 이
검술선생에게 싸움을 걸다니……. 이 사람은
제3, 제4의 자세를 아는데……. 명백한 논증에
의해서 사람을 한칼에 죽인다니까.

무용선생 나는 나의 논증이나 제3, 제4의 자세는 문제시
하지 않지요.

쥬 르 댕 두 사람 다 조용히 하세요.

검술선생 뭐라고? 이 버릇없는 녀석!

쥬 르 댕 오! 검술선생.

무용선생 (검술선생에게) 뭐라고! 이 수레말 같은 놈아.

쥬 르 댕 (무용선생에게) 자, 무용선생!

검술선생 나에게 덤벼들면…….

쥬 르 댕 (검술선생에게) 조용히!

무용선생 내가 손대기만 하면…….

쥬 르 댕 (무용선생에게) 멋지군.

검술선생 혼내 주겠다!

쥬 르 댕 (검술선생에게) 제발.

무용선생 한방 먹여 줄까?

쥬 르 댕 (무용선생에게) 제발.

음악선생 말버릇을 좀 가르쳐 줘야지.

쥬 르 댕 제발 멈추시오.

제 3 장

철학선생, 음악선생, 무용선생, 검술선생, 쥬르댕,
하인

쥬 르 댕 아! 철학선생, 마침 잘 오셨습니다. 이분들을
진정시켜 주시오.

철학선생 이게 무슨 짓들이오? 여러분, 무슨 일이 있었
소?

쥬 르 댕 서로 자기 직업 자랑을 하다가 그만 이렇게 욕
지거리가 오가고, 이제 바야흐로 결투가 벌어지
려는 순간에 선생께서…….

철학선생 여러분, 이게 무슨 짓이오. 노여움에 대한 세네
카의 논문을 읽어 본 일이 있소? 인간으로 하여
금 흉악한 짐승으로 변하게 하는 정열보다 야비
하고 수치스러운 것이 어디 또 있겠는가. 이성
이 우리의 모든 행동의 지배자라야 하는 것이
오. 알겠소?

무용선생 뭐라고요? 이 사람은 우리 두 사람에게 폭언을
했습니다. 나의 무용과 이 사람의 음악을 모욕
했어요.

철학선생 어진 사람이란, 어떠한 폭언을 듣더라도 초연할

수 있어야 하오. 모욕에 대한 가장 훌륭한 응수
는 억제와 인내일지어다.

검술선생 이 사람들은 가소롭게도 자기네 직업과 나의 직
업을 비교하려 했습니다.

철학선생 그것 때문에 화낼 것은 없지 않소? 인간이 서로
경쟁을 하는 것은 덧없는 지위나 명성이 아니
오? 인간의 가치를 결정짓는 기준은 바로 지혜
와 덕인 것이오.

무용선생 나의 주장은, 무용이란 사람들이 제아무리 존경
을 한대도 끝이 없는 학문이라는 것입니다.

음악선생 나의 주장은, 음악은 어느 시대에도 존경을 받
아 온 학문이라는 것입니다.

검술선생 내가 이 사람들에게 주장한 점은, 무기를 다루
는 학문이란 모든 학문 가운데서도 가장 필요한
것이라는 거지요.

철학선생 아니, 그럼 내가 전공하는 철학은 어떻게 되는
거지? 아니, 내 앞에서 그 따위 소리를 하다니.
정말 이 세 사람의 파렴치도 한도가 있지. 그대
들이 말하는 검술이나 노래나 춤이 어떻게 학문
이며, 예술이란 이름을 붙일 수 있단 말이오.

검술선생 뭣이! 이 사이비 학자야!

음악선생 뭐! 이 거지 같은 학자!

무용선생 뭐! 이 엉터리 같은 사기꾼!

철학선생 뭐! 천하에 못된 것 같으니 ──.

　　　　철학선생, 다른 셋에게 덤벼든다. 셋이서 그를 때
　　　린다. 서로 때리면서 퇴장.

쥬 르 댕　철학선생!
철학선생　철면피! 빌어먹을 놈! 무례한 놈.
쥬 르 댕　철학선생!
철학선생　말 많은 놈.
무용선생　짐승 같은 놈!
쥬 르 댕　여러분!
철학선생　악당들!
쥬 르 댕　철학선생!
무용선생　무례한 놈, 악마야, 물러가라!
쥬 르 댕　여러분!
철학선생　악당들!
쥬 르 댕　철학선생!
음악선생　아휴, 이 악마 같은 놈아!
쥬 르 댕　여러분!
철학선생　깡패, 거지, 배반자, 사기꾼!

　　　　모두 퇴장.

쥬 르 댕　철학선생, 여러분, 철학선생, 여러분, 철학선
　　　　　생, 여러분! 서로 실컷 때려라. 내버려 둬라,
　　　　　내 힘으로는 어찌할 도리가 없으니. 옷만 찢어

지지 속에 끼여 들어가 얻어맞으면서까지 말릴 필요야 있나. 그러면 아프기만 할 뿐이지.

제 4 장

쥬르댕, 철학선생

철학선생 (옷을 단정히 하며) 그럼 강의를 시작해 볼까요?

쥬 르 댕 여러 가지로 봉변을 당하게 해서 죄송합니다.

철학선생 상관없습니다. 철학자는 일처리를 할 줄 아니까요. 나는 저런 녀석들에게 쥬비넬식의 풍자시를 써줌으로써 그것으로 혼내 주지요. 그런데 무엇을 배우고 싶습니까?

쥬 르 댕 내가 배울 수 있는 것이라면 무엇이든지……. 사실인즉 나는 꼭 학자가 되고 싶습니다. 내가 젊었을 때, 우리 부모가 나에게 학문을 가르쳐 주지 않은 것이 천추의 한이 됩니다.

철학선생 그 자각은 정당합니다. 이런 말이 있죠. "남 시네 독트리나 비타 에스트 콰지 모르티스 이마고"란 말을 아시겠죠?

쥬 르 댕 그저 모른다고 가정하고 그 뜻부터 설명해 주세요.

철학선생 학문 없는 인생은 죽음의 영상 같다는 말이죠.

쥬 르 댕 그 라틴어는 멋있는 말을 하는군요.

철학선생 나리는 학문의 원칙, 즉 초보는 좀 아시죠?

쥬 르 댕 네, 읽고 쓰는 것은 알지요.

철학선생 그럼 무엇부터 시작할까요? 논리학 강의를 할까
요?

쥬 르 댕 논리학이 무엇이죠?

철학선생 논리학이란, 인간 정신의 3작용을 가르치는 거
지요.

쥬 르 댕 그게 무엇을 말하는 겁니까? 인간 정신의 3작용
이란…….

철학선생 1, 2, 3이 있는데 첫째 일반 개념에 의하여 정확
히 감지할 것과, 둘째 범주에 의하여 정확히 판
단할 일, 셋째 바르바라 세라린트 다리 포리오
바라리프톤(삼단논법을 암기하기 위한 시)형식으로
올바른 결론에 이르는 거지요.

쥬 르 댕 (당황하며) 잠깐만…… 그렇게 어려운 말이 연
달아 나와서야 재미없지요. 좀더 신나는 것을
배웁시다.

철학선생 그럼 도덕학은 어떻습니까?

쥬 르 댕 도덕학?

철학선생 네.

쥬 르 댕 그것은 무엇을 가르칩니까?

철학선생 도덕이란, 인간 지상의 행복이 무엇인가를 규명
하여 여러 가지 욕망을 억제하는 것을 가르쳐

줍니다.

쥬 르 댕 그만두겠소. 나는 원래가 곧잘 화를 내는 성격이니 어떠한 도덕도 오래 가지 못할 것입니다. 화가 나면 실컷 화를 내야 시원하지요.

철학선생 그럼 물리학을 배우시겠어요?

쥬 르 댕 물리학이란 또 무엇이오?

철학선생 물리학이란 자연의 법칙과 물질의 성질을 설명하는 학문으로서 원소, 금속, 광물, 암석, 식물, 동물 등의 성질을 논하고 유성, 무지개, 운석, 혜성, 전광, 천둥, 전기, 비, 구름, 안개, 바람과 선풍의 원인을 가르칩니다.

쥬 르 댕 아아, 그것은 너무 시끄럽군요. 귀가 멍한데요.

철학선생 그럼 어떡한담.

쥬 르 댕 철자법을 가르쳐 주시오.

철학선생 철자법이라…… 좋소.

쥬 르 댕 그 다음엔 태음력을 가르쳐 주시오. 달이 언제 뜨고 또 언제 지는지 하는 것을 말이오.

철학선생 좋습니다. 그럼 나으리 생각대로 이 문제를 철학적으로 취급하려면 사물의 순서에 따라서 우선 문자의 성질과 그것을 발음하는 방법에 대한 정확한 지식부터 시작해야지요. 그런데 알아 둘 것은 문자에는 두 가지가 있지요. 모음, 이것은 음을 나타내기 때문에 이렇게 부르지요. 그리고 자음, 이것은 모음을 동반하는 음이며, 그만큼

음의 여러 가지 굴절을 나타내니 그렇게 부르지
요. 모음 또는 음에는 다섯 가지가 있지요. 아,
에, 이, 오, 우.

쥬 르 댕 잘 알겠습니다.

철학선생 아(A)는 입을 크게 벌리어 아 ——, 아 ——.

쥬 르 댕 아, 아, 과연 그렇군.

철학선생 에(E) 음은 위턱과 아래턱을 접근시켜 아, 에.

쥬 르 댕 아, 에, 아, 에. 됐어요. 참 재미있군.

철학선생 다음은 이(I) 음인데, 양턱을 더욱 접근시키고
입을 귀쪽으로 치켜 올려서 이. 아, 에, 이.

쥬 르 댕 아, 에, 이, 이, 이, 이. 잘되는데. 학문 만세!

철학선생 오(O) 음은 턱을 벌리고, 입을 위 아래 양끝을
접근시켜서 오.

쥬 르 댕 오, 오. 과연 그렇군. 아, 에, 이, 오, 이. 학문
을 배우는 것은 즐거운 일이군.

철학선생 입 벌린 곳이 오(O)자 모양으로 둥글게 됩니다.

쥬 르 댕 오, 오, 오. 정말 그렇군요. 무엇을 배운다는
것은 유쾌하군요.

철학선생 이번엔 유(U) 음인데, 위아랫니를 접근시키며
입술을 앞으로 쭉 뽑고 우.

쥬 르 댕 우, 우. 됐어요. 이렇게 정확할 수가 있나?

철학선생 두 입술이 화났을 때처럼 얼굴 앞으로 나옵니
다. 그러므로 나으리가 화가 나거나 남을 경멸
할 때는 우라고 해주세요.

쥬 르 댕   우, 정말 그렇군. 이렇게 잘할 수 있는데 왜 진
          작 학문을 배우지 않았을까?

철학선생   내일은 다른 문자를 연구하지요. 그 다음은 자
          음입니다.

쥬 르 댕   그것도 지금 한 것처럼 재미있습니까?

철학선생   물론이지요. 예를 들면 자음 데(D)는 혀끝을 윗
          니 위에 대지요. 다.

쥬 르 댕   다, 다. 참 재미있군요.

철학선생   에프(F)는 윗니를 아랫입술 위에 대고 파.

쥬 르 댕   파, 파. 정말이군. 부모를 원망해야지.

철학선생   그리고 에르(R)은 혀끝을 입천장 위에 놓고 숨
          을 크게 토하면, 그것이 혀에 닿아 제자리로 돌
          아오지요. 즉 진동이 일어나지요. 라, 라.

쥬 르 댕   르, 르, 라. 에르, 르, 르, 르, 라. 정말 선생은
          위대하오. 나는 지금까지, 나는 지금까지 세월
          을 헛되이 보냈으니, 르, 르, 르, 라.

철학선생   이렇게 재미있는 것을…… 철저히 가르쳐 드리
          죠.

쥬 르 댕   (겸손하게) 선생…… 저 실은 부탁이 하나 있는
          데…… 사실 고백해야 할 일이 있는데, 나는 지
          금 어느 귀하신 여인을 사모하고 있답니다. 그
          래서 그…… 사랑의 편지를 쓰는 법을 배우고
          싶소. 그래서 그 여인의 발밑에 슬쩍 떨어뜨리
          고 싶소.

철학선생 좋습니다.

쥬 르 댕 좋은 것을 쓸 수 있을까요?

철학선생 그대 앞으로 쓰고 싶은 편지가 운문입니까?

쥬 르 댕 (당황하여) 운문이 아니오.

철학선생 그럼 산문이로군요.

쥬 르 댕 나는 산문도 운문도 싫소.

철학선생 그렇지만 둘 중에 하나는 택해야 합니다.

쥬 르 댕 왜요?

철학선생 그 둘 이외에는 사상을 표현할 도리가 없지요.

쥬 르 댕 예, 아니 운문과 산문 이외에는 없소?

철학선생 없죠, 산문이 아닌 모든 문장은 운문이고 운문
이 아닌 것은 산문이니까요.

쥬 르 댕 그럼 일상 생활에서 우리가 입으로 말하는 것은
뭐지요?

철학선생 산문이죠.

쥬 르 댕 (놀라며) 예? 아니, 이를테면 "니꼴, 실내화를
가져오너라. 잠잘 때 쓰는 모자도 가지고 오너
라." 이게 산문이란 말이죠?

철학선생 물론이지요.

쥬 르 댕 놀라운 사실인데. 나는 40년간 그것이 산문인
줄도 모르고 사용해 왔으니…… 고맙소. 좋은
것을 가르쳐 주어 정말 고맙소. "아름다운 후작
부인이여! 그대의 아리따운 눈동자가 내 마음을
애태웁니다"라는 뜻으로 쓰고 싶은데, 어떻게

쓰면 멋지게 표현이 될까요?

철학선생 그대의 눈은 불이 되어 나의 마음을 재가 되게 한다든지, 밤마다 꿈속에서 당신의 무정한…….

쥬르댕 그만, 그만. 그런 말은 필요 없어요. 그저 아까 말한 대로 "아름다운 후작부인이여! 당신의 아리따운 눈동자가 내 마음을 애태웁니다"만으로 충분해요.

철학선생 그렇지만 문장이 좀더 길어야 합니다.

쥬르댕 필요없어. 연문(戀文) 속에 그 말만 하면 돼. 다만 유행하는 표현을 빌어서 구성에 결함만 없도록 하면 돼요. 그것을 어떻게 하면 좋을지 말해 보세요.

철학선생 첫째로 나리가 지금 말한 대로 할 수 있습니다. "아리따운 후작부인이여! 당신의 아리따운 눈동자가 내 마음을 애태웁니다." 또는 "사랑으로 못 견디게 만드는 아름다운 후작부인! 그대의 어여쁜 눈이……." 또는 "그 아리따운 눈이……." 또는 "나는 당신의 아리따운 눈빛에 몸이 탑니다. 아리따운 후작부인이여! 사랑을……."

쥬르댕 그 여러 가지 가운데 어느 것이 제일 좋지요?

철학선생 나리가 말한 "아름다운 후작부인이여! 그대의 아리따운 눈동자가 내 마음을 애태웁니다"가 제일 좋습니다.

쥬르댕 그럼, 나는 별로 학문을 하지 않고도 그 일을 해냈군요. 정말 감사합니다. 그럼 내일은 일찍 와 주세요.

철학선생 네. (퇴장)

쥬르댕 (하인에게) 뭐! 내 옷이 아직 안 됐다고?

하인 2 아직 안 되었습니다.

쥬르댕 이 바쁜 시기에 왜 사람을 여러 날 기다리게 하는 거야? 음, 지금 울화통이 폭발 직전에 있다. 그놈의 양복쟁이, 열병이나 걸리라지. 악마가 물어 가라지. 염병에 걸리라지. 내 앞에 나타나기만 하면…… 더러운 놈의 양복장이, 개새끼, 배반자…… 내가…….

제 5 장

양복장이, 쥬르댕의 옷을 가지고 들어오는 양복점 사동, 쥬르댕, 하인

쥬르댕 아, 너희들이냐? 나는 지금 몹시 화가 났다.

양복장이 나리의 옷을 만들기 위해서 20명이나 일꾼을 썼지만 이보다 더 빨리 할 수는 없었지요.

쥬르댕 당신이 아주 갑갑한 양말을 보내서…… 그것을

　　　　　신는 데 혼났소. 게다가 매듭이 두 개나 끊어졌고.

양복장이　그것은 마음대로 늘어나는데요.

쥬 르 댕　매듭을 자르면 그럴는지 모르지. 그리고 구두도
　　　　　몹시 발이 아파.

양복장이　그럴 리가 없습니다.

쥬 르 댕　뭐? 그럴 리가 없다고?

양복장이　정말 아플 리가 없어요.

쥬 르 댕　내가 아픈데도?

양복장이　나리가 그렇게 생각하시는 거죠.

쥬 르 댕　아프니까 아프다고 생각하지! 당연한 소리 아
　　　　　냐?

양복장이　이것이 궁정에서 가장 아름답고 가장 새로운 디
　　　　　자인의 예복이올습니다. 예…… 보시다시피 검
　　　　　정색을 쓰지 않고서 지었다는 데 이 의상의 특
　　　　　색이 있습니다. 아무리 용한 양복장이도 이런
　　　　　것은 못 만듭니다.

쥬 르 댕　이건 뭐야? 왜 이 꽃은 거꾸로 붙였지?

양복장이　나리께서 바로 붙이라는 말씀은 안하셨는데요?

쥬 르 댕　그런 걸 일일이 말해야 알겠어?

양복장이　그래도 그런 말은 하셔야지요. 그렇지만 귀족은
　　　　　원래 다 그런 모양으로 꽃을 붙입니다.

쥬 르 댕　귀족들은 꽃을 거꾸로 붙인다고?

양복장이　그렇습죠.

쥬 르 댕　그렇다면 나도 그렇게 해야지.

양복장이 원한다면 바로 붙여 드리지요.

쥬 르 댕 그럴 필요 없어.

양복장이 원하신다면······.

쥬 르 댕 필요 없다니까······ 그런데 옷이 잘 맞을지······.

양복장이 무슨 말씀을. 화가가 붓을 가지고도 나리 모습
처럼 멋지게는 그리지 못할 것입니다. 내 밑에
서 일하는 사람 가운데서 바지를 만드는 데 세
계적인 천재도 있지요. 또한 녀석은 상의를 만
드는 데 있어 현대의 영웅이니까요.

쥬 르 댕 머리와 날개털도 잘 되었는지?

양복장이 네, 아주 좋습니다.

쥬 르 댕 (양복장이의 옷을 보고) 오! 당신 옷은 요전에 내
가 주문했던 옷감이군.

양복장이 네, 감이 남아서 한 벌 했습니다. 감사합니다,
감사합니다.

쥬 르 댕 그러나 내 것을 쓰면 곤란하지.

양복장이 예복을 입어 보시겠어요?

쥬 르 댕 자, 입혀 보시오.

양복장이 잠깐만, 그런 식이 아닙니다. 박자에 맞추어 입
도록 하기 위해 집에서 사람을 데리고 왔습니
다. 이런 옷을 입으려면 예식이 필요하니까요.
자, 여기 옷 입혀 드려, 귀족에게 옷 입히듯.

사동 네 명이 들어온다. 둘은 쥬르댕의 바지를, 둘

은 상의를 벗긴다. 그리고 새 옷을 입힌다. 쥬르댕은 그 새 옷을 만인에게 보이며 맞느냐고 관현악에 맞추어 묻는다.

사 동 귀족 나리, 우리에게 축하금을 주셔야지요.

쥬 르 댕 너, 나보고 뭐라고 했지?

사 동 나리.

쥬 르 댕 나보고 나리라 했겠다? 그렇지, 언제까지나 상놈들의 옷차림을 하고 있었던들 그 누가 나보고 나리라 불러줄 것인가.
(사동에게) 자, 이것 받아라.

사 동 귀족 나리, 감사합니다.

쥬 르 댕 귀족이라고. 음, 귀족이라! (사동에게) 좀 기다리게. 그렇게 귀족이라 하기란 쉬운 게 아니지. 자, 이것이 귀족의 상이다.

사 동 귀족 나리, 각하의 건강을 위해 잔을 듭시다.

쥬 르 댕 각하라고……? 잠깐만 내가 각하라고.
(사동에게) 그럼 가지 말고 기다려.
(방백) 만일 전하라고 부르면 이 지갑째 다 주겠다.
(사동에게) 자, 각하의 상이다.

사 동 각하의 어진 덕을 감사드립니다.

쥬 르 댕 (방백) 다행이군. 하마터면 다 줄 뻔했네.

양복점 사동 넷이 좋아하며 춤춘다. 이것이 제2막
간극이 된다.

제 3 막

제 1 장

쥬르댕, 하인들

쥬 르 댕 자, 따라와. 새 옷을 마을에 보이러 가니까. 조심해, 둘 다. 바로 뒤에서 따라와야 해. 너희들이 나의 하인이라는 것을 알 수 있도록…….

하 인 들 네——.

쥬 르 댕 니꼴을 불러와, 할 말이 있으니. 뭐, 갈 필요 없다, 저기 온다…….

제 2 장

니꼴, 쥬르댕, 하인

쥬 르 댕 니꼴!

니   꼴 무슨 일이십니까?

쥬 르 댕 저…….

니   꼴 호호호…….

쥬 르 댕 무엇이 우습니?

니   꼴 호호호……

쥬 르 댕 이 악마야! 왜 그래?

니   꼴 호호……. 참 이상해요. 호호호…….

쥬 르 댕 뭐?

니   꼴 정말 놀라운 일이군요. 호호호…….

쥬 르 댕 정말 버릇없는 계집이군. 나를 업신여기는 거
            냐?

니   꼴 아니, 나리! 그럴 리가 있겠읍니까? 호호호.

쥬 르 댕 자꾸 웃으면 콧잔등을 칠테다.

니   꼴 나리, 웃음을 참을 수가 없어요. 호호호…….

쥬 르 댕 그만 웃지 못하겠니?

니   꼴 나리, 용서하세요, 나리의 모습이 너무나 우스
            워서요. 호호호…….

쥬 르 댕　참 버릇없는 년이군.

니　　꼴　나리가 그러고 계시니 너무 우스워서……호호
　　　　호…….

쥬 르 댕　나는 너를…….

니　　꼴　용서해 주세요, 호호호…….

쥬 르 댕　더 이상 웃으면 뺨을 치겠다.

니　　꼴　나리, 이젠 안 웃겠어요.

쥬 르 댕　조심해. 가서 청소를…….

니　　꼴　호호호.

쥬 르 댕　응접실도 청소해 두라니까!

니　　꼴　호호호…….

쥬 르 댕　또 웃어!

니　　꼴　(웃다가 자빠진다) 나리, 마음껏 때려 주세요. 그
　　　　러고 나서 웃는 게 낫지요.

쥬 르 댕　정말 못 참겠네…….

니　　꼴　나리, 제발 제 소원을 들어주세요. 웃도록 해주
　　　　세요.

쥬 르 댕　내가 너를…….

니　　꼴　제가 실컷 웃을 수 있도록 내버려 두세요. 저는
　　　　지금 웃지 않으면 죽고 말 거예요. 호호호…….

쥬 르 댕　이런 할망구 같은 년, 내 말은 안 듣고 내 앞에
　　　　서 웃기만 해!

니　　꼴　나리, 무슨 일이 있습니까?

쥬 르 댕　잔소리 말고 어서 집안 청소나 말쑥이 해놔, 오

늘 밤 손님이 오시니까.

니　꼴　(일어나며) 손님이요? 이제 웃음이 멈추는군요. 나리께서 초대하신 손님은 온 집안을 벌컥 뒤집어 놓는걸요. 손님이란 말만 들어도 기분이 나빠요.

쥬르댕　아니, 그럼 너를 위해서 손님 초대를 포기하란 말이냐?

니　꼴　거절해야 할 분도 없지는 않지요.

제 3 장

쥬르댕, 쥬르댕 부인, 니꼴, 하인

부　　인　또 이상한 일이 시작되었군. 그 옷차림이 뭐예요? 여보, 그 꼴로 세상 사람들을 비웃으려는 겁니까, 아니면 세상 사람들의 웃음거리가 되고 싶으신 겁니까?

쥬르댕　나를 보고 웃는 놈은 이 세상에서 어리석은 남자와 여자뿐이겠지.

부　　인　그렇겠죠. 그것도 새삼스럽게 어제 오늘 일어난 일은 아니니까요. 당신은 옛날부터 모든 사람의 조롱거리였죠.

쥬르댕　그 모든 사람이 누구누구인지를 밝히시오.

부   인   모든 사람이란, 곧 사리에 밝고 당신보다 영리
한 사람을 말하죠. 나 역시 당신이 하는 일에
대해서는 불만이니까요. 우리 집은 가정집이 아
니라 날마다 사육제를 지내는 난장판이니……
아침부터 밤 늦도록 쉬지 않고 바이올린을 켠
다, 노래를 부른다…… 이건 정말 못살겠어요.
이웃이 미안해서라도…….

니   꼴   마님 말씀이 옳아요. 저도 아무리 말끔히 청소
를 해놔도 손님들이 거리의 흙먼지를 모조리 묻
혀 들이니 당해낼 수가 없어요. 딱하게도 프랑
스와즈는 마룻바닥 닦기에 지쳤어요. 그 멋진
선생이 매일 흙투성이로 만드니까요.

쥬르댕   니꼴, 너는 또 왜 옆에서 말이 많으냐, 시골뜨
기 계집이…….

부   인   니꼴 말대로예요. 이 아이가 당신보다 훨씬 사
리가 분명하니까요. 도대체 당신은 지금 그 나
이에 무용선생을 불러들여서 어떻게 하실 작정
이세요?

니   꼴   그리고 또 검술선생은요. 우당탕 발을 구르고
응접실의 창을 부수고 집안이 엉망이 될 거예
요.

쥬르댕   마님이고 하녀고 입 좀 닥쳐.

부   인   당신은 발걸음도 흥청거리는 나이에 춤을 배우
시겠어요?

니 꼴 나리는 누구를 죽이려고 검술을 배우시나요?

쥬 르 댕 가만히 좀 있으라니까. 무식한 것들이 무얼 안
다고 그래? 너희들은 참된 가치를 몰라서 그래.

부   인 그것보다도 딸 결혼 문제나 걱정하세요. 뤼실도
이제 나이가 찬 규수가 아니예요?

쥬 르 댕 적당한 배필만 생기면 그때 가서 생각하지. 그
러나 나는 고상한 학문을 닦는 일은 잊지 않겠
어.

니 꼴 마님, 나리께서는 오늘 철학선생을 모셔왔습니
다.

쥬 르 댕 (자신 있게) 나는 지식을 연마하고 싶소. 훌륭한
상류 계급의 사람들 틈에 끼여서 담화도 하고
싶단 말이야.

부   인 그럼 멀지 않아 중학교에 입학하시겠네요? 그
나이에 종아리를 맞기 위해서.

쥬 르 댕 그래, 뭐가 나빠? 종아리 맞고 싶지. 중학교에
서 무엇을 가르치나 알고 싶지.

니 꼴 아, 그러면 나리의 다리 모양이 좋아지겠지요?

쥬 르 댕 물론이지.

부   인 그런 일이 집안을 다스리는 데 꼭 필요하세요?

쥬 르 댕 난 너희들의 무식이 부끄럽다. 둘 다 바보 같은
소리만 하니……. (부인에게) 당신이 지껄이는
게 무엇인지 아시오?

부   인 사리에 맞는 말이지요. 여보, 당신은 좀더 생활

방식에 대해서 반성을 하셔야 해요.

쥬 르 댕 나는 그런 걸 묻고 있는 게 아냐. 당신이 지금
이 자리에서 하고 있는 말이 무엇인지 아오?

부　　인 잠꼬대지요.

쥬 르 댕 그게 아니고, 당신이 지금 하고 있는 말이 뭐
지?

부　　인 그래서요?

쥬 르 댕 그것을 뭐라고 부르는지 아오?

부　　인 아무렇게나 불러 두시죠.

쥬 르 댕 그게 바로 산문이라는 거요, 이 어리석은 사람
아!

부　　인 산문이라고요?

쥬 르 댕 그렇지 산문이지. 무릇 모든 산문은 운문이 아
니며 운문인 것은 산문이 아니지. 어때? 이것이
바로 학문이라는 거야……. (니꼴에게) 너 유라
는 소리를 낼 줄 아느냐?

니　　꼴 뭐라고요?

쥬 르 댕 유라고 해봐.

니　　꼴 네?

쥬 르 댕 유라고 해보라니까.

니　　꼴 그걸 못해요? 유 ―

쥬 르 댕 내가 말할 때 너는 뭘했지?

니　　꼴 나리께서 시키는 대로 했죠.

쥬 르 댕 아, 너를 상대로 가르친다는 것은 힘들군. 그땐

입을 쭉 내밀고 위턱과 아래턱을 접근시키며 유
― 하는 거야, 알았니? 유 ― 나처럼 화내는 얼
굴로 해야만 된다. 유 ―

니　　꼴　아유 ― 참 재미있어요.

부　　인　감탄했는데요.

쥬르댕　다른 것은 매우 다르지. 오 ― 그리고 다 ―,
　　　　파 ―, 파 ―.

부　　인　당신은 도대체 하는 소리마다 우습기만 하
　　　　니…….

니　　꼴　그렇게 하면 무슨 병이라도 고칠 수 있나요?

쥬르댕　이러니 무식한 것들을 상대하면 화만 나지.

부　　인　당신은 그 이상한 소리만 하는 녀석을 쫓아내세
　　　　요.

니　　꼴　더욱이 그 검술선생 말이에요. 집안을 엉망으로
　　　　만들잖아요. 특히 무용선생은 집안을 먼지투성
　　　　이로 만들어요.

쥬르댕　옳지, 검술선생이 네 마음에 안 든단 말이군.
　　　　네 그 무례한 행동을 깨우쳐 주마. (연습용 칼을
　　　　가져와서 그 한 자루를 니꼴에게 준다) 자, 명확한
　　　　논증으로 양쪽 발을 일직선상에 두고 한 끝은
　　　　어깨 높이로…… 됐어. 제4의 자세로 찌를 때는
　　　　이렇게 하고, 제3의 자세는 이렇게 해봐. 그것
　　　　만 알면 찔릴 염려는 없다. 남과 싸워도 반드시
　　　　이기지. 멋지다고 생각 않나? 자, 한번 찔러

봐.

니　　꼴　이렇게 말이죠? (하며 여러 번 찌른다)

쥬르댕　아, 그만. 천천히 해, 이 바보야.

니　　꼴　찔러 보라고 하시지 않았어요?

쥬르댕　그랬지. 그러나 너는 제3의 자세도 취하기 전에
　　　　제4의 자세로 찔렀어. 내가 준비할 때까지 기다
　　　　려야지.

부　　인　정말 당신 미친 거 아니예요? 이상한 소리만 하
　　　　니……. 주제넘게 귀족들하고 교제하게 되면서
　　　　부터 그렇게 되었지 뭐예요.

쥬르댕　내가 귀족들과 사귀는 것은 내 견식이 높기 때
　　　　문이오. 서민들하고 사귀는 것보다는 낫지.

부　　인　그렇구말구요. 귀족 사회에 출입하시면 좋은 일
　　　　이 있겠죠. 당신은 그 백작과 친해져서 재미 본
　　　　다는 얘기 다 알고 있어요.

쥬르댕　(표정이 흐트러지며) 무슨 소리야, 좀더 신중하게
　　　　말을 해요. 잘 생각해 봐요. 그 분이 어떤 분인
　　　　지 알지도 못하면서. 백작은 당신이 생각하는
　　　　것보다 더 궁중에서도 존경받는 분이지. 내가
　　　　당신과 말하듯 왕과 말하는 분이야. 훌륭한 분
　　　　이오. 그런 분이 가끔 우리집에 드나드시고 나
　　　　를 친구처럼 여겨 준다는 것을 영광으로 생각해
　　　　야지. 그 분은 내게 호감을 가지고 있소. 여러
　　　　사람 앞에서 나를 잘 대우하니 내가 내 자신을

혼동할 정도요.

부   인 사실이에요. 그러나 당신으로부터 돈을 빌려고
하는 수작이에요.

쥬르댕 그게 어때서…… 그처럼 고귀하신 귀족에게 빚
을 줄 수 있다는 것 자체가 영예가 아니오. 나
를 친구로 아는데 그 정도 일도 못 해줄까.

부   인 그래, 그 백작은 당신을 위해서 뭘 했어요.

쥬르댕 남들이 들으면 깜짝 놀랄 만한 일을 해주셨지.

부   인 어떤 일이에요?

쥬르댕 왜 이렇게 꼬치꼬치 캐물어? 한 마디로는 말할
수 없어. 어쨌든 내가 그 분에게 빌려 준 돈은
틀림없이 갚아 주시니 그것으로 충분해. 그것도
오랜 시일이 아니니…….

부   인 그걸 믿으세요?

쥬르댕 물론이지. 그 분이 그렇게 말했으니까.

부   인 헛된 수작이에요. 반드시 약속을 어길 거예요.

쥬르댕 그렇지 않아. 당신이 뭘 안다고……. 그분은 귀
족의 명예를 걸고 약속했는데.

부   인 잠꼬대죠.

쥬르댕 정말 고집센 여자군. 그 분은 약속을 지킨다니
까. 내가 알아.

부   인 나도 갚지 않으리란 것을 잘 알아요. 당신 비위
를 맞추려고 아첨하는 것뿐이에요.

쥬르댕 듣기 싫어. 그 분이 오셨군.

부 인 정말 어쩔 수 없군요. 그분은 또 돈을 빌려고
       왔어요. 얼굴만 보아도 배가 커지니…….
쥬 르 댕 잠자코 있으라니까.

제 4 장

도랑뜨, 쥬르댕, 쥬르댕 부인, 니꼴

도 랑 뜨 나의 친구 쥬르댕 씨, 안녕하십니까?
쥬 르 댕 감사합니다, 잘 오셨습니다.
도 랑 뜨 여기 계신 부인께서도 안녕하십니까?
부   인 자기가 할 수 있는 일을 하지요.
도 랑 뜨 아니, 쥬르댕 씨, 정말 멋지군요.
쥬 르 댕 보시다시피 별로…….
도 랑 뜨 천만의 말씀을. 잘 어울립니다. 궁중 안의 젊은
         이들도 당신을 따르지 못할 거요.
쥬 르 댕 감사합니다.
부   인 (혼잣말로) 가려운 곳을 잘도 찾아 긁어 주는군.
도 랑 뜨 저만큼 걸어가 보시오. 음, 좋아. 훌륭한 디자
         인이군.
부   인 (혼잣말로) 앞에서 보나 뒤에서 보나 훌륭한 병
         신이지.
도 랑 뜨 쥬르댕 씨! 나는 당신을 오랫동안 뵙고 싶어서

죽을 뻔했소. 나는 우리 사교계에서 누구보다도 당신을 존경하고 있소. 그러기에 오늘 아침에도 국왕님의 방에서 당신을 화제에 올렸지요.

쥬 르 댕 이 영광을 길이길이 잊지 않겠습니다. (부인에게) 들었소? 국왕님 방에서 말이야.

도 랑 뜨 자, 모자를 쓰시고…….

쥬 르 댕 아니, 저는 당신에 대한 당연한 존경을 잊지 않지요.

도 랑 뜨 천만의 말씀…… 쓰세요. 우리 사이에 예의는 필요 없으니…….

쥬 르 댕 하지만…….

도 랑 뜨 쓰세요, 쥬르댕 씨. 당신은 나의 친구가 아녜요?

쥬 르 댕 그것 곤란한데요.

도 랑 뜨 당신이 안 쓰면 저도 안 쓰겠습니다.

쥬 르 댕 (모자를 쓰며) 너무 고집 부려도 안 되지…….

도 랑 뜨 나는 보시다시피 당신의 채무자요.

부   인 (혼잣말로) 그것은 알고도 남을 일이지.

도 랑 뜨 게다가 언제 와도 싫은 표정 하나 짓지 않고 돈을 빌려주시니 마음 속으로부터 감사를 하고 있습니다.

쥬 르 댕 아, 예, 그런 말씀 마십시오.

도 랑 뜨 그렇지만 빌린 것은 반드시 갚습니다. 남의 친절을 잊어서야 되겠소?

쥬 르 댕   어련하시겠습니까.

도 랑 뜨   그래서 실은 지금까지 내가 빌어 간 돈이 모두
          얼마나 되는지 계산하러 왔소.

쥬 르 댕   (낮은 소리로 부인에게) 어때, 당신의 무례를 알
          겠지?

도 랑 뜨   저는 꾼 것을 당장 갚지 않고는 못 배기는 성미
          입니다.

쥬 르 댕   (낮은 소리로 부인에게) 내가 말한 대로지?

도 랑 뜨   빚은 얼마나 되죠?

쥬 르 댕   (낮은 소리로 부인에게) 여보, 당신은 정말 방해
          자요.

도 랑 뜨   빌려주신 돈 전부 기억하시죠?

쥬 르 댕   알고말고요. 내가 어딘가 기록해 두었죠.

도 랑 뜨   말해 보시오.

쥬 르 댕   먼저 2백 루이.

도 랑 뜨   예……. 그 다음은…….

쥬 르 댕   그 다음이 백 20 루이…….

도 랑 뜨   네.

쥬 르 댕   백 40 루이.

도 랑 뜨   네.

쥬 르 댕   이걸 합치면 4백 60 루이. 환산해서 5천 60 리브
          르지요.

도 랑 뜨   틀림없는 5천 60 리브르군요.

쥬 르 댕   털장식 가게 값이 천 8백 32 리브르.

도 랑 뜨　음.

쥬 르 댕　재단사 값이 2천 7백 80 리브르.

도 랑 뜨　그러허지요.

쥬 르 댕　양복장이에게 4천 3백 78 리브르 12 쏠 8 드니에.

도 랑 뜨　네, 바로 12 쏠 8 드니에…….

쥬 르 댕　마굿간집에 천 7백 48 리브르 7 쏠 4 드니에.

도 랑 뜨　틀림없습니다. 전부 얼마입니까?

쥬 르 댕　합계가 만 5천 8백 리브르입니다.

도 랑 뜨　정확한 계산입니다. 만 5천 8백 리브르라…….
　　　　 그럼 오늘 빌 2백 리브르를 합하면 꼭 천 8백
　　　　 프랑이 되겠군요. 가까운 장래에 꼭 갚겠소.

부　　인　(낮은 소리로 쥬르댕에게) 내가 뭐라고 했어요?

쥬 르 댕　(낮은 소리로 부인에게) 귀찮게 굴지 마!

부　　인　(낮은 소리로 쥬르댕에게) 저 분은 당신을 뜯어먹
　　　　 고 있어요.

쥬 르 댕　(낮은 소리로 부인에게) 아이구, 제발!

도 랑 뜨　좀 입장이 거북하시면 다른 데 가서 얘기합시다.

쥬 르 댕　아니, 괜찮습니다.

부　　인　당신이 대신 치뤄 줄 때까지 그는 버틸 거예요.

쥬 르 댕　(낮은 소리로 부인에게) 가만히 있으라니까.

도 랑 뜨　입장이 난처하시면 말씀하세요.

쥬 르 댕　아닙니다.

부　　인　(낮게) 조심하세요.

쥬 르 댕　(낮은 소리로 부인에게) 가만히 있으라니까.

부   인   (낮은 소리로 쥬류댕에게)마지막 한 푼까지 긁어
          갈 거예요.

쥬 르 댕   (낮은 소리로 부인에게) 글쎄, 잠자코 있어.

도 랑 뜨   돈이야 빌려줄 사람이 많지만, 난 누구보다도
          쥬르댕 씨를 친구로 여기고 있으니까……, 다
          른 사람에게 말하기도 미안하고…….

쥬 르 댕   영광입니다. 어떻게 해보겠습니다.

부   인   (낮은 소리로 쥬르댕에게) 여보, 당신은 정말……,
          당신은 이분에게 또 돈을 주겠다는 거예요?

쥬 르 댕   (낮은 소리로 부인에게) 어떻다는 거요? 이렇게
          훌륭하신 분께서 말씀하시는데 거절할 수 있어?
          조금 전의 이야기 못 들었어? 오늘 아침 국왕님
          방에서 내 이야기를 했다는데…….

부   인   (낮은 소리로 쥬르댕에게) 정말 당신은 사람이 너
          무 좋군요.

제 5 장

도랑뜨, 쥬르댕 부인, 니꼴

도 랑 뜨   안색이 좋지 않으신데 무슨 고민이라도 있으십
          니까, 부인?

부   인   저는 주먹보다는 머리가 크지요. 물론 부푼 것

은 아니예요.

도 랑 뜨 참, 따님께서는 지금 어디에 계신가요? 보이지
않는데.

부   인 자기가 있어야 할 자리에 있겠죠.

도 랑 뜨 어떻게 하고 계신지요?

부   인 두 다리로 서 있겠죠.

도 랑 뜨 참, 왕실에서 무용극과 희극 공연이 있을 예정
인데……꼭 부인과 따님을 초대하고 싶습니다.

부   인 좋습니다. 우리도 실컷 웃고 싶어 못 견딜 지경
입니다.

도 랑 뜨 부인께서 젊었을 때 아름답고 상냥한 분이었다
면, 열렬히 사랑하던 남성이 꽤 있었겠는데요?

부   인 아니, 그럼 쥬르댕 부인이 늙어서 머리가 다 빠
진 할멈이란 말이에요?

도 랑 뜨 죄송합니다, 용서하십시오. 부인께서 지금도 변
함없이 젊다는 걸 잊고 있었군요. 저는 가끔 멍
할 때가 있지요.

제 6 장

쥬르댕, 쥬르댕 부인, 도랑뜨, 니꼴

쥬 르 댕 (도랑뜨에게) 여기 20루이 있습니다. 자…….

도 랑 뜨 쥬르댕 씨, 이 친절은 몸이 가루가 될 때까지 잊지 않겠소. 궁정에서 무엇이고 당신을 위해서 해주고 싶습니다.

쥬 르 댕 대단히 고맙습니다.

도 랑 뜨 그리고 부인께서 궁정에서 있는 연극을 감상하실 의향이 있으시다면 특석을 마련하겠습니다.

부　　인 저는 사양하겠습니다.

도 랑 뜨 (낮은 소리로 쥬르댕에게) 아름다운 후작부인께선 편지대로 내일 밤 이리로 오실 거예요. 가면 무용극을 구경하고 저녁 식사를 같이 하기 위해서…… 즉 당신의 희망대로 오기로 되어 있습니다. 후후후…….

쥬 르 댕 그 이야기 같으면 저만큼 떨어져서 합시다.

도 랑 뜨 일주일 동안 만나지 못했지요. 그 분에게 선물하기 위해서 나에게 맡긴 다이아몬드 일은 아직 말씀드리지 않았지만, 실은 그녀가 생각이 깊어 허락받는 데 힘이 들었어요. 오늘에서야 겨우 받았지요.

쥬 르 댕 그렇습니까? 그 다이아몬드를 보고 어떻게 생각했을까요?

도 랑 뜨 아주 깜짝 놀라더군요. 내가 생각하기에 그 다이아몬드의 아름다움은 틀림없이 후작부인의 마음을 사로잡는 데 큰 효과가 있으리라고 보오.

쥬 르 댕 감사합니다.

부 　　인　(니꼴에게) 저 분이 오면 곁을 떠날 수가 없지.

도 랑 뜨　그 선물의 가치와 당신의 열렬한 사랑에 대해서
　　　　　 말해 두었지요.

쥬 르 댕　고귀하신 백작님께서 저를 위해 수고를 아끼지
　　　　　 않으시니 황송합니다.

도 랑 뜨　천만에…… 친구의 정으로서 어찌 그 정도의
　　　　　 도움이 못 되겠소. 당신도 나를 위해서 그 정도
　　　　　 의 일을 해주겠지요?

쥬 르 댕　기꺼이 하고말고요.

부 　　인　(니꼴에게) 저 분이 있으면 귀찮아.

도 랑 뜨　나는 친구를 위해선 무엇이든지 하지요. 그러기
　　　　　 에 내가 교제하는 저 고운 후작부인에의 사랑을
　　　　　 당신이 나에게 고백했을 때, 나 스스로 돕겠다
　　　　　 고 하지 않았읍니까.

쥬 르 댕　그렇구말구요. 정말 친절에 감사드립니다.

부 　　인　(니꼴에게) 아직도 안 가나 보지?

니 　　꼴　서로 잘 어울리는군요.

도 랑 뜨　그녀의 마음을 움직이게 하기 위한 좋은 방법이
　　　　　 따로 없지요. 여자란…… 자기를 위해서 돈 쓰
　　　　　 는 것을 특히 좋아해요. 가끔 세레나데나 꽃다
　　　　　 발이나 물 위의 불꽃놀이나, 선물로 준 다이아
　　　　　 몬드나 내일 밤의 접대는 당신이 할 수 있는 어
　　　　　 떤 말보다도 더 당신의 사랑에 도움이 되지요.

쥬 르 댕　그녀의 마음만 움직일 수 있다면 비용은 얼마가

들어도 좋아요. 귀족의 부인이란, 나에게는 매력이 있으니까요. 그러한 영예를 위해서는 어떠한 값이라도 치르지요.

부 인 (니꼴에게) 저 분들이 무슨 이야기를 하고 있는지 가까이 가서 엿듣고 오너라.

도 랑 뜨 이젠 시간 문제라고 봅니다. 당신이 그 부인의 아름다움을 마음껏 바라볼 수 있는 것은…… 그리고 당신의 눈을 즐길 수 있는 것은…….

쥬 르 댕 그래서 마음대로 행동하기 위해 내일 저녁은 제 처를 누이 집에서 식사하도록 일러두었습니다. 오후에는 거기 있겠지요.

도 랑 뜨 잘하셨소. 역시 집에 있으면 방해가 되니까요. 요리나 무용극에 필요한 여러 가지 일은 당신 대신 내가 일러두었지요.

이때 쥬르댕은 자기들의 이야기를 엿듣는 니꼴을 보자 얼굴을 붉히며 화를 낸다.

쥬 르 댕 요망스러운 것 같으니…… 저리 가지 못해! (도랑뜨에게) 조용한 자리로 옮기실까요?

제 7 장

쥬르댕 부인, 니꼴

니 꼴 엿듣다가 야단맞았어요. 마님께는 비밀로 하는
이야기 같아요. 아무래도 마님 몰래 무엇을 하
려는 수상한 이야기예요.

부 인 전부터 태도가 이상스럽다고 느끼긴 했지만, 내
가 잘못 알고 있지 않다면 사랑 문제일 거야.
그러나 기어코 비밀을 알아내고야 말겠어. 아
니, 그보다 내 딸 이야기나 하자. 너도 알다시
피 끄레앙뜨가 뤼실을 사랑하지. 그 사람은 나
도 마음에 드니 같이 힘이 되어 뤼실과 결혼하
도록 했으면 하는데…….

니 꼴 네, 좋고말고요. 마님께서 그런 생각이시라면
누구보다도 저는 찬성입니다. 왜냐하면 그 분이
마님 마음에 들듯 그분 하인이 제 마음에 들거
든요. 그러니 아가씨 결혼식할 때 저도 그 하인
과 옆에서 하고 싶어요.

부 인 그럼 그 사람에게 갔다오너라. 곧 나 좀 만나자
고…… 딸에 관해서 함께 주인 어른과 이야기
하자고 말이야.

니　꼴　네, 곧 가지요. 이처럼 기쁜 심부름은 없어요.
　　　(혼잣말로) 그분도 좋아하시겠지?

제 8 장

끄레앙뜨, 꼬비엘, 니꼴

니　　꼴　마침 계셨군요. 저는 기쁨의 사자입니다.
끄레앙뜨　저리 가, 이 거짓말쟁이야. 터무니없는 소리로
　　　　사람을 속이려고.
니　　꼴　아니, 나를 이런 식으로…….
끄레앙뜨　저리 가라니까. 당장 가서 너희 거짓말쟁이 주
　　　　인에게 정직한 끄레앙뜨를 속이는 짓은 평생 해
　　　　서는 안 된다고 전해.
니　　꼴　아니, 그게 무슨 변덕이세요? 나의 가련한 꼬비
　　　　엘 씨, 어찌된 일이에요? 말씀해 보세요.
꼬 비 엘　뭐? 가련한 꼬비엘이라고? 요 악당. 빨리 내 눈
　　　　앞에서 사라져, 병신아. 나는 상관 말고.
니　　꼴　당신까지 나를…….
꼬 비 엘　내 눈앞에서 사라지라니까. 나에게 절대로 말을
　　　　걸지 마.
니　　꼴　(혼잣말로) 정말 이 두 사람이 어찌된 걸까? 자,
　　　　아가씨에게 이 이야기를 전해야지.

제 9 장

끄레앙뜨, 꼬비엘

끄레앙뜨 아니, 이 세상에서 가장 열렬히 사랑하는 연인을 그렇게 취급하다니.

꼬 비 엘 어이가 없어서 말이 안 나오는군요. 그들이 우리에게 한 것을 생각하면…….

끄레앙뜨 나는 한 여성에게 인간이 할 수 있는 모든 정열, 모든 우아함을 보여주었어. 나는 이 세상에서 그녀만을 사랑하고 그녀만을 마음 속에 품고 있었지. 나의 모든 괴로움, 욕망, 기쁨은 그녀를 위한 것이었지. 나는 그녀에 대해서만 말하고 그녀만을 사랑하고 꿈에도 그녀만을 보았지. 나는 그녀에 의해서 호흡하고 내 마음은 그녀 속에서 살았지. 그러한 애정에 대한 보수가 이거라니. 나는 2주일 동안 그녀를 만나지 못했고, 그것은 나에게는 끔찍한 2세기였어. 그러다가 나는 우연히 그녀를 만났지. 그 모습을 보니…… 내 가슴은 뛰고 얼굴엔 기쁨이 넘쳐흘렀지. 나는 정신 없이 그녀에게로 뛰어갔지. 그런데 그녀는 나에게서 눈을 돌리고 급히 지나쳐 버렸어. 마치 한 번도 본 적이 없는 것처럼…….

꼬 비 엘 나도 도련님과 똑같은 말을 하려고 했죠.

끄레앙뜨 꼬비엘, 저 냉정한 뤼실이 한 것보다 더한 배신
행위가 또 있을까?

꼬 비 엘 저 니꼴 같은 배신 행위가 또 있을까요?

끄레앙뜨 그렇게도 많은 열정, 희생, 한숨, 맹세를 그녀
에게 바쳤건만…….

꼬 비 엘 그처럼 열심히 마음을 쓰고 식당에서도 여러 가
지 일을 도와 주었는데.

끄레앙뜨 그렇게도 많은 눈물을 흘렸건만…….

꼬 비 엘 그렇게도 그녀를 소중히 여겨고 그처럼 성의껏
대해 주었는데……, 그녀를 대신해서 산적 꼬
치를 돌리느라고 더위를 참았는데…….

끄레앙뜨 그녀는 나를 경멸하며 도망가 버렸어.

꼬 비 엘 뻔뻔스럽게도 가버렸지.

끄레앙뜨 그야말로 가장 큰 벌을 받을 만한 배신 행위지.

꼬 비 엘 뺨을 수없이 맞아야 할 배반이죠.

끄레앙뜨 자네에게 부탁해 두지만 그녀의 편을 드는 듯한
말은 하지 말게.

꼬 비 엘 제가요, 도련님? 그런 일은 할 수 없죠.

끄레앙뜨 더 이상 배신자를 변호하지 말게.

꼬 비 엘 걱정 마세요.

끄레앙뜨 알겠지? 그녀를 아무리 변호하려 애써도 안 돼.

꼬 비 엘 누가 그런 일을 하겠다고 했어요?

끄레앙뜨 나는 그녀를 끝없이 원망하고 싶어. 그리고 모든 관계를 끊고 싶어.

꼬 비 엘 알겠습니다.

끄레앙뜨 그 집에 드나드는 그 백작이 아마 그녀 맘에 들었겠지. 나는 잘 알지. 그녀는 신분에 매혹된 거야. 나는 나 자신의 명예를 위해서 그녀의 배신에 대해 선수를 쳐야지. 그녀가 변하면 나도 가만히 있을 수는 없어. 나를 버렸다고 자랑할 수 없게 만들어야지.

꼬 비 엘 지당한 말씀입니다. 저도 도련님 의견에 따르겠습니다.

끄레앙뜨 나의 원한에 힘이 되어 주게. 나의 결심을 지지해 주고, 미련 때문에 그녀를 위하는 일이 없도록 해주게. 제발 그녀의 욕을 해주게. 내가 그녀를 경멸할 수 있도록, 나로 하여금 그녀가 싫어지도록 그녀의 모든 결점을 다 들어 주게.

꼬 비 엘 그녀는 말이죠, 보기에는 예쁘지만 고상한 척하는 불쾌한 여자예요. 도련님이 그처럼 좋아할 필요가 없어요. 나는 정말 어디가 좋은지 모르겠어요. 그보다 나은 사람은 얼마든지 있죠. 그녀는 눈이 작고…….

끄레앙뜨 그래 눈이 작지. 하지만 그 눈에는 정열이 있거든. 세계에서 가장 빛나는, 가장 날카로운 눈이지. 사람의 마음을 사로잡는 눈이야.

꼬 비 엘	입이 크지요.

끄레앙뜨	그렇지. 하지만 그 입에도 다른 사람에게서 볼 수 없는 애교가 있지. 보고 있으면 욕망이 솟지. 가장 매력적이고 호색적인 입이니까.

꼬 비 엘	키가 작죠.

끄레앙뜨	크지는 않지. 그러나 날씬하고 보기 좋아.

꼬 비 엘	그녀의 말과 행동에는 주의력이 없는 것 같죠.

끄레앙뜨	그건 그렇지만 그녀는 애교덩어리야. 그 태도엔 사람을 끄는 매력이 스며 있지.

꼬 비 엘	재치로 말하면…….

끄레앙뜨	아, 재치가 있고말고. 꼬비엘, 가장 세련되고 미묘한 재치.

꼬 비 엘	대화는…….

끄레앙뜨	대화에도 매력이 있지.

꼬 비 엘	그녀는 언제나 성실한 척하죠.

끄레앙뜨	자네도 언제나 활짝 핀 그 쾌활함을 좋아하나? 언제나 웃기만 하는 그런 쓸모없는 것은 하나도 없지.

꼬 비 엘	하여튼 그녀는 다른 사람보다 변덕이 심하죠.

끄레앙뜨	그렇지. 그건 아름다운 여자라 그렇지. 미인에겐 모든 것이 허락되지.

꼬 비 엘	이야기를 듣고 보니 도련님께선 그녀에게 아직도 미련이 있군요?

끄레앙뜨	미련이라니. 그보다 죽는 게 낫지. 나는 그녀를

　　　　사랑한 만큼 미워해야겠어.

꼬 비 엘　그 분을 그렇게 훌륭하게 보는 이상 어떻게 그
　　　　럴 수가 있죠?

끄레앙뜨　그러기에 나의 복수는 더욱 빛나는 것이지. 그
　　　　처럼 예쁘고 매력 있고 사랑스런 여자를 미워하
　　　　고 헤어지는 것에 나의 강한 정신력이 더욱 잘
　　　　나타나는 법이지. 아, 그녀가 오는군.

제 10 장

　　　　끄레앙뜨, 뤼실, 꼬비엘, 니꼴

니　　꼴　(뤼실에게) 난 정말 화가 나요.

뤼　　실　니꼴, 그것은 분명히 내가 말한 그 일일 거야.
　　　　그분이 계시군.

끄레앙뜨　(꼬비엘에게) 나는 말하지 않겠어.

꼬 비 엘　저도 모르겠어요.

뤼　　실　왜 그러세요? 끄레앙뜨, 무슨 일이 있어요?

니　　꼴　왜 그러세요, 꼬비엘?

뤼　　실　뭘 화내고 계시죠?

니　　꼴　왜 기분이 나쁘시죠?

뤼　　실　당신 벙어리가 되었어요, 끄레앙뜨?

니　　꼴　당신도 말 못 하세요, 꼬비엘?

끄레앙뜨　그 무슨 악랄한 행위지!

꼬 비 엘　정말 유다 같은 짓이지!

뤼　　실　알았어요. 아까 만났던 일로 기분 상하신 거죠?

끄레앙뜨　(꼬비엘에게) 자기가 한 일을 알고 있군.

니　　꼴　우리가 오늘 아침 모르는 체해서 화났지요?

꼬 비 엘　(끄레앙뜨에게) 알아차렸군요.

뤼　　실　그렇죠, 끄레앙뜨? 그래서 화난 거죠?

끄레앙뜨　그래요, 거짓말쟁이. 그렇소, 내가 미리 말해 두지만 당신의 배신을 내게 자랑하려 해도 안 될 거요. 내가 미리 관계를 끊을테니까. 나를 쫓아냈다고 자랑하지는 못할 거요. 물론 내가 당신에게 품은 사랑을 이겨 내기는 어렵겠지. 슬픈 추억을 간직해야 하겠지. 한때는 가슴 아 프겠지. 하지만 나는 하고 말 거요. 당신 곁으 로 갈 바에는 차라리 내 심장을 찌르겠소.

꼬 비 엘　(니꼴에게) 나도 마찬가지요.

뤼　　실　정말 아무것도 아닌 일로 소동을 피우는군요, 끄레앙뜨. 내가 오늘 아침 당신을 피한 이유를 말씀드리죠.

끄레앙뜨　(떠나려는 듯 무대 위를 걷는다)듣고 싶지 않아 요.

니　　꼴　(꼬비엘에게) 우리가 급히 지나쳐 간 이유를 설 명해 드리죠.

꼬 비 엘　(똑같이 니꼴을 피해 나가려 한다) 나는 아무것도 듣고 싶지 않아.

뤼 실 (끄레앙뜨의 뒤를 따르며) 잘 들어 보세요.

끄레앙뜨 (뤼실을 보지 않고 계속 걸으며) 듣고 싶지 않다니까.

니 꼴 (꼬비엘의 뒤를 따르며) 들어 보세요…….

꼬 비 엘 (똑같이 니꼴을 보지 않고 걸으며) 싫어, 배반자.

뤼 실 들어 보세요.

끄레앙뜨 싫소.

니 꼴 들어 보라니까요.

꼬 비 엘 나는 귀머거리야.

뤼 실 끄레앙뜨!

끄레앙뜨 싫소.

니 꼴 꼬비엘.

꼬 비 엘 싫다니까.

뤼 실 잠깐만.

끄레앙뜨 헛소리지 뭐.

니 꼴 들어 봐요.

꼬 비 엘 쓸데없는 소리지.

뤼 실 잠깐만.

끄레앙뜨 필요없소.

니 꼴 조금만 인내를.

꼬 비 엘 흥.

뤼 실 한 마디만.

끄레앙뜨 필요없다니까.

니   꼴   한 마디만.

꼬 비 엘   필요없어.

뤼   실   좋아요, 듣기 싫다면 좋을 대로 하세요.

니   꼴   당신도 그렇다면 마음대로 하세요.

끄레앙뜨   그러한 멋진 대우를 해준 이유를 알고 싶습니다.

뤼   실   나는 말하지 않겠어요.

꼬 비 엘   그 이유를 좀 이야기해 봐.

니   꼴   이젠 이야기하고 싶지 않아요.

끄레앙뜨   말 좀 해봐요.

뤼   실   아무 말도 하고 싶지 않아요.

꼬 비 엘   말 좀 해봐.

니   꼴   싫다니까.

끄레앙뜨   제발.

뤼   실   싫다니까요.

꼬 비 엘   부탁이오.

니   꼴   안 돼요.

끄레앙뜨   부탁입니다.

뤼   실   나에게 상관 마세요.

꼬 비 엘   빌겠나이다.

니   꼴   저리 가요.

끄레앙뜨   뤼실.

뤼   실   몰라요.

꼬 비 엘   니꼴.

니   꼴   몰라요.

끄레앙뜨 하느님의 이름을 걸고.

뤼 실 싫어요.

꼬 비 엘 말해 줘요.

니 꼴 싫어요.

끄레앙뜨 나의 궁금증을 풀어 줘요.

뤼 실 싫어요.

꼬 비 엘 나를 안심시켜 줘.

니 꼴 그러고 싶지 않아요.

끄레앙뜨 좋아요. 당신이 나의 괴로움을 구원해 주지 않고, 나의 사랑에 대해서 한 부당한 행위에 대해서 설명해 주지 않겠다면, 당신같이 박정한 사람을 만나는 것도 마지막이오. 나는 그대를 떠나 괴로움과 사랑으로 죽을 거요.

꼬 비 엘 그러면 나도 도련님을 따라가야지.

뤼 실 끄레앙뜨.

니 꼴 꼬비엘.

끄레앙뜨 왜?

꼬 비 엘 왜?

뤼 실 어디를 가신다구요?

끄레앙뜨 지금 말한 곳으로 가지.

꼬 비 엘 우리는 죽으러 가지.

뤼 실 *끄레앙뜨, 죽으러 가요?*

끄레앙뜨 네, 그것이 잔인한 여자의 소원이니까요.

뤼 실 내가 당신의 죽음을 바라고 있나요?

끄레앙뜨 그럼요. 당신은 바라고 있어요.

뤼 실 누가 그런 말을 했죠?

끄레앙뜨 나의 궁금증을 풀어 주지 않는 것은 나의 죽음
을 바라는 것 아니겠소.

뤼 실 그게 저의 죄인가요? 당신이 들으려고만 했다면
제가 왜 말하지 않겠어요. 당신이 불평하는 그
사건은 늙은 아주머니가 곁에 있었기 때문에 생
긴 거예요. 아주머니는 남자가 조금만 다가와도
품행 문제로 말이 많지요. 언제나 그 일로 설교
를 하시니까요. 그 분은 남자는 모두 접근해서
는 안 될 악마로 생각하세요.

니 꼴 그것이 그 사건의 비밀이에요.

끄레앙뜨 아, 뤼실, 나를 속이려는 건 아니겠지요?

꼬 비 엘 거짓말이 아니겠죠?

뤼 실 이보다 더한 진실은 없어요.

니 꼴 사실 그대로예요.

꼬 비 엘 그 정도에서 매듭지읍시다.

끄레앙뜨 뤼실, 당신의 입에서 나온 한 마디가 이처럼 나
의 마음을 진정시키는 것은 웬일일까요? 애인의
말에 어째서 이처럼 쉽게 설득이 되지요?

꼬 비 엘 연인의 손에선 모든 일이 이처럼 쉽게 되어 버
리는구나.

제 11 장

쥬르댕 부인, 끄레앙뜨, 뤼실, 꼬비엘, 니꼴

부　　인　잘 오셨어요, 끄레앙뜨 씨. 마침 잘됐어요. 곧
　　　　　남편이 옵니다. 이 기회를 놓치지 말고 뤼실과
　　　　　의 결혼을 의논해 보세요.

끄레앙뜨　아, 부인 참 기쁩니다. 제가 원하는 바예요. 이
　　　　　보다 더 즐거운 명령이, 이보다 더 멋진 혜택을
　　　　　받은 적이 없어요.

제 12 장

쥬르댕, 쥬르댕부인, 끄레앙뜨, 뤼실, 꼬비엘, 니꼴

끄레앙뜨　쥬르댕 씨, 저는 아무에게도 중매를 부탁하지
　　　　　않고, 오랫동안 생각한 바를 직접 말씀드리겠습
　　　　　니다. 저에게 중요한 일이라 직접 부탁드립니
　　　　　다. 단도직입적으로 말해서, 당신의 사위가 되
　　　　　는 영광을 저에게 주시기 바랍니다.

쥬 르 댕　대답하기 전에 묻겠는데, 당신은 귀족이오?

끄레앙뜨 대부분의 사람들은 그 문제에 대해서 별로 주저하지 않지요. 귀족이라 말하기는 쉬우니까요. 그 말을 하기 위해선 체면을 지킬 필요가 없구요. 오늘날 습관적으로 도용(盜用)하고 있으니까요. 하지만 저는 정직하게 말해서, 그 문제에 대해서 좀 복잡한 견해를 가지고 있습니다. 모든 기만은 인격자가 할 일이 아니라고 생각합니다. 날 때부터 주어진 신분을 속이거나, 훔친 칭호로 장식하거나, 그렇지도 않은 것을 그렇게 생각하는 것은 비겁한 짓입니다. 제 양친은 분명히 명예로운 자리에 있었지요. 저도 군대에서 6년간 근무했으며, 사회에서 상당한 지위를 가질 만한 재산도 가지고 있습니다. 그러나 저는 그것을 가지고 귀족이라고 하고 싶지는 않습니다. 다른 사람이 제 입장에 있다면 그런 것을 주장할지 모르지만, 저는 솔직하게 제가 귀족이 아니라고 말하겠습니다.

쥬 르 댕 알겠어요. 딸은 줄 수 없어요.

끄레앙뜨 네?

쥬 르 댕 당신은 귀족이 아니기 때문에 내 딸을 줄 수가 없어요.

부   인 귀족으로 무엇을 하시겠어요? 우리는 왕의 친척이나 된단 말입니까?

쥬 르 댕 닥쳐, 또 시작이군.

부 인 우리들은 둘 다 부유한 서민 태생 아닙니까?

쥬르댕 무슨 잔소리야?

부 인 당신의 아버지도 우리 아버지처럼 상인이 아녜
요?

쥬르댕 할 수 없는 여자군, 밤낮 이 모양이니! 당신 아
버지가 상인이라면 딱하구료. 하지만 우리 아버
지 이야기를 이러니저러니 해서야 되나. 당신에
게 말하고 싶은 것은 내가 귀족 사위를 갖고 싶
다는 것뿐이야.

부 인 당신 딸에게 어울리는 사위를 맞이해야죠. 딸을
위해서는 보기에도 딱한 거지 귀족보다는 돈이
있고 잘생긴 인격자가 낫죠.

니 꼴 정말 그래요. 우리 마을에 있는 귀족의 아들들
은 제가 지금까지 본 가운데 가장 못생기고 가
장 바보예요.

쥬르댕 닥쳐, 버릇없는 것! 함부로 남의 말에 간섭하다
니. 나는 딸을 위하기에 충분한 재산을 가지고
있어. 내가 바라는 것은 명예뿐이야. 딸을 후작
부인으로 만들고 싶어.

부 인 후작부인이요?

쥬르댕 그래, 후작부인이야.

부 인 당치도 않은 소리예요.

쥬르댕 나는 이미 그렇게 작정했어.

부 인 그런 일에 저는 찬성할 수 없어요. 자기보다 신

분이 높은 사람과 결혼하면 귀찮은 일이 생겨요. 나는 딸에게 부모 욕을 하는 남편을 갖게 하거나 나를 할머니라고 부르기를 꺼려하는 애를 낳게 하고 싶지 않아요. 딸이 귀부인처럼 시종을 거느리고 나를 찾아와, 만일 이웃사람에게 인사를 하지 않으면 사람들은 욕을 하게 돼요. "보세요, 저 후작부인이 잘난 체하는 꼴을…… 쥬르댕 부인의 딸이에요. 부인 놀이를 하며 같이 놀던 그때만 해도 좋았죠. 옛날에는 잘난 체하지도 않았어요. 저 애의 두 할아버지는 이노상뜨 성 앞에서 옷감을 팔았어요. 그 사람이 아이들에게 재산을 물려주었지요. 지금쯤은 저승에서 그 대가를 받겠지요. 정직한 일을 했더라면 그렇게 돈을 벌지는 못했을 거예요" 하고 말하는 소리를 듣고 싶지 않아요. 나는 딸을 준 것을 고맙게 여기는 사람, 즉 내가 "거기 앉아 같이 식사를 합시다" 하고 말할 수 있는 사람을 사위로 삼겠어요.

쥬르댕 언제까지나 천한 신분에 머물고자 하는 것은 그야말로 소인다운 생각이지. 더 이상 말대답하지 마. 나는 누가 뭐래도 딸을 후작부인으로 만들테니까. 당신이 자꾸 불평을 하면 공작부인으로 만들어 버릴테야.

부 인 끄레앙뜨 씨, 아직 낙담할 것은 없습니다. (뤼실

에게) 이리 오너라. 저 분과 같이 있게 되지 못
할 바에는 아무와도 결혼하지 않겠다고 분명히
말씀드려.

제 13 장

끄레앙뜨, 꼬비엘

꼬 비 엘 멋진 의견을 너무 늘어놓아 실패를 했군요.

끄레앙뜨 할 수 없는 일이지. 나는 양심적으로 행동했으
니까. 무슨 꼴을 당해도 그것을 바꿀 수는 없
어.

꼬 비 엘 농담이시겠죠. 그런 분을 상대로 진지한 토론을
하다니. 그 분이 미친 줄 모르세요. 그 분의 공
상에 박자를 맞춰 손해 볼 거야 있습니까?

끄레앙뜨 자네 말이 맞아. 하지만 나는 쥬르댕 씨의 사위
가 되기 위해 귀족이라는 증거를 보일 필요가
있다고는 생각지 않았지.

꼬 비 엘 하, 하, 하!

끄레앙뜨 뭐가 우습지?

꼬 비 엘 저 분을 농락해서 도련님의 뜻을 성취시킬 수
있는 묘안이 떠올랐어요.

끄레앙뜨 뭐라고?

꼬 비 엘　아주 재미있는 묘안인데…….

끄레앙뜨　어떤 묘안이지?

꼬 비 엘　마침 얼마 전 여기에 마치 우리 일을 위한 것처럼 가장무용단이 생겼어요. 그것을 이용해 그 이상한 자에게 연극을 해요. 좀 희극 냄새가 나지만 저런 사람에게라면 무엇을 해도 상관없어요. 별로 어렵게 연구할 것도 없고요. 2부라면 저도 멋지게 제 역을 할 수 있어요. 무엇이든지 아무렇게나 해도 잘 넘어가는 사람이니까요. 배역도 있고 의상도 갖추어졌으니 저에게 맡겨 주세요.

끄레앙뜨　하지만 그 이유는…….

꼬 비 엘　후에 다 이야기하죠. 저리로 갑시다. 그가 와요.

제 14 장

쥬르댕, 하인

쥬 르 댕　정말 귀찮은 일이군, 내가 잘난 사람들과 교제하는 것을 비난하다니. 나에게는 그런 일보다 더 고마운 일이 없는데. 그들과 교제하면 명예와 예의가 붙어 오니 손가락이 두 개 없어지더라도 나는 백작이나 후작으로 태어나고 싶어.

하 인 나리, 백작님께서 오셨읍니다. 귀부인을 모시고
       왔습니다.
쥬르댕 아, 참, 지시해 두어야 할 일이 있다. 곧 돌아
       오겠다고 전해라.

제 15 장

도리멘느, 도랑뜨, 하인

하 인 나리께서 곧 오시겠다고 하셨습니다.
도 랑 뜨 마침 잘됐군요.
도리멘느 좀 이상하군요, 도랑뜨 씨. 나는 이상한 일을
       하고 말았어요. 알지 못하는 집에까지 당신에게
       끌려오다니요.
도 랑 뜨 그러면 부인, 당신을 접대하기 위해선 어떤 장
       소가 좋죠? 당신은 남의 눈에 띄는 것을 꺼려
       하며, 당신의 집도 우리 집도 안 된다고 그랬지
       요?
도리멘느 하지만 당신은 나도 알지 못하는 사이에 점점
       빠져 나갈 수 없게 만들어요. 제가 아무리 거절
       해도 당신은 들어주지도 않구요. 당신은 고상한
       고집을 가지고 있어요. 언제나 내가 원하던 곳
       으로 데려가거든요. 그리고 자주 찾아와 주시는

가 하면 이내 고백을 하고, 다음에는 야회 만찬 선물이죠. 저는 일일이 거절했지만 당신은 태연했어요. 저도 어찌해야 좋을지 모르겠어요. 결국은 결혼해야겠지요. 지금은 그럴 생각이 없지만…….

도 랑 뜨 아니, 부인! 그런 생각 가지면 어때요. 남편이 죽었으니 마음대로 할 수 있잖아요. 나도 자유롭고, 내 목숨보다 당신을 사랑합니다. 왜 당신은 당장 내 행복을 성취시켜 주지 않습니까?

도리멘느 도랑뜨 씨! 행복하게 살려면 쌍방의 여러 가지 장점이 필요하지요. 서로 잘 이해하더라도 두 사람이 결합하여 잘못하면 서로 만족하기 어려운 생활을 하게 되니까요.

도 랑 뜨 농담이시죠, 부인? 그렇게 까다롭게 생각하다니, 당신의 그런 생각이 우리에게 적용될 수 없어요.

도리멘느 게다가 언제나 같은 소리를 하게 되지만, 당신이 나 때문에 돈을 많이 쓰게 되는 것이 두 가지 이유에서 걱정이 됩니다. 첫째는 제가 반드시 의무감으로 끌린다는 것, 또 하나는 마음에 안 들지 모르지만, 당신이 하는 일은 당신에게는 벅찬 일이에요. 저는 그것이 싫어요.

도 랑 뜨 아! 부인, 그것은 아무것도 아니예요. 그리고…….

도리멘느 알겠어요. 게다가 당신이 무리해 가며 제게 준 다이아몬드는 퍽 비싼 것이던데요.

도 랑 뜨 아! 부인, 제발 제 사랑에 비한다면 별것 아닌 물건에 대해서 너무 말하지 마세요. 아, 마침 이 집 주인이 오는군요.

제 16 장

쥬르댕, 도리멘느, 도랑뜨, 하인

쥬 르 댕 (두 번 인사하고 도리멘느에게 접근하며) 부인, 조금 물러서 주세요.

도리멘느 왜요?

쥬 르 댕 조금만 물러서 주세요. 세 번째 동작을 해야 하니까요.

도 랑 뜨 부인, 쥬르댕 씨는 예의가 바른 분이에요.

쥬 르 댕 이렇게 와주신 영광을, 베풀어 주신 친절을, 당신이 지니고 계신 그 행복을 누리게 된 것은 제게는 큰 영예입니다. 만일 제가 당신의 인격에 어긋남이 없는 인격을 갖고 또 하늘이 나의 재산을 부러워하며 이런 행복을 받을 만한 특권을 나에게 주시기만 한다면…….

도 랑 뜨 쥬르댕 씨, 그만하면 족합니다. 부인은 과장된 인사를 싫어합니다. 그리고 당신이 재치 있다는 것도 알고 있습니다. (낮은 소리로 도리멘느에게) 좀 우스꽝스러운 서민이지요. 보시다시피 하는 짓이 좀 우스워요.

도리멘느 그것은 보기만 해도 곧 알 수 있지요.

도 랑 뜨 부인, 이 분이 제일 친한 제 친구입니다.

쥬 르 댕 정말 영광이 넘칩니다.

도 랑 뜨 정말 멋진 남자죠.

도리멘느 저는 이 분을 정말 존경해요.

쥬 르 댕 부인, 전 그런 말을 들을 만한 일을 한 게 없습니다.

도 랑 뜨 (낮은 소리로 쥬르댕에게) 요전에 보내 준 다이아몬드 이야기는 하지 마세요.

쥬 르 댕 (낮은 소리로 도랑뜨에게) 그 분이 어떻게 생각하는지 물어 봐도 안 되나요?

도 랑 뜨 (낮은 소리로 쥬르댕에게) 뭐요? 그런 소리를 해서는 안 돼요. 그러면 당신의 품위가 깎이니까요. 똑똑한 사람이라면 그 선물은 당신이 하지 않은 척해야지요. (도리멘느에게) 부인, 쥬르댕 씨는 당신을 만나서 기쁘다고 합니다.

도리멘느 매우 영광입니다.

쥬 르 댕 저를 위해 말씀해 주셔서 죄송합니다.

도 랑 뜨 이 분을 이리 모셔 오느라고 혼났습니다.

쥬 르 댕 뭐라고 감사해야 좋을지 모르겠습니다.

도 랑 뜨 부인, 당신은 이 세상에서 가장 아름다운 분이
라고 말하는군요.

도리멘느 친절하시군요.

쥬 르 댕 아니, 부인, 당신이 친절하시죠.

도 랑 뜨 식사를 시작해야지요.

하   인 나리, 식사 준비되었습니다.

도 랑 뜨 그럼 식탁에 앉읍시다. 악사를 불러오시오.

　　향연 준비를 하는 6명의 요리사가 같이 춤춘다. 그
것이 제3막간극이 된다. 그 뒤에 몇 가지 요리를 얹
은 식탁을 가져온다.

제 4 막

제 1 장

도리멘느, 도랑뜨, 쥬르댕, 가수 2명

도리멘느 정말 진수성찬이군요.

쥬 르 댕 천만에요, 부인. 농담이시겠죠. 부인을 위해서
는 더 좋은 잔치를 베풀어야 되겠지요.

도 랑 뜨 부인, 쥬르댕 씨 말이 맞아요. 나는 쥬르댕 씨
가 주인 역할을 해준 데 대해 감사하고 있어요.
당신 앞에 내놓을 만한 음식이 아니라는 것에
대해서는 동감입니다. 이것은 제가 부탁한 것이
니까요. 나는 이런 일에 있어서는 우리 친구들
이 지닌 만큼의 지식을 갖고 있지 않기 때문에
멋진 음식을 마련할 수가 없지요. 어색하고 이
상한 요리나 조잡한 악취미를 발견하게 될 거예

요. 다미스가 도와 준다면 모든 것이 잘되고 끝
에서 끝까지 박식과 우아함이 나타나겠지만요.
그리고 그가 나오는 음식의 효능을 일일이 말하
며, 요리에 관한 비상한 수단을 당신도 알게끔
설명해주겠지요. 노란 껍질을 뜯어 씹으면 보드
랍게 부서지는 리브 빵이라든지, 너무 강하지
않고 기분 좋아할 정도의 자연의 맛을 지닌 포
도주라든지, 페르씨를 뿌린 양고기라든지, 이렇
게 길고 희고 부드러워 씹으면 아망드처럼 되는
노르망디 송아지의 등살이라든지, 이상한 양념
을 한 메추리라든지, 또 최고의 걸작은 비둘기
와 칠면조를 중심으로 식고레와 양파로 장식한
진주알 같은 수프 등 여러 가지 설명을 하겠지
요. 그러나 저는 무식합니다. 쥬르댕 씨 말이
맞아요. 당신을 초대하려면 보다 좋은 음식이
필요하겠지요.

도리멘느 그러한 인사에는 제가 먹는 것으로 대답해 줄
수밖에 없겠군요.

쥬 르 댕 참 손이 예쁘군요.

도리멘느 보통 손이에요, 쥬르댕 씨. 당신은 다이아몬드
이야기를 하는 거겠죠. 정말 멋져요.

쥬 르 댕 아! 부인, 천만에. 그런 말을 하는 게 아니지
요. 우아한 사람이 할 소리는 아니니까요. 다이
아몬드는 아무것도 아니지요.

도리멘느　꽤 눈이 높으시군요.

쥬르댕　정말 죄송합니다.

도랑뜨　자, 쥬르댕 씨에게 술을 따르시오. 그리고 주연
(酒宴)의 노래를 할 분들에게도.

도리멘느　음악이 있으면 음식 맛이 더 좋지요. 이렇게 훌
륭한 대접을 받다니.

쥬르댕　부인, 정말 별것 아닌…….

도랑뜨　쥬르댕 씨, 이 사람들을 위해 좀 가만히 계세요.
노래가 우리들의 애기보다 더 재미있으니까요.

남녀 가수, 잔을 들고 주연의 노래를 부른다. 관현악
전부가 반주를 한다.

첫번째 축배의 노래

　　주연의 시작을 위해, 필리스여,
　　조금이라도 마셔 주게.
　　아! 내 손안
　　이 잔 속에 있는 달콤한 매력이여!
　　그대와 술은 서로 무기를 들고
　　내 가슴속 사랑을 배로 늘이도다.
　　술은 영원한 사랑을 우리에게 맹세케 하도다.
　　술은 그대 입술을 적실 때마다
　　매력을 증가시키고

그대 입술은 술 때문에 윤기가 흐른다.
아! 달콤한 그 술, 그 입술, 그 속에 우리는 취
하도다.
술은 우리에게 영원한 사랑을 맹세하도다.
두 번째 축배의 노래
마시자 친구여, 마시자.
세월은 흘러간다.
인생을 마음껏 즐기자.
지옥의 강, 검은 파도를 지나면 달콤한 술
사랑과도 이별
마실 수 있을 때 빨리 마시자.
인생의 행복이란 무엇인가.
따지는 일은 바보에게 맡기자.
우리의 철학은 행복을 술병 속에 넣는 것.
재산도 지식도 명상도
우리에게는 걱정거리가 되지 않는다.
술 마시지 않고 행복해질 수 없다.
자, 마시자. 자 모두 술을 따르라.
물릴 때까지 따르라.

도리멘느 이 이상의 노래는 할 수 없겠죠? 정말 멋져요.
쥬 르 댕 부인, 이보다 더 멋진 건 없습니다.
도리멘느 아, 쥬르댕 씨는 제가 생각했던 것보다 더 멋지
군요.

도 랑 뜨　네? 부인, 쥬르댕 씨가 누군지 알고 계세요?

쥬 르 댕　저는 제가 말하는 대로의 사람으로 알아주시길
　　　　바랄 뿐입니다.

도리멘느　또요!

도 랑 뜨　당신은 쥬르댕 씨를 모릅니다.

쥬 르 댕　알고 싶으면 언제나 알 수 있지요.

도리멘느　이제 손을 들었습니다.

도 랑 뜨　그는 언제나 응수할 수 있는 분이죠. 보세요,
　　　　쥬르댕 씨는 부인께서 손댄 것을 먹고 있잖아
　　　　요.

도리멘느　쥬르댕 씨는 재미있는 분이군요.

쥬 르 댕　제가 당신의 마음에 든다면…….

제 2 장

쥬르댕, 쥬르댕 부인, 도리멘느, 도랑뜨, 가수들,
하인

부　　　인　아, 다들 모였군요. 하지만 내가 올지는 몰랐겠
　　　　죠? 여보, 당신이 그렇게 수선을 떨어 나를 누
　　　　이동생 집에 식사하러 보낸 것은 바로 이 일 때
　　　　문이군요. 나도 거기서 이상한 연극을 보았어
　　　　요. 그런데 여기서는 축제 소동 같은 만찬회가

벌어졌군요. 당신은 돈을 이렇게 낭비하시나요? 내가 없는 사이에 부인을 초대하고 나를 밖으로 쫓고 음악을 듣고 희극을 보고…….

도 랑 뜨 쥬르댕 부인, 왜 그런 말씀을 하세요? 남편이 돈을 낭비한다든지 부인을 접대한다는 것은 단순한 오해입니다. 접대하는 것은 저니까요. 쥬르댕 씨는 집만 빌려줄 뿐이에요. 부인께서 더 이상 말조심하지 않으신다면 조금 곤란합니다.

쥬 르 댕 그렇구말구. 이 버릇없는 것, 이것은 다 백작님께서 부인을 대접하는 거야. 이 분은 신분이 높으신 귀부인이야. 백작님께서는 친절하게도 우리집을 빌어 나까지 초대한 거야.

부　　인 그런 말은 터무니 없는 소리라는 걸 다 알고 있어요.

도 랑 뜨 부인, 좀더 좋은 안경을 써 주세요.

부　　인 잘 보이니까 안경은 필요 없어요. 나도 바보가 아니기 때문에 전부터 이상하게 생각했어요. 남편을 선동해서 바보짓을 하게 하다니…… 당신 같이 훌륭한 신분에 있는 사람이 할 짓은 아니죠. 그리고 부인도 남의 가정에 불화를 일으키거나 내 남편이 치근덕거려도 가만히 있는 것은 신분이 높은 부인으로서는 올바른 태도라고 볼 수 없지요.

도리멘느 이게 도대체 어떻게 된 일이에요, 도랑뜨 씨?

당신이 나를 우롱하세요? 이상한 꿈을 꾸는 미친 여자를 만나게 하다니.

도 랑 뜨 부인, 잠깐만, 부인! 어디 가세요?

쥬 르 댕 부인, 백작님, 부인에게 사과해 주세요. 다시 한 번 여기 오도록 해주세요. 정말 당신은 버르장머리 없군. 잘했소, 잘했어. 여러 사람들 앞에서 나에게 창피를 주고 신분이 높은 사람을 집에서 쫓아내다니.

부　　인 그까짓 신분이 뭐예요.

쥬 르 댕 저주받을 여자, 당신이 방해한 이 식탁의 식기로 당신의 머리를 깨지 않은 게 이상하구료.

하인들이 식탁을 날라 간다.

부　　인 (나가면서) 그까짓 것 아무것도 아니예요. 나는 나의 권리를 지키겠어요. 이 세상 모든 여인들이 내 편이니까요.

쥬 르 댕 나를 너무 화나게 하지 마. 하필이면 바로 그때 올게 뭐람. 내가 멋진 말을 하려고 할 때. 아직까지 내 재치가 그렇게 멋있어 본 적이 없는데…… 아니, 저건 또 뭐야?

제 3 장

변장한 꼬비엘, 쥬르댕, 하인

꼬 비 엘 나리, 나를 알아보시는지요.

쥬 르 댕 모르겠는데요.

꼬 비 엘 나는 당신이 아주 어렸을 때 본 적이 있지요.

쥬 르 댕 나를요?

꼬 비 엘 그럼요, 당신은 이 세상에서 가장 귀여운 아이
였지요. 여인들이 전부 껴안고 입맞추어 주었으
니까요.

쥬 르 댕 내게 입맞추어 주었다고요?

꼬 비 엘 그럼요, 나는 돌아가신 부친의 친구입니다.

쥬 르 댕 돌아가신 부친요?

꼬 비 엘 그 분은 참 인격이 높은 귀족이었지요.

쥬 르 댕 뭐라구요?

꼬 비 엘 정말 인격이 높은 분이었어요.

쥬 르 댕 나의 아버지가요?

꼬 비 엘 네.

쥬 르 댕 당신은 나의 아버지를 잘 알고 있어요?

꼬 비 엘 물론이지요.

쥬 르 댕 그럼 당신은 아버지를 귀족이라고 생각하세요?

꼬 비 엘 물론이지요.

쥬 르 댕 정말 이 세상을 알 수 없군요.

꼬 비 엘 왜요?

쥬 르 댕 우리 아버지는 상인이었다고 말하는 이가 있으니까요.

꼬 비 엘 그가 상인이라고요? 당치 않은 낭설이에요. 장사라고는 한 적이 없어요. 여러 가지 일을 한 것은 그 분이 친절하고 남을 잘 돕기 때문이죠. 옷감에 대해 잘 알기 때문에 여기저기 가서 옷감을 골라 그것을 집에 가져와 돈과 바꾸어 친구들에게 주었지요.

쥬 르 댕 당신을 알게 되어서 정말 기쁩니다. 나의 부친께서 귀족이었다는 것에 대한 증인이 되어 주었으면 하는데요.

꼬 비 엘 모든 사람들 앞에서 증인이 되어 주고말고요.

쥬 르 댕 감사합니다. 그런데 당신의 용건은?

꼬 비 엘 돌아가신 부친은 지금 말씀드린 것처럼 인격이 높은 귀족이었는데, 그 분을 알게 된 후 나는 온 세상을 여행했습니다.

쥬 르 댕 온 세상을요?

꼬 비 엘 네.

쥬 르 댕 온 세상이라니, 꽤 먼 곳까지 갔다오셨군요.

꼬 비 엘 물론이지요. 저는 바로 나흘 전에 돌아왔지요. 당신에 관한 일은 나에게는 남의 일 같지 않기

에 바로 여쭙고 싶어…… 아주 멋진 이야기입
니다.

쥬 르 댕 어떤 이야기입니까?

꼬 비 엘 터키 왕자가 이 곳에 온 것을 알고 계시겠죠?

쥬 르 댕 제가요? 아니요.

꼬 비 엘 모르세요? 누구나 다 그것을 보러 갔는데요. 아주
멋진 행차였지요, 왕자는 이 나라에서 유명한
귀족으로 대우를 받고 있지요.

쥬 르 댕 그래요? 그것을 몰랐었군요.

꼬 비 엘 당신에게 다행스러운 것은 그 왕자가 당신의 딸
을 사랑한다는 것입니다.

쥬 르 댕 터키 왕자가요?

꼬 비 엘 네, 당신의 사위가 되고 싶어합니다.

쥬 르 댕 터키 왕자가 내 사위가 된다구!

꼬 비 엘 터키 왕자가 당신 사위가 되지요. 내가 만나 보
았을 때 나는 터키 말을 잘 알았기 때문에 왕자
와 이야기를 했습니다. 여러 가지 이야기를 하
다가 왕자가 말하기를…… "악시암 크로크 쏘
레 우크 알라 무스타프 지델룸 아마나헴 바라히
니 우셀 카르브라트" 즉 "빠리의 귀족 쥬르댕의
딸인 젊은 미녀를 너는 본 적이 있느냐" 하고
말하더군요.

쥬 르 댕 터키 왕자가 나를 귀족이라고 했나요?

꼬 비 엘 네. 그래서 제가 당신과 특히 친한 사이라 딸을

본 적이 있다고 하니까 왕자가 말하기를 "마라
바바사헴" 즉 "나는 그녀를 사랑한다"고 말하더
군요.

쥬 르 댕 아, 마라바바사헴이란 나는 그녀를 사랑한다는
말입니까?

꼬 비 엘 네.

쥬 르 댕 아니, 당신은 좋은 것을 가르쳐 주었군요. 마라
바바 사헴이 나는 그녀를 사랑한다는 뜻이 된다
고는 꿈에도 생각할 수 없지. 터키어는 멋진 언
어군.

꼬 비 엘 그 멋진 것으로 말하면 상상 이상이지요. 카카
라카 무셍이란 말의 뜻을 아세요?

쥬 르 댕 카카라카 무셍이라니요? 모르겠어요.

꼬 비 엘 나의 애인이여라는 뜻입니다.

쥬 르 댕 카카라카 무셍, 나의 애인이여란 뜻입니까?

꼬 비 엘 네.

쥬 르 댕 이것도 멋지군. 카카라카 무셍, 나의 애인이여.
이런 말을 하는 사람은 세상에 없겠지. 나는 정
말 기쁘다.

꼬 비 엘 그러나 나는 내 역을 다 해야지요. 왕자는 당신
따님과 결혼하기를 원합니다. 그리고 자기에게
부끄럽지 않도록 당신을 마마무쉬로 하겠답니
다. 이것은 터키에서는 높은 지위입니다.

쥬 르 댕 마마무쉬?

꼬 비 엘 예, 마마무쉬지요. 즉 우리 나라 말로 말하면 편력 기사…… 이 기사란 옛날의…… 즉 편력 기사지요. 세상에 이보다 더 높은 지위는 없습니다. 당신은 세상에서 제일 높은 귀족과 동격이 된 것입니다.

쥬 르 댕 터키 왕자는 나에게 영광을 베푸는군요. 제발 저를 그에게 데려가 주세요, 감사를 해야겠으니.

꼬 비 엘 물론! 곧 왕자가 이리 오십니다.

쥬 르 댕 왕자가 이리 온다고요?

꼬 비 엘 네, 왕자는 작위 수여식에 필요한 것을 다 가지고 계시지요.

쥬 르 댕 그것은 실로 급한 이야기군요.

꼬 비 엘 그 분의 사랑이 잠시도 기다릴 틈이 없지요.

쥬 르 댕 그러나 곤란한 것은 딸의 고집이라. 끄레앙뜨라는 녀석을 사랑하고 있는데, 다른 남자와는 결혼하지 않겠대요.

꼬 비 엘 터키 왕자를 만나면 아가씨 마음도 변하겠지요. 게다가 다행스럽게도 나는 지금 거기서 끄레앙뜨 씨를 만나 소개를 받았는데, 좀 다르긴 하지만 터키 왕자는 끄레앙뜨 씨와 아주 닮았더군요. 그러니 아가씨가 그 분에게 품은 사랑은 쉽사리 변할 수 있겠지요…… 왕자가 온 것 같군요.

제 4 장

끄레앙뜨, 꼬비엘, 쥬르댕

끄레앙뜨, 터키인으로 변장하고 세 소녀가 그의 옷자락을 받쳐 들고 있다. 꼬비엘, 여전히 변장하고 있다.

끄레앙뜨 암보사힘 오키 보라프 이오르디나, 사라마리키.

꼬 비 엘 쥬르댕 씨, 당신의 마음이 일년 동안 꽃피는 장미같이 되리라는 뜻입니다. 이것은 그 나라에서는 매우 정중한 표현입니다.

쥬 르 댕 나는 터키 왕자의 가장 천한 종입니다.

꼬 비 엘 카리가르 캄바토 위스틴 모라프.

끄레앙뜨 위스틴 요크 카타마리키 바숨 바제 알라 모란.

꼬 비 엘 전하는 "알라께서 그대에게 사자 같은 힘과 뱀 같은 조심성을 주시도록" 하고 말씀하셨습니다.

쥬 르 댕 터키 전하는 나에게 지나친 영광을 베풉니다. 나는 전하의 모든 번영을 기도합니다.

꼬 비 엘 오사 비나멘 사도크 바바리 오라카프 우람.

끄레앙뜨 베르멘.

꼬 비 엘 전하는 당신이 급히 전하와 동행하여 의식 준비

를 하고, 그 후에 아가씨를 만나 결혼식을 올리
겠다고 합니다.

쥬 르 댕 그 많은 뜻이 단 한 마디로…….

꼬 비 엘 네, 터키어는 그렇지요. 많은 뜻을 몇 마디로
나타냅니다. 자, 같이 갑시다.

제 5 장

도랑뜨, 꼬비엘

꼬 비 엘 (혼잣말로) 참 재미있군, 참 좋은 사람이야. 자
기의 역을 외도 그렇게 멋지게는 못할 거야.
(도랑뜨에게) 나리, 좀 도와 주세요.

도 랑 뜨 아, 꼬비엘, 정말 너같이는 보이지 않는데. 정
말 변했어.

꼬 비 엘 보시다시피, 하하…….

도 랑 뜨 왜 웃지?

꼬 비 엘 웃지 않고는 못 견딜 일이 있어요.

도 랑 뜨 뭔데?

꼬 비 엘 나리, 한 번 맞춰 보세요. 저, 아가씨와 우리
도련님과의 결혼을 쥬르댕 씨에게 승낙받기 위
해서 책략을 썼지요.

도 랑 뜨 무슨 책략인지 알 수 없군. 하지만 자네가 하는

일은 잘되겠지.

꼬 비 엘 당신도 무엇인가를 깨달았겠지요.

도 랑 뜨 무엇을 말인가?

꼬 비 엘 조금 저쪽으로 가 주세요. 저기 오는 사람에게 장소를 제공해야지요. 책략의 일부는 여기서 볼 수 있습니다. 그 나머지는 제가 얘기하죠.

서민을 귀족으로 하는 의식은 음악과 무용으로 행하여지며 그것이 제4막간극이 된다. 회교사제 4명, 터키 무용수 6명, 가수 6명, 그 밖에 터키 악기 연주자들이 의식을 행하는 배우들이다. 회교사제는 12명의 터키 인과 4명의 승려로 마호메트의 영혼을 부른다. 다음에 터키 의상을 한 서민을 데리고 와 다음의 가사를 노래한다.

회교사제 스 티 사비르(안다면), 티 레스퐁디르(대답하라). 스 농 사비르(모르면), 타지르 타지르(잠자코 있어라). 미 스타르 무프티(나는 회교사제다). 티 키 스타르 티(너는 누구냐)? 타지르 타지르(잠자코 있어라).

회교사제는 같은 말로 거기에 있는 터키인들에게 서민의 종교를 묻는다. 모든 서민은 회교 신자라고 대답한다. 회교사제는 프랑스어로 마호메트의 영혼을 불러 다음의 가사를 노래한다.

회교사제 마하메타 페르 기르디나(마호메트여, 요르단을 위해서), 미 프레가르 세라 에 마티나(우리는 밤과 아침에 기도한다). 볼레르 파르 언 파라디나(편력기사를 만들기 위해서), 데 기르디나 데 기르디나(요르단을, 요르단을), 다르 투르반타 에 다르 카르시나(두건을 다오, 칼을 다오). 콘 가레라 에 브리간티나(큰 배와 작은 배를 덧붙여), 페르 데펜데르 팔레스티나(팔레스티나를 지키기 위해서), 마하메타(마호메트여).

　　회교사제는 터키인들에게 서민이 마호메트교를 굳게 믿는지를 묻고 노래한다.

회교사제 스타르 본 토르카 지르디나(쥬르댕은 선량한 터키인인가)?
터키인들 히바라(알라신께 맹세코).
회교사제 (뛰며 노래한다) 푸라바바라슈바라바바라다.

　　터키인들도 같은 가사를 읊는다. 회교사제는 서민에게 두건을 주려고 하며 다음의 가사를 노래한다.

회교사제 티 논 스타르 푸르바(너는 악한은 아니냐)?

터키인들 노, 노, 노(아니다).

회교사제 논 스타르 파르판타(너는 교활한 자는 아니냐?)

터키인들 노, 노, 노(아니다).

터키인들은 회교사제의 말을 되풀이하면서 서민에게 두건을 준다. 회교사제와 승려들은 의식용 두건을 쓰고 사람들은 사제에게 성전을 바친다. 기도가 시작된다. 기도가 끝나자 서민에게 칼을 주고 노래를 부른다.

회교사제 티 스타르 노비레 에 논 스타르 파볼라(너는 귀족이다. 농담이 아니다).

터키인들이 같은 노래를 부르고 손에 칼을 쥔다. 그러는 중에 6명은 서민을 둘러싸고 춤추며 칼로 치는 흉내를 낸다. 사제는 서민을 지팡이로 치도록 터키인에게 명하고 다음의 가사를 노래한다.

회교사제 다라 다라(쳐라), 바스톤나라 바스톤나라(지팡이로).

터키인들, 같은 노래를 하며 박자에 맞춰 지팡이로 친다. 회교사제, 지팡이로 서민을 치며 노래한다.

회교사제　논 토네르 혼타(부끄러움을 모르는 것은) 게스타 스타르 유르티마 아프론타(최대의 수치다).

　　회교사제, 다시 기도를 시작한다. 식이 끝나자 터키인들과 함께 터키 악기에 맞춰 춤추며 퇴장.

제 5 막

제 1 장

쥬르댕, 쥬르댕 부인

부   인 오, 하느님 맙소사! 이게 웬일이야! 무슨 꼴이
람! 당신은 가장을 하고 있군요. 정말 상식에
벗어나는 일이에요. 무슨 일이 일어났는지 말씀
해 보세요. 누가 당신에게 그런 이상한 것을 입
혔어요?

쥬 르 댕 버릇없는 것아, 조심해서 말해, 마마무쉬에게.

부   인 네?

쥬 르 댕 그렇지, 이제부터 나를 존중해야 해. 나는 마마
무쉬니까.

부   인 마마무쉬가 뭐죠?

쥬 르 댕 마마무쉬라니까, 나는 마마무쉬야.

부   인 그게 무슨 짐승인데요?

쥬르댕 마마무쉬, 즉 우리 나라 말로 빨라뎅(편력기사)
이란 뜻이지.

부   인 발라뎅(어릿광대)이라니! 당신이 지금 발레할
나이예요?

쥬르댕 무식한 여자군. 나는 편력기사야. 그 지위를 얻
어서 지금 모두 의식을 진행하고 있어.

부   인 무슨 의식이요?

쥬르댕 마하메타 페르 요르디나.

부   인 그게 뭔데요?

쥬르댕 요르디나는 요르단이란 말이지.

부   인 그래, 요르단이 어떻게 됐단 말이에요?

쥬르댕 볼레르 파르 언 파라디나 드 요르디나.

부   인 그게 뭔데요?

쥬르댕 다르 튜르반타 콘 가레라.

부   인 그게 무슨 뜻인데요?

쥬르댕 페르 데펜데르 팔레스티나.

부   인 무슨 말씀을 하시는 거예요?

쥬르댕 다라다라 바스톤나라.

부   인 왜 그렇게 이상한 소리만 하세요?

쥬르댕 논 테네르 혼타, 게스타스 타르울티마 아프론
타.

부   인 도대체 그게 무슨 말이에요?

쥬르댕 (노래하고 춤추며) 푸라바바라슈바라바바라다.

부   인   아, 큰일났군. 남편이 미쳐 버렸군.

쥬르댕   (나가면서) 닥쳐, 버르장머리 없는 것. 마마무
          쉬를 존경하도록 해.

부   인   저 사람이 왜 저렇게 이상해졌을까? 밖에 나가
          지 못하게 해야지. 이제 끝장이군. 어디에나 슬
          픈 일뿐이야.

제 2 장

도랑뜨, 도리멘느

도 랑 뜨   그럼요, 부인. 아주 재미있는 걸 구경하게 되겠
          죠. 세상에서 그보다 더한 미친 짓은 볼 수 없
          을 거예요. 그리고 부인, *끄레앙뜨*의 사랑을 이
          루기 위해서 이 연극을 도와 주어야 해요. *끄레*
          *앙뜨*는 멋진 사나이니까요. 그를 위해서 애써
          줄 만한 가치가 있죠.

도리멘느   나도 매우 존경합니다. 복받아도 될 만한 사람
          이죠.

도 랑 뜨   그뿐 아니라 우리에게 어울리는 무용극이 있습
          니다. 이것을 안 볼 수는 없지요. 내 생각이 성
          공했는지 어떤지 잘 보아주세요.

도리멘느   저기에 멋진 장식이 있군요. 도랑뜨 씨, 나는

그것을 탐내지 않는 것은 아니지만 당신의 낭비
는 막고 싶어요. 당신이 나 때문에 여러 가지 낭
비를 하지 않게 하기 위해서 나는 당신과 하루
바삐 결혼하기로 결심했어요. 그것이 제일 좋은
방법이죠. 모든 게 결혼함으로써 끝나니까요.

도 랑 뜨　당신은 정말로 나를 위해서 즐거운 결심을 해주
셨습니다.

도리멘느　당신이 파산하지 않도록 하기 위해서죠. 그렇게
하지 않으면 결국엔 당신에게 한 푼도 남지 않
게 된다는 것은 명백하니까요.

도 랑 뜨　나의 재산을 지켜 주는 친절에 감사드립니다.
재산은 나의 마음처럼 당신의 것입니다. 당신이
원하는 대로 쓰세요.

도리멘느　둘 모두를 위해 써야지요. 아! 그 분이 왔군요.
참 멋진데요.

제 3 장

쥬르댕, 도랑뜨, 도리멘느

도 랑 뜨　백작부인과 함께 당신의 작위 수여를 축하하러
왔습니다. 그리고 따님과 터키 왕자의 결혼도
축하하구요.

쥬 르 댕　(터키식으로 인사하며) 당신에게 뱀의 힘과 사자의 조심성을 내려 주시도록 빌겠습니다.

도리멘느　높은 지위에 앉게 된 데 대해 축하하게 된 것을 행복하게 생각합니다.

쥬 르 댕　부인, 부인의 마음속 장미가 일년 내내 꽃피어 있기를 빕니다. 내가 받은 명예와 함께 기뻐하는 것을 감사드립니다. 그리고 부인이 돌아와 주셔서 집안의 여러 가지 서투른 예의를 사과하게 되어 기쁩니다.

도리멘느　그건 아무것도 아니죠. 부인이 노하는 것은 당연하죠. 당신의 마음은 그 분에게 중요하니까요. 당신 같은 분을 자기의 것이라고 생각하면 질투가 날 수밖에…….

쥬 르 댕　내 마음은 전부 그녀의 것임에 틀림없죠.

도 랑 뜨　자, 부인, 쥬르댕 씨는 높은 사람이 됐다고 으쓱거리지는 않겠죠? 이러한 훌륭한 신분에 있어도 옛친구를 잊지 않으니까요.

도리멘느　그것이야말로 관대한 마음씨의 소유자죠.

도 랑 뜨　터키 왕자님은 어디 계시죠? 우리도 당신 친구로서 왕자님께 인사드려야겠는데요.

쥬 르 댕　저기 오는군요. 청혼을 하려고 딸을 부르는군요.

제 4 장

끄레앙뜨, 꼬비엘, 쥬르댕 등

도 랑 뜨 왕자님, 우리는 왕자님의 장인이 되는 분의 친
구로서 인사드립니다. 왕자님을 위해서는 어떠
한 봉사라도 하겠습니다.

쥬 르 댕 통역관은 어디 갔죠? 당신이 누구며 또 당신의
말을 왕자님께 전해야겠는데. 그러면 왕자님이
대답해 주시겠죠. 터키어를 잘한다는 그 사람은
어디갔나? (끄레앙뜨에게) 스트루프, 스트리프,
스트로프, 스트라프. 이 분은 그란드 세뇨르,
그란드 세뇨르, 그란드 세뇨르입니다. 이 부인
은 그란다 다마, 그란다 다마입니다. 이분은 프
랑스의 여자 마마무쉬이고, 저분은 프랑스의 남
자 마마무쉬. 이 이상 더 말할 수 없군. 아! 통
역관이 왔군. (꼬비엘에게) 어디 갔었죠? 당신이
없어서 얘기를 못했는데, 이 두 분이 인사를 드
리고 경의를 표하고자 왔다고 전해 주세요. 그
리고 왕자님이 뭐라 대답하는지 봐 주세요.

꼬 비 엘 아라바라 크로샴 악시 보람 아라바멘.

끄레앙뜨 카타레기 투발 우린 스톨 아마르샨.

쥬 르 댕 뭐라고 해요?

꼬 비 엘 "번영의 비가 항상 당신의 집 정원을 적셔 주도 록" 하고 말했습니다.

쥬 르 댕 어때요, 내가 말한 대로 왕자님은 터키 말을 하 시죠?

도 랑 뜨 정말 멋지군요.

제 5 장

뤼실, 쥬르댕, 도랑뜨, 도리멘느 등

쥬 르 댕 애야, 이리 오너라. 왕자님께 인사드려라. 왕자 님은 곧 너와 결혼할 것이다.

뤼   실 아이, 아버지도 그게 무슨 꼴이에요! 희극이라 도 연기하시나요?

쥬 르 댕 아니, 희극이 아니다. 진지한 얘기야. 너에게 있어서는 말할 수 없는 영예지. 자, 저 분이 내 가 정한 남편이다.

뤼   실 저예요, 아버지!

쥬 르 댕 그래, 너! 자, 이 분의 손을 잡고 너의 행복을 감사해라.

뤼   실 저는 결혼 안해요.

쥬 르 댕 네 아버지인 내가 시키는 거다.

뤼   실 싫어요.

쥬 르 댕 잔소리 마. 자, 여기에 손을 내놔.

뤼   실 싫어요, 아버지! 어떤 일이 있어도 저는 끄레앙뜨 이외에는 다른 남편을 갖지 않겠어요. 그럴 바에는 어떠한 결심이라도 하겠어요. (끄레앙뜨를 보고) 정말 아버지는 제 아버지군요. 무엇이든지 뷰부대로 하겠어요. 아버지는 제게 명령할 권리가 있으니까요.

쥬 르 댕 네가 그렇게 빨리 이치를 깨달으니 기쁘구나.

제 6 장

쥬르댕, 쥬르댕 부인, 끄레앙뜨 등

부   인 웬일이죠? 어찌된 일이에요? 이 이상한 꼴을 한 사람에게 딸을 주겠다고요?

쥬 르 댕 이 버릇없는 것, 가만히 있지 못해! 당신은 무슨 일에나 너무 간섭이 많아. 좀 조용히 하지 못할까!

부   인 당신이야말로 어떻게 하면 어른답게 되죠. 미친 짓만 하고 있군요. 이렇게 사람을 모아서 어떻게 할 작정이에요?

쥬 르 댕 내 딸을 터키 왕자와 결혼시키지.

부   인   터키 왕자라고요?

쥬르댕   그렇지, 여기 있는 통역에게 부탁하여 왕자님께
          인사하시오.

부   인   통역 같은 것 필요 없어요. 내가 직접 말하죠.
          딸을 줄 수 없다고요.

쥬르댕   가만 있지 못해!

도랑뜨   네? 부인, 이처럼 큰 행복을 반대하시다니요.
          터키 왕자를 사위로 삼고 싶지 않습니까?

부   인   당신은 남의 일에 간섭 마세요.

도리멘느   하지만 그와 같은 영예를 거절할 필요는 없죠.

부   인   부인! 당신과 관계없는 일에 신경 쓰지 말기 바
          랍니다.

도랑뜨   우리는 당신에게 호의를 갖고 당신의 이익을 위
          해서 애쓸 뿐입니다.

부   인   당신의 호의는 필요 없어요.

도랑뜨   아가씨는 아버지의 뜻을 따르는데요.

부   인   딸이 터키인과 결혼하는 것을 승낙했다고요?

도랑뜨   네.

부   인   끄레앙뜨를 잊었다?

도랑뜨   여자는 높은 사람의 부인이 되기 위해서는 무엇
          이든지 하지요.

부   인   만일 딸이 그런 짓을 하면 내 손으로 목을 매어
          죽이죠.

쥬르댕   그만해! 시끄러우니. 나는 반드시 결혼시키고

말 거야.

부 인 나는 결코 결혼시키지 않겠어요.

쥬 르 댕 참 시끄럽군.

뤼 실 어머니.

부 인 너는 정말 한심한 년이구나.

쥬 르 댕 아니, 여보, 당신은 딸이 나에게 복종한다고 야
단치오?

부 인 그럼요, 딸은 당신 한 사람의 것은 아니니까요.

꼬 비 엘 부인!

부 인 당신은 나에게 무슨 할 말이 있나요?

꼬 비 엘 한 마디만.

부 인 당신 말은 듣고 싶지도 않아요.

꼬 비 엘 (쥬르댕에게) 쥬르댕 씨, 부인과 단둘이서 말할
수 있는 기회만 있으면 부인은 당신의 말을 들
을 것입니다.

부 인 내가 찬성할 줄 알고?

꼬 비 엘 들어나 보세요.

부 인 싫어요.

쥬 르 댕 들어나 보구료.

부 인 듣고 싶지 않아요.

쥬 르 댕 그가 알아듣도록 말을…….

부 인 듣기 싫다니까요.

쥬 르 댕 이것이 여자의 고집이라는 거지. 말 좀 듣기로
서니 무엇이 나쁘단 말인가.

꼬비엘　듣고 난 다음에 마음대로 하세요.

부　　인　그래, 무슨 말이죠?

꼬비엘　(부인에게) 부인에게 한 시간 전부터 신호를 하고 있잖아요. 이것이 남편의 환상을 만족시키기 위해서 하는 일이라는 것을 모르세요? 변장을 해서 그분을 속이고 있어요. 그 터키 왕자가 바로 끄레앙뜨입니다.

부　　인　그래요?

꼬비엘　그리고 제가 바로 꼬비엘, 통역관입니다.

부　　인　그렇다면 나도 찬성이지.

꼬비엘　모르는 척하세요.

부　　인　알겠어. (쥬르댕에게) 저도 이 결혼을 찬성하겠습니다.

쥬르댕　아, 이제 모든 경위를 아는군. 당신은 그의 말을 듣지 않으려 했지만, 그가 터키 왕자가 어떤 분인가를 잘 설명했으리라 믿어요.

부　　인　그 분이 잘 설명해 주어서 저도 마음놓았어요. 공증인을 불러옵시다.

도랑뜨　네, 잘됐군요. 그리고 부인, 부인이 남편에 대해서 갖게 될 질투가 생겨나지 않도록 바로 그 공증인을 통해서 나도 이 분과 결혼하겠어요.

부　　인　그것도 찬성입니다.

쥬르댕　(낮은 소리로 도랑뜨에게) 그것은 제 마누라를 속이기 위해서죠?

도 랑 뜨   (낮은 소리로 쥬르댕에게) 이처럼 부인이 속도록
해두어야지요.

쥬 르 댕   좋아, 그럼 빨리 공증인을 불러오게.

도 랑 뜨   공증인이 와서 계약서를 만들 때까지 무용극을
구경하며, 터키 왕자를 기분전환시켜 줍시다.

쥬 르 댕   좋은 생각이군. 자, 여러분, 자리에 앉읍시다.

부 　 인   니꼴은요?

쥬 르 댕   니꼴은 통역관에게 주겠어. 내 마누라도 원하는
사람이 있으면 주겠어.

꼬 비 엘   나리 감사합니다. (혼잣말로) 이보다 더 바보가
있다면 로마까지 알리러 가야지.

준비된 무용극에 의해 막이 내린다.

스카펭의 간계

Les fourberies de Scapin

등장 인물

아르강뜨 옥따브의 아버지

제롱뜨 앙드르의 아버지

옥따브 아르강뜨의 아들, 이아상뜨의 연인

레앙드르 제롱뜨의 아들, 제르비네뜨의 연인

제르비네뜨 레앙드르의 연인

이아상뜨 옥따브의 연인

스카펭 레앙드르의 하인

실베스트르 옥따브의 하인

네린느 이아상뜨의 유모

까를르 사기꾼

짐꾼 2명

곳 ： 나폴리

제 1 막

제 1 장

옥따브, 실베스트르

옥 따 브	아! 사랑하는 자에게는 유감스러운 소식이군! 끝까지 왔으니! 실베스트르, 아버지가 돌아온다고 부두에서 들었다던데?
실베스트	네.
옥 따 브	오늘 아침에 온데?
실베스트	네, 오늘 아침.
옥 따 브	나를 결혼시킬 생각으로 돌아왔다고?
실베스트	네.
옥 따 브	제롱뜨 씨의 딸과?
실베스트	제롱뜨 씨의.
옥 따 브	그 때문에 딸을 따랑뜨에서 불러왔다고?

실베스트 네.

옥 따 브 너는 우리 아저씨에게 이야기를 들었다고?

실베스트 네, 아저씨한테서요.

옥 따 브 아버지는 편지로 그 이야기를 아저씨에게 부탁
했다면서?

실베스트 네, 편지로요.

옥 따 브 그럼 아저씨는 우리 일을 다 아는지.

실베스트 전부요.

옥 따 브 자, 말해 봐. 그렇게 나에게만 말하게 하지 말
고.

실베스트 더 이상 말할 게 있나요? 도련님께서 벌써 하나
도 빠뜨리지 않고 그대로 얘기했잖아요.

옥 따 브 좋은 꾀를 내야겠는데, 이처럼 곤란할 땐 어떻
게 하면 좋지?

실베스트 정말 저도 도련님처럼 고심 중이에요. 누구에게
서라도 좋은 생각을 빌고 싶군요.

옥 따 브 이렇게 곤란할 때 돌아오신다니 야단인데.

실베스트 저도 동감입니다.

옥 따 브 아버님이 그 일을 아셨을 때에는 야단치리라는
것은 뻔해.

실베스트 야단은 고사하고 그것만으로 끝난다면 고맙지
요. 도련님의 탈선 덕택에 저도 혼나겠군요. 제
어깨에 스며드는 그 보복의 몽둥이가 뭉게구름
처럼 몰려 오는 것 같아요.

옥 따 브   아, 어떻게 하면 그 몽둥이에서 벗어날 수 있을
         까?

실베스트   그러니 그런 일을 하기 전에 뒷일을 생각해 두
         었어야 했잖아요.

옥 따 브   너는 쓸데없는 설교로 나를 괴롭히는구나.

실베스트   저도 도련님의 그러한 행동 때문에 괴롭습니다.

옥 따 브   어떻게 하면 좋지? 어떻게 대책을 세우면 좋을
         까?

제 2 장

스카펭, 옥따브, 실베스트르

스 카 펭   아, 옥따브 도련님, 웬일이세요? 왜 그렇게 안
         절부절 못하시죠? 불안하신 것 같군요.

옥 따 브   스카펭, 할 수 없어. 체념했어. 나는 세상에서
         제일 불행한 자야.

스 카 펭   왜요?

옥 따 브   나에 대해서 아무것도 묻지 않았니?

스 카 펭   아뇨.

옥 따 브   아버지가 제롱뜨 씨와 돌아오시지. 나를 결혼시
         키겠다고.

스 카 펭   그래요? 그게 왜 나쁜가요?

옥 따 브 너는 아직 나의 괴로움을 몰라.

스 카 펭 모르고말고요. 도련님이 말하지 않는 이상 알
도리가 없죠. 하지만 저는 남을 위로하는 것을
좋아하며, 젊은 사람이 하는 일에는 기꺼이 동
참하죠.

옥 따 브 제발, 스카펭, 좋은 방법을 생각해 봐. 좋은 계
략을 짜내 나를 괴로움으로부터 구해 줘. 그러
면 은인으로 생각할테니.

스 카 펭 사실 제가 끼여 들어 안 되는 일이란 거의 없
죠. 저는 하느님한테서 기지와 멋지게 아첨하는
법을 가지고 태어났죠. 아무것도 모르는 녀석들
은 이것을 한 마디로 사기라고 하죠. 자랑은 아
니지만 이런 일을 저만큼 멋지게 해낼 사람이
있을까요? 오늘날은 이 위대함 때문에 도리어
남들한테는 소외되지만요. 그런데 제 신상에 일
어난 사건으로 크게 곤란을 겪은 이후 이러한
일과도 인연을 끊었습니다.

옥 따 브 무슨 사건이야, 스카펭?

스 카 펭 재판에 회부될 정도의 사건이었죠.

옥 따 브 재판 사건!

스 카 펭 네, 저와 그 녀석과 좀 사이가 틀어져서요.

실베스트 너와 재판!

스 카 펭 네, 재판이라는 것이 제게는 불리하죠. 저는 이
세상 모든 것이 원망스러워서 앞으론 아무것도

안하기로 결심했습니다. 그것은 그렇고 나리의
애기를 들려주세요.

옥 따 브   자, 스카펭, 자네도 알다시피 두 달 전에 아버
지와 제롱뜨 씨가 사업상의 밀접한 관계로 같이
여행을 떠났지.

스 카 펭   그건 알고 있습니다.

옥 따 브   나와 레앙드르는 아버지한테 버림을 받아, 나는
실베스트르에게, 그리고 레앙드르는 너한테 맡
겨졌지.

스 카 펭   네, 저는 의뢰받은 대로 멋지게 의무를 다했죠.

옥 따 브   이윽고 레앙드르는 집시 여자와 사귀다가 그녀
에게 빠져 버렸지.

스 카 펭   그것도 압니다.

옥 따 브   우리들은 아주 사이가 좋았기에 그는 곧 내게
자기의 사랑을 고백하고 아가씨를 보이려고 데
려왔지. 그 아가씨는 예쁘지만 그가 말한 정도
는 아니었어. 그가 매일 하는 일은 그 아가씨의
애기를 하는 거였어. 언제나 아가씨가 우아하고
예쁘다고 말했지. 영리하다고 자랑하고 그녀의
말이 귀엽다고까지 했어. 쓸데없는 것까지도 내
게 전했다니까. 그 말이 이 세상에서 제일 슬기
로운 것이라고 말하지 않으면 불만스러워했으
며, 가끔 건성으로 듣는다고 시비를 걸었고, 또
내가 그 사랑에 대해서 너무 무관심하다고 야단

치기도 했지.

스 카 펭　애기가 어떻게 돌아가는지 모르겠군.

옥 따 브　어느 날 그를 따라 그의 사랑하는 이의 집에 갔지. 그런데 교외의 길가 조그만 집에서 흐느끼는 소리가 들려 왔어. 나는 한 여자에게 그 이유를 물었어. 그러자 그녀는 한숨을 쉬면서 자기는 나그네인데, 아주 가련한 모습을 한 사람이 안에 있으며, 냉혹한 자가 아닌 한 보기만 해도 가슴 아플 것이라고 했지.

스 카 펭　그 애기는 또 무엇이죠?

옥 따 브　호기심에 레앙드르와 서둘러 무슨 일인가 가보았지. 방안에 들어가 보니 죽어 가는 노파가 있었어. 그리고 하녀 하나가 울면서 간호하고 있고, 그 곁에 울어서 눈이 부은 젊은 여자가 있었는데, 아주 미인이었어.

스 카 펭　아아!

옥 따 브　다른 여자가 그런 꼴을 하고 있었다면 분명히 놀랐을 거야. 옷으로 말하자면 소박한 스커트와 솜든 마직 잠옷뿐이었지. 머리에 쓴 노란 두건에서는 털이 어깨 위로 떨어지고 있었어. 이런 모습을 하고 있었지만 여러 가지 매력이 있었어. 온통 우아하고 예쁜 여자였으니까.

스 카 펭　이제 본론에 들어갔군요.

옥 따 브　너도 그녀를 본다면 놀랄 거야.

스카 펭   그렇겠죠. 이 눈으로 보지 않았어도 귀염둥이라
        부르는 걸 보니 알겠어요.
옥 따 브   눈물도 얼굴을 밉게 하진 않았어. 아주 정숙하
        게 울었으니까. 탄식도 아름다웠지.
스카 펭   잘 알겠어요.
옥 따 브   죽어 가는 노파한테 매달려서 어머니, 어머니
        하고 소리치는 모습을 보고 나도 눈물이 글썽거
        렸지. 이런 부드러운 마음씨의 아가씨를 보면
        다 그럴 거야.
스카 펭   당연히 그것은 눈물을 자아내죠. 그래서 도련님
        도 그 우아한 모습에 반해 버렸군요?
옥 따 브   스카펭, 제아무리 야만인이라도 그 아가씨한테
        는 반해 버렸을 거야.
스카 펭   물론이죠. 그렇지 않을 수 없었겠죠.
옥 따 브   비애에 잠긴 그 귀여운 아가씨의 탄식을 진정시
        키려고 몇 마디 말을 건네고 그 집을 나왔지.
        그러고 나서 레앙드르에게 어떻게 생각하느냐고
        묻자 그는 냉담하게 "괜찮군" 하고 대답했어.
        이렇게 냉담하게 말하는 데는 화가 났지. 그래
        서 나는 그 여자에 대해서는 입을 다물었지.
실베스트   이야기를 요약하지 않으면 내일까지 걸리겠어
        요. 그리하여 도련님은 그녀에게 열중해 버렸
        지. 그 가련한 아가씨를 위로하러 가지 않고는
        살 수 없을 정도가 되었어. 그러나 너무 자주

갔기 때문에 결국 하녀한테서 쫓겨났지. 그 하녀는 아가씨의 어머니가 죽은 후부터 그녀의 유모 역을 맡았대. 도련님은 절망에 빠졌지. 부탁도 하고 호소도 하고 빌어도 봤지만 소용이 없었지. 비록 아가씨가 재산도 없고 돕는 사람도 없지만 양가의 딸로서 결혼하지 않는 한 그렇게 오는 것은 곤란하다고 했지. 이러한 곤란이 도련님의 정열을 더욱 들끓게 했어. 그래서 생각하고 주저하고 또 생각하다 마침내 사흘 전에 결혼해 버렸지.

스 카 펭 알겠어.

실베스트 그런데 그때 두 달 후에 돌아올 예정이던 아버지가 갑자기 돌아왔지. 이 비밀 결혼이 아저씨한테 발각됐지. 게다가 제롱뜨 씨가 따랑뜨에서 얻은 두 번째 부인 사이에 난 딸과 도련님을 결혼시키려 하지.

옥 따 브 게다가 이 귀여운 아가씨는 아주 가난하고, 나는 그녀를 도울 힘이 없어.

스 카 펭 단지 그것뿐입니까? 그까짓 일로 남자가 걱정합니까? 부끄럽지 않으세요? 그까짓 일을 처리 못하다니 놀랐어요. 당신은 아버지와 어머니를 합친 것처럼 크고 뚱뚱하면서 사건을 처리하기 위한 아무런 책략도, 조리 있는 계교도 못 짜내는군요. 참, 바보군. 두 늙은이를 잘 속여 달라고

미리 내게 부탁하지 않고서. 나는 두 사람을 발
끝으로 희롱했는데. 저는 이렇게 작지만 솜씨는
대단하지요.

실베스트 하느님은 내게 너만큼의 재능을 주지 못했어.
나는 너처럼 재판 같은 그런 짓은 못 하니까.

옥 따 브 아, 귀여운 이아상뜨가 왔군.

제 3 장

이아상뜨, 옥따브, 스카펭, 실베스트르

이아상뜨 옥따브, 실베스트르가 네린느에게 말한 게 사실
인가요? 아버지가 돌아와서 당신을 결혼시킨다
고요?

옥 따 브 정말이오. 나도 놀랐소. 그래서 이렇게 울고 있
는 거요. 웬 눈물이냐고? 내가 당신을 배반했다
고 생각하오? 내가 당신을 이렇게 사랑한다는
것을 믿지 않소?

이아상뜨 네, 옥따브, 사랑하는 것은 알지만 앞으로도 사
랑해 주실지.

옥 따 브 어떻게 내가 한때만 사랑할 수 있나요?

이아상뜨 하지만 옥따브, 남자는 여자보다 사랑이 깊지
않죠. 남자의 사랑의 불꽃은 빨리 피어 올랐다

128

　　　　　　빨리 꺼지니까요.

옥 따 브　이아상뜨, 내 마음은 다른 남자와 다르오. 내가
　　　　　　무덤에 갈 때까지 당신을 사랑할 자신이 있소.

이아상뜨　저도 그렇게 생각하고 싶어요. 그 말에 거짓이
　　　　　　있다고는 믿고 싶지 않아요. 하지만 그 부드러
　　　　　　운 마음이 내게서 떠나갈 날이 오지나 않을까
　　　　　　걱정이에요. 아버지의 명령은 어길 수 없죠, 아
　　　　　　버지는 당신을 결혼시키려고 하죠, 그러면 저는
　　　　　　죽겠어요.

옥 따 브　아니, 이아상뜨, 당신과의 약속을 억지로 어기
　　　　　　게 하는 그런 아버지는 아니오. 그럴 때에는 헤
　　　　　　어지기보다는…… 아니, 아버지가 선택한 여자
　　　　　　는 아직 보지 않았지만 벌써 싫어졌어요. 잔인
　　　　　　한 것 같지만 바다가 그녀를 영원히 싣고 갔으
　　　　　　면 좋겠소. 그러니 이아상뜨, 울지 마오. 당신
　　　　　　이 울면 나도 괴로워요. 당신의 눈물을 보면 내
　　　　　　마음이 찢어질 것만 같소.

이아상뜨　당신의 말이니 울지 말아야죠. 하느님이 우리의
　　　　　　운명을 정해 줄 날을 변치 않는 마음으로 기다
　　　　　　려야죠.

옥 따 브　하느님은 반드시 우리에게 축복을 주실 거요.

이아상뜨　당신이 나를 사랑한다면 하느님도 도와 주시겠
　　　　　　죠?

옥 따 브　물론 당신만을 사랑하오.

이아상쯔   그럼 저는 행복해요.

스 카 펭   (혼잣말로)이 아가씨, 바보는 아니군. 말도 잘
            하고.

옥 따 브   (스카펭을 가리키며) 이 사나이가, 우리가 곤란할
            때는 언제나 도울 것이오.

스 카 펭   저는 이 세상 일에는 절대 관여치 않기로 했으
            나 두 뷰이 부탁한다면.

옥 따 브   네가 도와만 준다면, 두 손으로 빌테니 제발 우
            리 두 사람의 손잡이가 되어 주게.

스 카 펭   (이아상쯔에게) 그럼 아가씨는? 제게 할 말은?

이아상쯔   옥따브 말대로 제발 우리들의 사랑을 꼭 도와
            주세요.

스 카 펭   복종도 염려도 필요하군요. 그럼 두 사람을 위
            해서 일하기로 하죠.

옥 따 브   저…….

스 카 펭   쉬! (이아상쯔에게) 당신은 잠깐 나가서 기다리
            세요.

옥 따 브   하지만 나는 아버지가 도착할 것을 생각하니 벌
            벌 떨려. 나는 원래가 마음이 약하니까.

스 카 펭   하지만 제1의 충격부터 정신 차려야죠. 겁을 먹
            으면 바보 취급을 받죠. 자, 미리 한 번 해보세
            요. 용기를 내어 누가 뭐라 해도 답변할 수 있
            도록 해야죠.

옥 따 브   가능한 한 해보지.

스 카 펭 자, 연습해 볼까요? 멋진 역을 할 수 있는지 없는지 봐야죠. 얼굴은 당당하게, 머리를 들고, 뚜렷한 눈초리로.

옥 따 브 이만하면 됐지?

스 카 펭 조금만 더.

옥 따 브 이렇게?

스 카 펭 좋아요. 자 그럼 아버지가 여기에 오신다 치고 아버지에게 대답하듯 저에게 대답해 보세요. "뭐라고? 이 바보 같은 자식! 아버지의 이름을 더럽히는 바람둥이. 항상 못된 짓만 하더니 애비가 없는 사이에 비겁한 짓을 하고 내 앞에 용케 나타났구나. 내가 공들인 게 이거야? 이 바보야! 이거냔 말이야! 이것이 아버지를 존경하는 거냐? 이게 말야! 자, 아버지의 허락도 없이 결혼 약속을 하고 비밀리에 결혼하는 이 사기꾼, 대답해 봐! 나쁜 놈! 대답해 봐! 할 말 있으면." 만일 도련님이라면······.

옥 따 브 정말 아버지가 야단치는 것 같군.

스 카 펭 그렇죠. 그러니 어린애처럼 가만히만 있으면 안 돼요.

옥 따 브 보다 더 용기를 내어 대답하지.

스 카 펭 자신 있나요?

옥 따 브 자신 있어.

실베스트 아, 나리께서 오신다.

옥 따 브   아이고! (도망간다)

스 카 펭   옥따브 도련님, 기다리세요. 도망가다니. 참 어
            이가 없군. 아버님을 기다리게 하시다니…….

실베스트   나는 무어라고 하면 좋을까?

스 카 펭   나에게 맡겨 둬. 내 뒤만 따라오면 돼.

제 4 장

아르강뜨, 스카펭, 실베스트르

아르강뜨   (혼자인 줄 알고) 이런 괘씸한 일이 또 있을까?

스 카 펭   (실베스트르에게) 벌써 일이 벌어졌군. 꽤 큰 소
            리로 떠들어대는데.

아르강뜨   (혼자인 줄 알고) 정말 제멋대로야.

스 카 펭   (실베스트르에게) 무슨 소리를 하나 좀 들어 볼
            까?

아르강뜨   (혼자인 줄 알고) 이 어줍은 결혼에 대해서 그애
            가 뭐라고 하는지 들어 봐야지.

스 카 펭   (혼잣말로) 그것은 바로 여기에서도 생각해 두었
            지요.

아르강뜨   (혼자인 줄 알고) 사실무근하다고 하겠는가?

스 카 펭   (혼잣말로) 그런 생각은 않지요.

아르강뜨   (혼자인 줄 알고) 아니면 아들에게 빌도록 할 것

인가?

스 카 펭 (혼잣말로) 그럴 수도 있겠지.

아르강뜨 (혼자인 줄 알고) 아니면 일을 조작해서 나를 골 탕먹일 것인가?

스 카 펭 (혼잣말로) 그럴지도 모르지.

아르강뜨 (혼자인줄알고) 그러나 어떠한 변명도 소용없 지.

스 카 펭 (혼잣말로) 두고 봅시다.

아르강뜨 (혼자인 줄 알고) 이젠 소용없어.

스 카 펭 (혼잣말로) 그만 떠드시지.

아르강뜨 (혼자인 줄 알고) 저 나쁜 녀석, 골탕먹여 줄 만 하지.

스 카 펭 (혼잣말로) 여기도 준비가 되어 있죠.

아르강뜨 (혼자인 줄 알고) 그리고 저 바보 녀석, 실베스 르를 혼내 주어야지.

실베스트 (스카펭에게) 나를 잊었을 리가 없지.

아르강뜨 (실베스트르를 보며) 아, 너 여기 있었구나. 멋진 가정 교사, 젊은이의 멋진 지도자.

스 카 펭 아, 나리, 돌아오셔서 기쁩니다.

아르강뜨 아, 스카펭이군. (실베스트르에게) 아, 내 일을 잘해 주었더군. 내가 없는 동안 아주 잘했어.

스 카 펭 그간 안녕하셨어요?

아르강뜨 그럼. (실베스트르에게) 왜 넌 말이 없지?

스 카 펭 여행은 어떠셨어요?

아르강뜨   응, 매우 재미있었지. 나로 하여금 야단치게 내버려 둬.

스 카 펭   야단치다니요?

아르강뜨   당연하지.

스 카 펭   누구를요?

아르강뜨   (실베스트르를 가리키며) 이 녀석 말야.

스 카 펭   왜요?

아르강뜨   내가 없는 동안에 일어난 일을 아직 모르나?

스 카 펭   조그만 일은 알고 있어요.

아르강뜨   뭐? 조그만 일이라고?

스 카 펭   물론 나리 말에도 일리는 있죠.

아르강뜨   그렇게 대담한 짓이?

스 카 펭   그렇죠.

아르강뜨   아버지 허락도 없이 결혼하는 자식이?

스 카 펭   거기에 대해서 하실 말씀은 해야죠. 하지만 너무 잔소리하는 것은 좋지 않죠.

아르강뜨   그렇지 않아. 혼 좀 내줘야지. 아니, 내가 분개해야 할 만한 이유가 없단 말인가?

스 카 펭   있죠. 처음에 제가 그 일을 알았을 때 도련님과 싸울 정도로 도련님을 염려했죠. 제가 얼마나 야단쳤는지 가서 물어 보세요. 땅에 엎드려 존경해야 할 아버지에 대해서 예의를 지키지 않는다고 야단쳤죠. 나리 자신도 저만큼 야단치진 못할 것입니다. 하지만 이해할 수 있더군요.

알고 보니 도련님이 큰 실수를 범한 건 아니었어요.

아르강뜨 무슨 소릴 하고 있나? 신분도 모르는 여자와 결혼한 것이 틀리지 않았다고?

스 카 펭 어쩌란 말입니까? 숙명인데.

아르강뜨 정말 멋진 변명이로군. 숙명이라고? 변명만 할 수 있으면 도둑질, 사기, 살인, 모든 죄가 다 허용된단 말이냐?

스 카 펭 나리는 제 말에 깊은 뜻이 있다는 것을 아시는군요. 제가 말한 것은 도련님이 어쩔 수 없이 그 사건에 끌려 들어갔다는 것입니다.

아르강뜨 그럼, 아들이 왜 그 일에 끌려 들어갔지?

스 카 펭 도련님이 나리처럼 분별력이 있겠습니까? 젊은 사람은 이치에 맞는 일만 하는 것이 아니죠. 그 예로서 우리집의 레앙드르 도련님은 제가 아무리 말리고 간해도 나리의 아드님보다도 더 심한 과오를 저질렀어요. 나리한테 묻고 싶은 게 있는데, 나리는 젊었을 때 세상의 젊은이들처럼 과오를 저지르지 않았나요? 소문에 의하면 나리도 젊었을 때 많은 여자들과 놀며, 멋쟁이 여자들과 문제를 일으키잖았어요. 그러니 나리께서 상대방을 노리지 않고 여자에게 접근한 적이 없다고야 할 수 있겠어요?

아르강뜨 그건 그래, 맞아. 하지만 나는 노는 것은 끝마

              쳤어. 탈선은 안했단 말야.

스 카 펭 그러니 도련님은 어쩌란 말입니까? 자기를 좋아하는 여자를 만나고, 여자들이 도련님을 좋아하는 것은 나리에게서 이어받은 것이죠. 도련님이 여자를 좋아하고 그녀의 집에 가서 멋진, 여자를 황홀케 하는 이야기를 하죠. 그리고 멋지게 한숨짓고 정열을 쏟죠. 여자도 여기에 호응하죠. 도련님은 열이 타오르죠. 그래서 여자의 양친이 보고 결혼하라고 한 거예요.

실베스트 (혼잣말로) 아니, 아주 잘 속이는 녀석이네.

스 카 펭 도련님이 죽는 것은 나리도 싫겠죠? 죽음보다는 결혼이 낫다니까요.

아르강뜨 아무도 그렇다고는 말하지 않았어.

스 카 펭 (실베스트르를 가리키며) 그럼 물어 보세요. 내 말이 맞을테니까.

아르강뜨 그럼, 압력으로 결혼했다는 건가?

실베스트 네, 나리.

스 카 펭 제가 거짓말 할 리가 있겠습니까?

아르강뜨 그럼 빨리 공증인한테 가서 폭력을 항의해야지.

스 카 펭 도련님은 그것을 싫어하십니다.

아르강뜨 내 말대로 하면 그 결혼은 파혼되겠지.

스 카 펭 파혼이라구요?

아르강뜨 그럼.

스 카 펭 안 되죠.

아르강뜨 안 된다고?

스카펭 네.

아르강뜨 뭐? 그럼, 나에게 아버지의 권한이 없단 말이
야? 아들에 대한 폭력에 항의를 못한다고?

스카펭 도련님이 납득 않죠.

아르강뜨 납득 안해?

스카펭 네.

아르강뜨 아들이?

스카펭 네, 도련님이 스스로 겁쟁이라 하고 폭력으로
결혼했다고 남 앞에서 말할 수 있겠습니까? 도
련님이 그것을 고백할 수는 없죠. 자기를 상처
입힐 뿐만 아니라 아버지를 부끄럽게 하니까요.

아르강뜨 그런 건 상관없어.

스카펭 도련님이나 나리의 명예를 위해서 스스로 결혼
했다고 말하는 게 좋죠.

아르강뜨 아니야, 그 녀석이나 나의 명예를 위해서는 반
대로 해야 돼.

스카펭 도련님은 결코 그런 말은 안할 겁니다.

아르강뜨 시켜야지.

스카펭 말 안 한데두요?

아르강뜨 말하도록 해야지, 아니면 상속을 안해 주지.

스카펭 나리가?

아르강뜨 그래, 내가.

스카펭 네에.

아르강뜨 뭐가 네에냐?

스 카 펭 상속 안 시킬 수가 없죠.

아르강뜨 내가 못 한다고?

스 카 펭 못 하시죠.

아르강뜨 하고말고.

스 카 펭 못 하세요.

아르강뜨 아니, 이상한 소리를 하는구나. 내가 내 자식에
게 상속 못 하게 할 수 없다고?

스 카 펭 안 되죠.

아르강뜨 누가 말려.

스 카 펭 나리 자신이요.

아르강뜨 내가?

스 카 펭 네, 나리는 박정한 분이 아니시니.

아르강뜨 박정할 수도 있지.

스 카 펭 무슨 농담을.

아르강뜨 농담이 아니야.

스 카 펭 아버지로서 애정이란 것이…….

아르강뜨 그런 거 필요없어.

스 카 펭 안 그럴 텐데요.

아르강뜨 해야 할 일을 하니까.

스 카 펭 어리석은 짓도요?

아르강뜨 그런 소리 마.

스 카 펭 나리, 저는 나리의 마음을 잘 알고 있어요. 본
래가 착하고…….

아르강뜨 아니야, 마음만 먹으면 악해질 수도 있어. 기분 나쁜 애기는 그만두자. (실베스트르에게) 이 바보야, 저리 가. 내 바보 자식을 데려와. 나는 제롱뜨를 만나서 내 불행에 대한 이야기를 해야지.

스카펭 나리, 무슨 도움이 될 수 있는 길이 있다면 시켜 주세요.

아르강뜨 고맙네. (혼잣말로) 나는 왜 아들이 하나밖에 없어 가지고. 하느님이 앗아간 내 딸이 살아 있다면 내 뒤를 잇게 할 텐데…….

제 5 장

스카펭, 실베스트르

실베스트 정말 멋지군. 만사는 잘 되어가. 하지만 살기 위해서는 돈이 필요해. 도처에서 돈, 돈 하고 우리에게 짖어 대는 녀석들이 있으니까.

스카펭 내게 맡겨 둬, 걱정 말고. 지금 이 역을 맡을 녀석이 없는지, 믿을 만한 사람으로 찾고 있는 중이야. 잠깐만, 자, 나쁜 녀석처럼 모자를 깊이 쓰고, 발을 힘껏 밟고, 손을 허리에 대고, 화난 얼굴을 해봐. 연극에 나오는 왕처럼 걸어봐. 좋아. 나를 따라와. 그 얼굴도 목소리도 아무도 모르게 할테니까.

실베스트 법에 걸리는 일은 싫어.

스 카 펭 제아무리 위험한 일도 같이 하는 거야. 2, 3년 형무소 생활을 한다고 해서 옳은 일을 안할 것인가?

제 2 막

제 1 장

제롱뜨, 아르강뜨

제 롱 뜨 아마도 이런 날씨면 오늘 도착할 수 있겠죠? 게다가 따랑뜨에서 온 선원의 아내 이야기로는 그 남자가 배를 타는 걸 본 모양입니다. 하여튼 그 아가씨가 와도 곤란하게 됐군요. 우리가 생각한 대로 안 되겠어요. 당신의 얘기로는 우리 두 사람의 계획도 수포로 돌아갔다는 거겠죠.

아르강뜨 걱정 마세요. 제가 맡을테니까. 모든 장애물을 제거해야죠. 당장 그 일을 착수하겠습니다.

제 롱 뜨 참, 아르강뜨 씨, 제 생각을 말씀드리죠. 자식 교육에는 퍽 주의를 해야 돼요.

아르강뜨 물론이죠. 왜 그런 말씀을 하시죠?

제 롱 뜨 젊은 애가 방탕하는 것은 대개 아버지의 교육이
        나쁜 탓이죠.

아르강뜨 그렇겠죠. 그런데 왜 그런 말씀을 하십니까?

스카펭의 왜냐구요?

아르강뜨 네.

제 롱 뜨 그것은요, 당신이 훌륭한 아버지로서 자식 교
        육에 힘썼더라면 그런 일은 없었을 거라는 얘
        기죠.

아르강뜨 그렇죠. 당신은 자식의 교육을 잘하겠죠?

제 롱 뜨 물론이죠. 그 일과 비슷한 일을 제 집 애가 그
        랬다가는 용서를 못 하죠.

아르강뜨 가령 당신이 훌륭한 아버지로서 자식을 잘 교육
        시켰는데 내 자식보다 더 나쁜 짓을 했을 경우
        에는?

제 롱 뜨 뭐요?

아르강뜨 뭐요?

제 롱 뜨 그게 무슨 말이죠?

아르강뜨 제롱뜨 씨, 너무 남을 비난하는 것이 아닙니다.
        남을 비난하기 전에 자기 반성부터 해야죠.

제 롱 뜨 그 말뜻을 모르겠는데요?

아르강뜨 미리 설명해 드릴 걸 그랬죠?

제 롱 뜨 제 아들에 대해서 들은 얘기라도 있습니까?

아르강뜨 있을 수 있죠.

제 롱 뜨 뭐죠?

아르강뜨 스카펭이 내가 분해 하는 것을 보고 암시를 해 주었습니다마는, 그의 애비나 다른 사람에게서 자세한 얘기를 들을 수 있겠죠. 하지만 저는 변호사한테 가서 해야 할 일을 생각해야겠어요. 그럼 안녕.

제 2 장

레앙드르, 제롱뜨

제 롱 뜨 (혼자서) 도대체 무슨 사건일까? 그 녀석 아들보다 더한 짓을 해? 그것보다 더한 일이 있을라구. 애비 허락도 없이 결혼하다니 그보다 더 나쁜 놈이 어디 있어. (레앙드르를 발견하고) 거기 있었구나.

레앙드르 (제롱뜨를 포옹하려고 달려가며) 아, 아버지! 돌아오셔서 기쁩니다.

제 롱 뜨 (포옹을 거절하며) 조용히 해! 얘기부터하자.

레앙드르 껴안아 주시지도 않고…….

제 롱 뜨 (더욱 불쾌해 하며) 조용히 하라니까.

레앙드르 아니, 아버지는 제가 이처럼 기쁘게 껴안는 것을 거절하시는 겁니까?

제 롱 뜨 너와 얘기할 게 있어.

레앙드르   뭔데요?

제 롱 뜨   나를 똑바로 봐.

레앙드르   무슨 일인데요?

제 롱 뜨   내 눈 사이를 잘 봐.

레앙드르   네?

제 롱 뜨   무슨 일이 있었지?

레앙드르   무슨 일이 있었냐구요?

제 롱 뜨   그래, 내가 없는 동안에 무엇을 했느냔 말이야.

레앙드르   무엇을 해야 하는데요?

제 롱 뜨   네가 무엇을 해야 한다는 게 아니고 무엇을 했
          느냐고 묻는 거야.

레앙드르   아버지에게 잔소리를 들을 만한 짓은 하지 않았
          어요.

제 롱 뜨   아무것도 안했니?

레앙드르   네.

제 롱 뜨   틀림없지?

레앙드르   네.

제 롱 뜨   하지만, 스카펭이 내게 일러줬는데!

레앙드르   스카펭이요?

제 롱 뜨   그 말만 들어도 얼굴이 붉어지는군.

레앙드르   제 말을 했다구요?

제 롱 뜨   입장 곤란하면 딴 데 가서 얘기하자. 자, 집으
          로 가거라. 나도 갈테니. (레앙드르 퇴장) 이 배
          반자! 나를 부끄럽게 하는 놈은 내 자식이 아니

야. 앞으로는 내 눈에서 떠나지 못하게 할테
다.

제 3 장

옥따브, 스카펭, 레앙드르

레앙드르 이렇게 나를 배반하다니! 내가 비밀로 알려 준
일을 감춰 줘야 할 사나이가 제일 먼저 아버지
한테 가서 그것을 폭로하다니! 이 배반자에게
벌을 줘야지!

옥 따 브 아, 스카펭! 자네의 친절에 대해서 감사하네.
정말 멋진 남자야. 나를 돕기 위해서 하느님이
너를 보내신 거야.

레앙드르 아, 거기 있었군. 여기서 만나게 되어서 기뻐.
이 녀석아!

스 카 펭 도련님, 죄송합니다.

레앙드르 (칼에 손을 대며) 또 그런 장난 할 건가 …… 혼
좀 내주어야지.

스 카 펭 (무릎을 꿇으며) 도련님!

옥 따 브 (레앙드르가 스카펭을 칼로 내리치려 하자 그 사이로
끼여 들어가며) 레앙드르!

레앙드르 옥따브, 제발 말리지 말게.

스 카 펭 도련님!

옥 따 브 (레앙드르를 붙들며) 제발!

레앙드르 (스카펭을 치려 들며) 내 원한을 풀어 주게.

옥 따 브 레앙드르, 우정을 생각해서라도 그런 짓은 말아
주게.

스 카 펭 도련님, 제가 무슨 잘못을 했습니까?

레앙드르 (때려 들며) 네가 한 짓도 모르느냐, 이 녀석아?

옥 따 브 (말리며) 조용히 해!

레앙드르 안 돼, 옥따브, 이 녀석 스스로 자백할 때까지
는. 이 녀석아, 나는 네가 무엇을 했는지 다 알
고 있어. 지금 다 들었지. 그 비밀을 나에게 말
할 사람은 없다고 생각했겠지? 자, 너의 입으로
자백하지 않으면 찌르겠다.

스 카 펭 아, 도련님, 그 무슨 심한 일을 하려고 하십니
까?

레앙드르 말해 봐!

스 카 펭 도련님, 제가 무얼 했어요?

레앙드르 네 양심은 다 알고 있을텐데.

스 카 펭 모르겠어요.

레앙드르 (때려 들며) 모른다고?

옥 따 브 (말리며) 레앙드르.

스 카 펭 이렇게 되고 보니 할 수 없군요. 말씀드리죠.
사실은 요전날 도련님에게 선물 들어온 스페인
포도주통을, 깬 것처럼 하고 술이 흘러 나간 것

처럼 물을 뿌려 놨죠.

레앙드르 이 녀석, 스페인 포도주를 마신 것이 바로 너였 구나. 나는 하녀가 그런 줄 알고 야단쳤는데.

스 카 펭 네, 죄송합니다.

레앙드르 그것을 알게 되어서 다행이군. 그러나 내가 한 말은 그게 아니다.

스 카 펭 그게 아니라고요?

레앙드르 그보다 더 화나는 일이지. 자, 말해 봐.

스 카 펭 다른 일은 생각이 나지 않는데요.

레앙드르 (찌르려 하며) 말 않겠어?

스 카 펭 뭐 말씀이지요?

옥 따 브 (말리면서) 조용히.

스 카 펭 네, 도련님. 사실은 3주일 전, 어느 날 저녁 도 련님이 좋아하는 이집트 아가씨에게 시계를 전 하러 갔었죠. 그때 옷은 흙투성이이고 얼굴은 피투성이였었죠. 도적을 만나서 그렇게 되고 시 계를 빼앗겼다고 말했는데 실은 제가 가졌어요.

레앙드르 시계를 네가 가졌다고?

스 카 펭 네, 시간을 알고 싶어서요.

레앙드르 어, 별걸 다 알게 되는구나. 너는 정말 충실한 하인이야. 하지만 내가 묻는 것은 그런 것이 아 니라니까.

스 카 펭 그게 아니라고요?

레앙드르 그래, 네가 고백할 일은 딴 일이야.

스 카 펭   (혼잣말로) 뭐지?

레앙드르   빨리 말해, 시간 없으니!

스 카 펭   도련님, 그것뿐입니다.

레앙드르   (스카펭을 찌르려 하며) 그것뿐이라고?

옥 따 브   (앞을 막으며) 어허!

스 카 펭   그러면 반년 전, 어느 날 밤 도련님을 때린 루기루(밤에 늑대로 둔갑해서 돌아다니는 요술쟁이)를 기억하시죠? 그때 도련님이 도망치다 지하실에서 목을 부러뜨릴 뻔했죠.

레앙드르   그래.

스 카 펭   그 늑대 인간이 바로 저였어요.

레앙드르   응, 네가 바로 그 귀신이었단 말이지?

스 카 펭   조금 도련님을 겁나게 해주려고 그런 거죠. 도련님이 밤중에 우리를 심부름시키지 않도록 하려고 한 거예요.

레앙드르   네가 말한 것은 언제고 잊지 않을 거야. 하지만 너는 왜 아버지에게 말한 것을 자백하지 않느냐?

스 카 펭   나리에게요?

레앙드르   그래, 아버지에게.

스 카 펭   저는 아직 돌아온 후로 뵙질 않았는데요.

레앙드르   안 뵈었다고?

스 카 펭   네.

레앙드르   정말?

스 카 펭　네, 나리한테 물어 보세요.

레앙드르　내가 아버님한테서 들었는데.

스 카 펭　실례지만, 나리께서 사실을 말씀하진 않았겠죠.

제 4 장

까를르, 스카펭, 레앙드르, 옥따브

까 를 르　도련님, 도련님에 대한 좋지 않은 소식을 전하러 왔습니다.

레앙드르　뭐라고?

까 를 르　그 이집트 사람들이 제르비네뜨를 데려가려고 합니다. 아가씨 자신도 눈물을 흘리며 저에게 부탁했습니다. 빨리 도련님에게 알려 달라구요. 두 시간 안에 자기와 교환할 수 있는 돈을 주지 않으면 이 세상에서는 두 번 다시 볼 수 없다고요.

레앙드르　두 시간 안이라고?

까 를 르　네, 두 시간 안입니다.

레앙드르　아, 가련한 스카펭, 제발 나를 살려 주게.

스 카 펭　(레앙드르 앞에 태연히 서며) 아, 가련한 스카펭, 내 힘이 필요할 때는 나는 가련한 스카펭이군.

레앙드르　자, 네가 자백한 것은 다 용서해 주지. 더 나쁜 일이라도 용서하지.

스 카 펭 아니죠, 용서하지 마세요. 칼로 찔러 주세요. 당신이 나를 찔러 주는 것이 소원입니다.

레앙드르 그보다는 나에게 너의 목숨을 바쳐서 내 사랑이 이루어지도록 해줘.

스 카 펭 아니죠, 저를 죽이는 게 나을 거예요.

레앙드르 아니, 너는 내게 정말 소중해. 너는 무슨 일이든지 할 수 있는 멋진 솜씨를 갖추었으니 나를 위해 힘써 줘.

스 카 펭 아니, 빨리 죽여 주세요.

레앙드르 제발 그런 것은 다 잊고 내 부탁을 들어주게.

옥 따 브 스카펭, 들어주렴.

스 카 펭 이렇게 부끄러움을 당한 뒤에?

레앙드르 내가 화낸 것에 대해선 용서하고 도와 달라니까!

옥 따 브 나도 같이 부탁하겠네.

스 카 펭 그 모욕적인 말이 내 가슴에 못박혔어요.

옥 따 브 그것을 잊게.

레앙드르 나의 사랑이 위기에 놓였는데 너는 나를 버릴 거야?

스 카 펭 저를 망신시키고 난 뒤인데두요.

레앙드르 정말 내가 잘못했어.

스 카 펭 나를 아주 악독한 사람이라고 저주하고서요!

레앙드르 정말 후회하네.

스 카 펭   나를 칼로 찔러 죽이려고 했으면서요.

레앙드르   이렇게 빈다. 무릎을 꿇라면 꿇테니, 제발 나를
            버리지 마.

옥 따 브   자, 스카펭, 들어주렴.

스 카 펭   일어나세요. 그럼 다음부터는 그러지 마세요.

레앙드르   그럼, 나를 도와 주는 거냐?

스 카 펭   생각해 봐야죠.

레앙드르   하지만 시간이 급해.

스 카 펭   걱정하지 마세요. 얼마가 필요하시죠?

레앙드르   5백 에큐.

스 카 펭   도련님은?

옥 따 브   2백 피스톨.

스 카 펭   그 돈을 두 분 부친에게서 얻기로 하지요. (옥
            따브에게) 도련님 부친에 대해서는 좋은 계략이
            있죠. (레앙드르에게) 도련님 부친은 인색하지만
            별것 아니죠. 머리가 좋은 편은 아니니까요. 그
            분으로 말하자면 이쪽 생각대로 할 수 있죠. 이
            런 말 한다고 화내지 마세요. 도련님과 나리가
            닮았다고는 생각하지 않으니까요. 도련님도 세
            상의 소문은 알고 계시죠? 세상에서는 부친과
            도련님을 구별하는 것은 얼굴뿐이라는데요.

레앙드르   그래, 스카펭.

스 카 펭   그런 일도 마음에 걸리나요? 웃고 계시군요.
            아, 저기 옥따브 도련님의 부친께서 오시는군

요. 이 일부터 시작하죠. 자, 두 분은 가세요.
(옥따브에게) 그러면 도련님은 실베스트르에게
여기 와서 연기를 하자고 말해 주세요.

제 5 장

아르강뜨, 스카펭

스 카 펭 (혼잣말로) 무슨 생각을 하는군.

아르강뜨 (혼자인 줄 알고) 이처럼 경박하고 생각없는 녀
석이란! 이런 결혼에 덤벼들다니! 정말 무모한
청춘이야!

스 카 펭 아, 나리.

아르강뜨 스카펭이구나.

스 카 펭 아드님 문제를 생각하시나요?

아르강뜨 사실 나는 마음이 상해 있어.

스 카 펭 이 세상 일은 다 마음대로 안 되죠. 그래서 언
제나 준비해 놔야 합니다. 옛날 어떤 사람의 애
기인데 지금도 기억나는 게 있어요.

아르강뜨 뭔데?

스 카 펭 가령 한 가정의 가장이 집을 나갔다가 돌아왔을
때엔 항상 재난에 대한 것을 미리 생각해 두어
라. 예를 들면 화재, 도난, 부인의 죽음, 아들

의 불구, 딸의 유괴, 그리고 이 재난 중 일어나지 않은 일이 있을 때에는 다행으로 생각하라. 저는 이 말을 항상 처세의 교훈으로 삼고 있지요. 제가 집에 갈 때에는 언제나 주인의 노여움을 각오하죠. 야단맞고 엉덩이를 채이고 몽둥이와 회초리를 맞는다는 각오를 하죠. 그런 일이 생기지 않을 때에는 운이 좋다고 감사해 합니다.

아르강뜨   그것 좋은 생각이군. 하지만 내가 생각해 왔던 것을 파괴시키는 이런 일만은 도저히 용서할 수 없어. 난 지금 파혼시키기 위해 변호사에게 다녀오는 길이야.

스 카 펭   나리, 제 생각으로는 이 사건을 다른 방식으로 해결하는 게 좋겠어요. 나리도 나리께서 한 소송이 어떤 것인지 아시죠? 가시밭에 발을 들여 놓는 격이죠.

아르강뜨   그건 그래. 나도 잘 알고 있지만 별다른 방법이…….

스 카 펭   좋은 방법이 있습니다. 나리의 괴로움을 보고 어떻게든지 나리의 걱정을 덜어 드리려고 생각해 봤죠. 나리같이 훌륭한 분이 자식 때문에 걱정하는 것은 볼 수가 없으니까요. 그리고 전부터 나리의 인품에 끌려 왔었습니다.

아르강뜨   고맙군.

스 카 펭   그래서 결혼했다는 여인의 오빠를 만나 보았죠. 그런데 그 녀석은 멋진 직업을 갖고 있으며, 쉽게 칼로 사람을 치고 사람 죽이는 얘기만 하며, 사람 죽이기를 술 끼얹는 정도로밖에 생각 않죠. 그래서 그 녀석에게 이번 결혼 얘기를 꺼내서 폭력으로 결혼했다는 것을 이유로 결혼을 중단시킬 수 있으며 나리의 특권도 있고 또 나리 스스로의 권리, 재력 그리고 친지와 친구가 재판에 얼마나 영향력이 있는지를 얘기했죠. 그러면서 이것저것 보여줬더니 제 말에 귀를 기울이더군요. 즉 돈을 좀 내놓으면 해결되겠어요. 그 녀석도 나리가 돈만 내놓으면 파혼을 승락하겠대요.

아르강뜨   얼마나 요구하지?

스 카 펭   처음에는 엄청나게 부르더군요.

아르강뜨   뭐?

스 카 펭   엄청나게요.

아르강뜨   그래서?

스 카 펭   5, 6백 피스톨은 내야 한다구요.

아르강뜨   5, 6백이라니. 차라리 그 녀석을 죽여 버리지. 사람을 바보로 알기도 분수가 있지.

스 카 펭   그래서 제가 말했죠, 그런 제안은 거부한다고. 그리고 나리에게 5, 6백 피스톨을 요구해도 줄 리가 없다고. 그래서 여러 가지로 흥정한 결과 이렇게 됐죠. 그가 말하기를 "나는 군대에 가야 해. 그래서 준비하는 데 돈이 필요하니 자네 말도 들어 보지. 나는 말이 한 필 필요한데 60 피스톨은 있어야 하거든.

아르강뜨 좋아, 그 정도라면 내지.

스 카 펭 게다가 투구와 총도 필요하대요. 그것이 20 피스톨.

아르강뜨 20에 60. 그러면 80 피스톨이군.

스 카 펭 네.

아르강뜨 좀 많지만 할 수 없군.

스 카 펭 부하를 태우는 데 말이 한 필 필요한데, 그것이 30 피스톨.

아르강뜨 뭐? 부하는 걸으면 돼. 부하에겐 안 돼.

스 카 펭 나리.

아르강뜨 안 된다니까.

스 카 펭 나리는, 부하는 걸어가라구요?

아르강뜨 멋대로 하라구 해, 주인도 말야.

스 카 펭 쓸데없는 일에 그러지 마세요. 조롱하지 마세요. 재판하지 않도록 필요한 만큼 주세요.

아르강뜨 그러면 30 피스톨을 주지.

스 카 펭 짐을 싣는 노새가 한 마리.

아르강뜨 그까짓 노새는 집어치워! 뻔뻔스럽게. 재판을 걸까보다.

스 카 펭 제발, 나리.

아르강뜨   안 돼, 한 푼도 안 돼.

스카 펭   노새 한 마리 가지고요?

아르강뜨   나귀 한 마리도 안 돼.

스카 펭   생각해 보세요.

아르강뜨   재판하겠어.

스카 펭   나리, 무슨 말씀이세요? 왜 그러세요? 재판이 얼마나 귀찮은지 생각해 보세요. 공소가 있고 재판 절차가 있고, 그리고 귀찮은 소송의 수속과 물건을 요구하는 짐승들이 있죠. 즉 집달리, 검사, 변호사, 서기, 관리, 조사위원, 판사, 서기보를 거쳐야 되죠. 아무리 조그만 일이라도 이들 손을 거쳐야 되거든요. 집달리는 그릇된 송달 증서를 줌으로써 무죄에 대해서도 벌받고, 검사는 상대방과의 이야기로써 현금을 원고에게 요구하며, 변호사는 변호사대로 배를 불리고 법정에는 나타나지도 않으며, 나타나더라도 큰소리만 치고 중요한 말은 않죠. 서기는 서기대로 결석 재판으로 나리에게 불리한 판결을 내리죠. 조사위원회의 서기는 서류를 훔치죠. 조심해서 이런 것을 피해도 조사위원은 자기가 본 것을 봤다고 하지 않고, 판사는 자기를 둘러싼 자나 정부에게 부탁받아 나리에게 불리한 재판을 하죠. 나리, 될 수 있으면 이러한 지옥에서 발을 빼세요. 소송을 제기한다는 것은 지옥에

빠지는 것입니다. 소송이란 말만 들어도 저는 인도(印度)로 도망가고 싶어요.

아르강뜨 노새 값이 얼마라고?

스 카 펭 나리, 노새와 부하의 말, 갑옷과 총과 정부(情婦)에 대한 빚 모두 합해서 2백 피스톨입니다.

아르강뜨 2백 피스톨이라고?

스 카 펭 네.

아르강뜨 (화내며 무대를 걸으면서) 그럼 고소해야지.

스 카 펭 잘 생각해 보세요.

아르강뜨 고소해야지.

스 카 펭 그러지 마세요.

아르강뜨 고소한다니까.

스 카 펭 고소에는 돈이 듭니다. 송달 증서에도 돈, 서류 등기에도 돈, 소송 대리에도 돈, 대서인 선정에도 돈, 서류 제출에도 돈, 검사의 일당을 지불하고 게다가 변호사에게는 상담료와 변호료를 내고. 고소장이 든 주머니를 받는 데도 돈, 서류의 등본에도 돈, 검사의 의견서에도 돈, 열람료에도 돈, 서기의 서류 기입에도 돈, 채권 차압에도 돈, 재판 결재에도 돈, 검인, 서명, 서기의 통지장에도 돈, 돈, 돈, 돈, 그 외에 선물도 해야 되구요. 하지만 그 녀석에겐 그 돈만 주면 간단히 해결되죠.

아르강뜨 하지만 어떻게 2백 피스톨이나?

스 카 펭　그것이 이익이죠. 재판에 대한 것을 계산해 보니, 2백 피스톨을 그에게 주어도 백 20 피스톨의 이익이 있어요. 거기에는 나리의 걱정, 고생, 낙담은 계산되지 않았죠. 근성 나쁜 변호사가 바보 같은 말을 하지 않게 하기 위해서도 저는 소송보다는 2백 피스톨을 내는 것이 낫다고 생각합니다.

아르강쁘　상관없어, 변호사가 내 욕을 해도.

스 카 펭　마음대로 하십시오. 하지만 제가 나리라면 소송은 하지 않겠어요.

아르강쁘　2백 피스톨은 안 돼.

스 카 펭　아, 그가 왔다.

제 6 장

실베스트르, 아르강쁘, 스카펭

실베스트　(검객으로 변장하고) 스카펭, 옥따브의 부친인 아르강쁘가 누군지 가르쳐 주게.

스 카 펭　왜요?

실베스트　듣자니 그는 고소를 해서 내 누이동생을 파혼시킨다는데…….

스 카 펭　글쎄 그건 잘 모르겠는데요. 당신이 원하는 2백 피스톨은 승낙하지 않는군요. 너무 많다고요.

실베스트 제기랄! 해골 같은 놈! 배때기 같은 녀석! 보는
즉시 베어 버려야지. 내가 차에 치어 죽는 형을
받더라도.

아르강뜨는 검객에게 보이지 않도록 스카펭의 그늘
에서 떨고 있다.

스 카 펭 옥따브의 부친은 꽤 용기가 있죠. 당신을 두려
워하지는 않을 거예요.

실베스트 그가? 제기랄! 여기만 나와 보라지. 배때기를
찔러 버릴테니까. (아르강뜨를 발견하고) 이 녀석
은 누구지?

스 카 펭 나리, 나리가 잘못 본 거예요.

실베스트 그럼, 그의 친군가?

스 카 펭 아뇨, 아르강뜨의 적이죠.

실베스트 그의 적이라고?

스 카 펭 네.

실베스트 아, 기쁘군. (아르강뜨에게) 당신은 그 보잘것없
는 아르강뜨의 적이라고?

스 카 펭 그럼요. 제가 보증하죠.

실베스트 (거칠게 아르강뜨의 손을 잡고) 자, 악수합시다.
그리고 맹세합시다. 명예를 걸고 칼에 걸고 모
든 맹세에 걸고, 해가 지기 전에 그 악독하고

쓸모없는 인간, 아르강뜨를 죽여 버리자고. 나를 믿어 주시오.

스카 펭　나리, 이 나라에서는 폭력이 금지되어 있습니다.

실베스트　상관없어. 손해날 게 없으니까.

스카 펭　그도 조심하겠죠. 친척, 친구, 하인도 있으니까요. 그들에게 힘을 빌겠죠.

실베스트　그래 보라지. (칼을 뽑아 몇 사람이 눈앞에 있는 것처럼 휘두른다) 자, 머리, 배. 왜 그 녀석이 안 나타날까? 30명의 호위병을 데리고 나타나는 건 아닐까? 왜 나에게 달려들지 않지? 병신들, 나에게 감히 덤벼? 한 놈도 남겨 놓지 않겠어. 베고, 찌르고. 자, 다리, 눈. 이 비겁한 놈아! 여기도 찔러 달라고? 그래, 실컷 찔러 주지. 자, 바보야! 정신 차려. 발도 찌를까? 자, 그쪽 발도, 여기도. 아, 도망갈 생각이군. 자, 뛰어라, 이놈아! 말을 꽉 잡아라.

스카 펭　나리, 우린 적이 아닌데요.

실베스트　나에게 덤벼드는 놈은 이렇게 해주는 거야. (퇴장)

스카 펭　보셨죠, 나리? 2백 피스톨 때문에 저렇게 많은 사람이 죽어야 하나요? 나리의 행운을 기원하겠어요.

아르강뜨　(벌벌 떨면서) 스카펭.

스카펭	네?
아르강프	2백 피스톨을 내겠어.
스카펭	그렇게 결심하셨다면 다행이군요. 나리를 위해서도요.
아르강프	여기 돈이 있으니 불러오지.
스카펭	제게 주세요. 나리의 위신이 있지, 나타나실 수 있겠어요? 아까는 딴 사람이라고 했는데. 그리고 나리를 보면 더 내라고 그럴지도 몰라요.
아르강프	하지만 내가 직접 돈을 건네 주는 것이 좋겠다고 생각하는데.
스카펭	저를 믿지 않으세요?
아르강프	그런 것은 아니지만…….
스카펭	나리, 저도 사기꾼이거나 정직하거나 둘 중에 하나겠죠. 하지만 나리를 속이다니요. 이런 일을 하는 것은 나리를 위하고, 나리의 친척이 될 나의 주인을 위한 것인데, 의심스러우시다면 손을 떼죠. 그럼 이 일을 처리할 만한 사람을 찾아보세요.
아르강프	자, 그럼 가져가.
스카펭	아니, 제가 아닌 다른 사람에게 주는 게 낫겠어요.
아르강프	잔말 말고 받아.
스카펭	싫어요. 저를 신용하지 마세요. 제가 나리의 돈을 훔칠지도 모르잖아요.

아르강뜨   자, 받으라니까. 나하고 다툴 필요야 있나. 그
를 만나면 너도 조심해.

스 카 펭   그럼 제게 맡기세요. 상대방도 바보와 거래하는
건 아니니까요.

아르강뜨   그럼 집에서 기다리지.

스 카 펭   반드시 들르겠습니다. (혼잣말로) 한 마리 처치
했다. 또 한 마리를 찾아야지. 아, 오는군. 하
느님이 한 마리씩 나에게 걸리게 해주는군.

제 7 장

제롱뜨, 스카펭

스 카 펭   (제롱뜨를 못 본 척하며) 아, 큰일났군. 가련한
제롱뜨.

제 롱 뜨   (혼잣말로) 나에 대해서 무슨 소릴 하고 있지,
저렇게 걱정하는 얼굴로?

스 카 펭   (못 본 척하며) 도대체 제롱뜨 나리는 어디 계시
지?

제 롱 뜨   웬일이냐? 스카펭.

스 카 펭   (못 본 척하고 무대 앞쪽으로 달려오며) 이 불행을
어디 가서 전하면 좋을까?

제 롱 뜨   뭐라고?

스 카 펭　아무리 뛰어다녀도 보이지가 않는군.

제 롱 뜨　여기 있어.

스 카 펭　분명히 내가 알지 못하는 곳에 숨어 계시나 봐.

제 롱 뜨　야, 너 장님이냐? 내가 여기 있는데.

스 카 펭　어, 나리, 참 뵙기 힘들군요.

제 롱 뜨　한 시간 전부터 네 앞에 서 있었다. 웬일이냐?

스 카 펭　나리…….

제 롱 뜨　무슨 일이야?

스 카 펭　도련님이…….

제 롱 뜨　뭐야?

스 카 펭 말할 수 없는 불행에 빠졌습니다.

제 롱 뜨　뭐?

스 카 펭　실은 아까 도련님이 나리의 말 때문에 매우 슬퍼하는 듯했죠. 그리고 까닭없이 나까지 끌어들이더군요. 그래서 이 슬픔을 달래 주려고 같이 부두를 거닐었죠. 거기서 멋진 터키 군함을 보았어요. 젊고 잘생긴 터키 사람이 우리를 초대했죠. 그래서 들어가서 음식에 차까지 그리고 맛있는 과일도 먹고 최고급 술도 마셨습니다.

제 롱 뜨　슬픈 일이란 조금도 없지 않느냐.

스 카 펭　자, 나리, 더 들어 보세요. 우리가 음식을 먹는 동안에 배는 부두를 떠났고, 그들은 우리를 선창에 가두었죠. "즉시 5백 에큐를 가져와. 아니면 이 젊은이를 알제리로 잡아 갈테니까." 그래

　　　　서 나리에게 이 사실을 알리러 왔습니다.

제 롱 뜨　뭐? 5백 에큐?

스 카 펭　네, 게다가 두 시간밖에 시간이 없습니다.

제 롱 뜨　아! 그 도둑놈들, 나를 죽일 작정이군.

스 카 펭　나리, 나리의 귀여운 외아들을 구하는 것만이
　　　　나리가 하실 일입니다.

제 롱 뜨　도대체 무엇 때문에 군함에 탔지?

스 카 펭　글쎄, 이런 일이 있을 줄 알았나요.

제 롱 뜨　자, 스카펭, 가서 터키인에게 말하게. 경찰이
　　　　추격하겠다고.

스 카 펭　바다 가운데 경찰의 추격이라뇨. 농담이시겠죠?

제 롱 뜨　도대체 왜 군함엔 탔지?

스 카 펭　운이 나빠서 그런 꼴을 당했죠.

제 롱 뜨　스카펭, 지금 충성스러운 하인 노릇을 좀 해라.

스 카 펭　어떻게요?

제 롱 뜨　네가 터키인한테 가서 이렇게 말해, 내 아들을
　　　　돌려 달라고. 그 돈이 될 때까지 네가 대신 잡
　　　　혀 있겠다고 해.

스 카 펭　나리, 생각하시며 말씀하시는 겁니까? 도련님
　　　　대신에 저같이 가난한 사람을 볼모로 할 정도로
　　　　터키 사람은 바보가 아닙니다.

제 롱 뜨　도대체 군함엔 무엇 때문에 탔어?

스 카 펭　이런 일이 일어날 줄은 몰랐죠. 두 시간밖에 시
　　　　간이 없어요.

제 롱 뜨 얼마라고?

스 카 펭 5백 에큐요.

제 롱 뜨 5백 에큐라고? 양심도 없는 녀석이군.

스 카 펭 터키 사람에게 양심이 있나요?

제 롱 뜨 5백 에큐가 얼마나 큰돈인지 아느냐?

스 카 펭 네, 천 5백 리브르는 돼요.

제 롱 뜨 천 5백 리브르의 돈이 여기에 기어 다닌다고 생
각하느냐?

스 카 펭 그런 이치는 따질 줄 모르는 녀석들이죠.

제 롱 뜨 도대체 어쩌자고 군함은 탔단 말인가?

스 카 펭 글쎄 말이에요. 하지만 사람은 앞일에 대해서
알 수 없는 게 아니겠어요? 자, 나리, 빨리.

제 롱 뜨 자, 여기 내 장 열쇠가 있다.

스 카 펭 네.

제 롱 뜨 네가 장을 열고.

스 카 펭 네.

제 롱 뜨 왼쪽에 큰 열쇠가 있지. 그것이 내 옷장 열쇠
야.

스 카 펭 네.

제 롱 뜨 그 옷장에서 옷을 꺼내 헌 옷가게에 가서 팔아
그 돈을 만들어.

스 카 펭 (열쇠를 돌려주며) 나리는 꿈을 꾸시는군요. 그것
가지고는 백 프랑도 안 돼요. 게다가 시간이 없
어요.

제 롱 뜨 어쩌자고 군함은 탔지?

스 카 펭 그건 필요없는 말씀이에요. 군함이 문제가 아닙
니다. 시간이 급합니다. 아드님을 잃느냐 구하
느냐의 문제죠. 아! 딱하시군요, 이젠 다시 아
드님을 볼 수 없으니. 이렇게 얘기하는 동안에
도련님은 알제리의 노예로 끌려가는구나. 하지
만 하느님은 아시지. 나는 할 일을 했어. 도련
님이 그렇게 된 것은 아버지의 탓이야.

제 롱 뜨 잠깐만, 스카펭, 내가 돈을 해오지.

스 카 펭 빨리 하세요. 시간이 없어서 걱정입니다.

제 롱 뜨 4백 에큐라고 했지?

스 카 펭 아니, 5백 에큐죠.

제 롱 뜨 5백 에큐?

스 카 펭 네.

제 롱 뜨 어쩌자고 군함에는 탔단 말인가?

스 카 펭 지당한 말씀입니다. 그러나 지금 급합니다.

제 롱 뜨 다른 데로는 산책을 할 수 없었나?

스 카 펭 옳습니다. 하지만 급합니다.

제 롱 뜨 그 저주스러운 군함!

스 카 펭 (혼잣말로) 군함이란 말이 머리에 박혔군.

제 롱 뜨 스카펭, 조금 전에 돈을 받았는데 깜빡 잊었군.
이렇게 빨리 빼앗길 줄은 몰랐어. (지갑을 스카
펭에게 내밀긴 했지만 그래도 주려고는 하지 않는다.
팔을 좌우로 흔든다. 스카펭도 그것을 빼앗으려 팔을

좌우로 흔든다) 그럼, 가서 자식을 데려오게.

스 카 펭 네.

제 롱 뜨 하지만 그 터키인에게는 악질이라고 욕을 해줘.

스 카 펭 네.

제 롱 뜨 악질 녀석이라고.

스 카 펭 네.

제 롱 뜨 신앙심 없는 도둑놈이라고.

스 카 펭 네, 그럼요.

제 롱 뜨 비합법적으로 5백 에큐를 훔치는 녀석이라고.

스 카 펭 네.

제 롱 뜨 나는 이 돈을 이승, 아니 저승에서라도 다시 찾
겠다고.

스 카 펭 네.

제 롱 뜨 내가 그를 보면 꼭 복수하겠다고.

스 카 펭 네.

제 롱 뜨 (지갑을 다시 호주머니에 넣고 간다) 자, 빨리 아
들을 데려와.

스 카 펭 (뒤를 따르며) 나리.

제 롱 뜨 왜?

스 카 펭 그 돈은 어디 있죠?

제 롱 뜨 너에게 줬잖아!

스 카 펭 아뇨, 나리 몸에 다시 넣었어요.

제 롱 뜨 너무 슬퍼서 멍했군.

스 카 펭 그러시겠죠.

제 롱 뜨   어쩌자고 군함에 탔지? 아! 그 저주받을 군함,
            악마에게 물려갈 배반자, 터키놈.

스 카 펭   (혼잣말로) 요녀석은 내가 뺏은 5백 에큐가 아까
            운 모양이군. 하지만 그것만으로 끝날 줄 아니?
            네 녀석이 나를 골탕먹인 대가를 지불케 해야
            지.

제 8 장

옥따브, 레앙드르, 스카펭

옥 따 브   자, 스카펭, 나를 위해 한 일은 잘됐나?

레앙드르   나의 사랑의 괴로움을 구원하기 위한 일은 잘됐
            나?

스 카 펭   (옥따브에게) 자, 나리에게서 빼앗은 2백 피스톨
            입니다.

옥 따 브   아, 고맙군!

스 카 펭   (레앙드르에게) 도련님 쪽은 실패했어요.

레앙드르   (돌아가려 하며) 죽을 수밖에 없군, 제르비네뜨
            없이는 살 수 없으니.

스 카 펭   잠깐만, 좀 침착하세요.

레앙드르   (돌아보며) 그럼 어떡하면 좋겠나?

스 카 펭   자, 여기 원하신 게 있어요.

레앙드르　(돌아오며) 아! 네가 내 목숨을 구했구나.

스카펭　하지만 거저 줄 수는 없어요. 조건이 있어요. 나리께서 저에게 한 일에 대해서 보복해도 좋죠?

레앙드르　맘대로 해.

스카펭　모든 사람 앞에서 맹세합니까?

레앙드르　응.

스카펭　그럼 여기 5백 에큐 있어요.

레앙드르　자, 그럼 빨리 그녀를 돈으로 찾아와야지.

제 3 막

제 1 장

제르비네뜨, 이아상뜨, 스카펭, 실베스트르

실베스트 그렇죠. 두 분이 같이 올 수 있도록 도련님들끼리 정했어요. 그래서 전해 드리는 것입니다.

이아상뜨 (제르비네뜨에게) 이처럼 기쁜 분부는 처음이군요. 우리 함께 친구가 될 수 있다니 무엇보다도 기뻐요. 우리의 두 애인 같은 친근함이 우리들 사이에도 맺어질 수 있는 것이니까요.

제르비네 우리 친구가 돼요. 저는 남이 친구가 되어주는 것을 피하지는 않으니까요.

스 카 펭 그럼 사랑을 보이실 때는?

제르비네 사랑은 별개의 문제예요. 좀 위험하기는 하지만요. 저는 별로 대담하지는 못해요.

스 카 펭 하지만 도련님에 대해서는 퍽 대담한 것 같은데
요. 게다가 도련님이 당신을 위해서 그처럼 애
썼으니 당신도 그만한 용기는 내야지요. 도련님
과의 사랑을 멋지게 이루기 위해서라도.

제르비네 아직 완전히 믿을 수는 없어요. 그 분이 나에게
해준 정도로 안심할 순 없죠. 원래가 쾌활한 성
격이고, 일년 내내 웃으며 지내니까요. 어느 점
에 있어선 성실하죠. 하지만 그 분이 나를 소유
하기 위해서 돈만 내면 된다고 생각하면 잘못이
에요. 돈 아닌 다른 것을 지불해야죠. 나의 사
랑을 얻으려면 변치 않는 선물이 필요해요. 그
때 필요한 식을 올리겠어요.

스 카 펭 도련님도 그렇게 생각하세요. 도련님은 아가씨
를 진실로 사랑하며, 만일 그렇지 않다면 저는
처음부터 이 일을 돕지 않았을 겁니다.

제르비네 당신이 그렇게 말하니 나도 그렇게 믿어야죠.
하지만 그 분의 아버님은 어떻게 생각하실지.

스 카 펭 잘 해결될 수 있는 길을 생각해 보죠.

이아상뜨 우리 두 사람은 운명이 비슷하다는 점에서 서로
를 친근하게 하는군요. 정말 둘 다 똑같은 걱정
을 하며 똑같이 불평하니까요.

제르비네 하지만 당신은 나보다 나아요. 당신이 누군지
알 수 있고 양친의 도움도 받을 수 있으며, 행
복도 손에 쥘 수 있고 결혼한 것에 대한 승낙도

얻을 수 있죠. 하지만 저는 누구에게 매달려 봐도 그런 사람이 없어요. 내 경우는 아버님 맘에 들 리가 없죠. 그 분은 돈만을 생각하니까요.

이아상뜨 하지만 당신에게도 좋은 일은 있어요. 다른 여자가 나타나서 당신의 사랑을 빼앗으려고는 하지 않잖아요.

제르비네 애인의 변심이 제일 무서운 것은 아니죠. 누구나 상대방의 마음을 사로잡는 일은 자신 있다고 생각하니까요. 하지만 이러한 연애 사건에서 제일 걱정되는 것은 아버지의 권력이죠. 그 앞에서는 아무도 꼼짝 못하니까요.

이아상뜨 아, 왜 이렇게 사랑엔 장애물이 많을까. 두 마음이 연결된 이 부드러운 사랑에 장애물만 없다면 얼마나 즐거울까.

스 카 펭 농담 마세요. 사랑의 평범함처럼 기분 나쁜 건 없어요. 변화 없는 행복은 권태롭죠. 사랑에 있어서는 여러 가지 난관 속에 정열도 솟고 즐거움도 느는 거예요.

제르비네 스카펭, 그 우스운 이야기, 당신이 구두쇠 영감에게 돈을 빼앗은 계략에 대해서 얘기해 줘요. 나에게 얘기해 주면 즐거울 테니까. 그 대가로 실컷 웃어 줄께요. 나는 그 얘기에 황홀해질 거야.

스 카 펭 실베스트르가 나 대신 얘기해 주겠죠. 저는 보복에 대해서나 생각하며 그 기쁨을 맛봐야겠어요.

실베스트 너는 무슨 그런 심술궂은 생각에 들떠 있냐?

스 카 펭 나는 대담한 일을 좋아하니까.

실베스트 내가 너에게 말했지만 그런 생각은 집어치워. 내 말 들어.

스 카 펭 나는 나 자신의 말밖에는 듣지 않아.

실베스트 너 무슨 장난을 치려고 그래?

스 카 펭 무슨 걱정이야.

실베스트 몽둥이 맞을 짓을 하려는군.

스 카 펭 매맞는 것은 내 잔등이지 나리의 잔등이 아니지.

실베스트 그건 그래. 매 좀 맞아 봐라.

스 카 펭 그런 위험 때문에 물러갈 사람이 아니지. 나는 뒷일이 걱정되어서 아무것도 못하는 겁쟁이는 싫어해.

제르비네 (스카펭에게) 우리는 당신의 도움이 필요해요.

스 카 펭 자, 갑시다. 나도 곧 갑니다. (혼잣말로) 벌받지도 않는데, 무덤을 파고 숨겨 놓아야 할 비밀을 스스로 폭로하는 게 아닌지 모르겠네.

제 2 장

제롱뜨, 스카펭

제 롱 뜨 스카펭, 아들놈은 어떻게 됐느냐?

스 카 펭 도련님은 안전한 데 있습니다. 그런데 이번에는
나리께서 위험한 지경에 있습니다. 집으로 도망
가세요.

제 롱 뜨 뭐?

스 카 펭 지금도 나리를 죽이려고 찾고 있어요.

제 롱 뜨 나를?

스 카 펭 네.

제 롱 뜨 누가?

스 카 펭 옥따브 도련님과 결혼한 여자의 오빠죠. 나리가
자기 동생 대신 아가씨를 시집보내려고 한 것이
파혼의 원인이라고 생각하고 있어요. 그런 생각
때문에 나리에게 원한을 품고 나리를 죽임으로
써 명예를 회복하려고 해요. 그 녀석의 친구들
인 무사들도 나리가 어디 있나 찾고 있습니다.
아, 저기서 무사들을 봤는데 나리가 어디 있느
냐고 지나가는 사람에게 묻더군요. 나리의 집
길목을 각 소대별로 지키고 있어요. 그러니 나

리는 집에도 갈 수 없고, 오른쪽이건 왼쪽이건 꼼짝할 수 없게 되었어요. 움직였다가는 적에게 붙들리기 십상이에요.

제 롱 뜨 스카펭, 나는 어쩌면 좋지?

스 카 펭 글쎄요. 곤란하게 됐어요. 나리 일을 생각하니 머리끝에서 발끝까지 떨리는군요. 잠깐만, 누가 있나? (둘러보며 무대 끝까지 간다)

제 롱 뜨 (떨면서) 어!

스 카 펭 (돌아오며) 아, 아무도 없군요.

제 롱 뜨 어떻게 이 괴로움을 벗어날 수 있을까?

스 카 펭 한 가지 방법이 있죠. 하지만 제 목숨이 위험해서 말이에요.

제 롱 뜨 어, 스카펭, 네가 나의 충실한 종이란 점을 보여줘. 나를 버리지 마.

스 카 펭 물론이죠. 제가 나리를 좋아하는데, 돕지 않고 견딜 수 있겠습니까.

제 롱 뜨 반드시 이 은혜를 갚지. 이 옷도 주겠네, 더 입은 다음에.

스 카 펭 잠깐만, 나리를 돕는 수가 있습니다. 이 보따리 속으로 들어가세요.

제 롱 뜨 (누가 온 걸로 생각하고) 아!

스 카 펭 아뇨, 아무도 안 왔어요. 이 속에 들어가세요. 속에서 꼼짝 마세요. 그럼 제가 보따리를 짊어진 것처럼 해서 적진을 빠져 나가 집까지 모셔

다 드리죠. 집에만 가면 방어도 할 수 있고, 이 폭력에 대해서도 원군을 청할 수 있죠.

제 롱 뜨   그거 좋은 생각이다.

스 카 펭   물론이죠. 두고 보세요. (혼잣말로) 이제 보복을 해야지.

제 롱 뜨   뭐?

스 카 펭   그 녀석들 잘 속겠다 했죠. 속으로 들어가세요. 무슨 일이 있어도 목을 내놓거나 움직이면 안 됩니다.

제 롱 뜨   알겠어. 꼼짝 안할게…….

스 카 펭   자, 숨으세요. 나리를 찾는 장정이 있어요. (목소리를 바꾸어서) 이 제롱뜨 녀석을 죽여 버려야지. 혹시 그놈이 어디 있는지 모르나? (제롱뜨에게) 꼭 숨으세요. (소리를 바꾸어) 요녀석 어디 가서 숨어 있든 간에 꼭 찾아내야지. (제롱뜨에게 보통 소리로) 목을 내놓지 마세요. (목소리를 변형시켜 가며 대화 형식으로 이어간다.)

"거기 보따리 가진 녀석!"

네.

"1루이를 줄테니 제롱뜨란 놈이 어디 있나 가르켜 주게."

제롱뜨 나리를 찾으시나요?

"그래."

왜요?

“왜냐구?”

네.

“이 몽둥이로 때려 죽이려고.”

몽둥이 맞을 분이 아닌데. 그런 짓하면 못쓰죠.

“누굴 말이야? 그 바보, 병신인 제롱뜨 말이야.”

제롱뜨 나리는 바보도 쓸모없는 자도 무뢰한도 아니예요. 그런 식으로 말하지 마세요.

“뭐 이 녀석아! 너는 나에게 덤벼들 셈이냐?”

그 훌륭한 분을 욕하지 마세요.

“너 제롱뜨 녀석의 친구로구나.”

네.

“친구라고? 맛 좀 봐라.” (보따리를 지팡이로 몇 번 친다) “자, 네 친구에게 주는 거다.”

아야, 아야.

“조용히 해.”

나리, 아이구 아야.

“조용히 해. 자, 이 아픔을 안고 친구에게 가, 이녀석아! 이 허풍선이 녀석아!” (자기가 맞은 것처럼 등을 움직거린다)

제 롱 뜨 (보따리 밖으로 목을 내놓고) 아! 스카펭, 나는 못 견디겠다.

스 카 펭 아! 나리, 저는 너무 많이 얻어맞아서 아파 죽 겠어요.

제 롱 뜨 맞은 건 내 어깬데.

스 카 펭 아니, 제 어깨죠.

제 롱 뜨 무슨 소릴 해, 내가 맞았는데. 지금도 아파.

스 카 펭 아니죠, 몽둥이 끝이 나리의 어깨에 닿았을 뿐
이에요.

제 롱 뜨 그럼 나에게 닿지 않게 멀리 좀 있어야지.

스 카 펭 (제롱뜨의 목을 자루 속에 집어넣으며) 조심하세
요. 또 장정이 나타났어요. (목소리를 바꾸어) 이
봐, 나는 온종일 뛰어다녔는데도 제롱뜨 놈을
볼 수가 없군. (제롱뜨에게) 꼼짝 말고 계세요.
(목소리를 변화시켜 가며 대화 형식으로 이어간다)
"이봐, 내가 찾는 제롱뜨라는 놈이 어디 있나?
좀 알려 줘!"
아니 저는 제롱뜨 씨가 어디 있는지 몰라요.
"바른대로 안 대? 나는 제롱뜨 녀석을 몽둥이로
열 번 치고 가슴에다 칼을 박아 줘야겠어."
정말 어디 있는지 몰라요.
"이 자루가 움직인 것 같은데."
아, 용서해 주세요.
"이 속에 무엇이 있는 것 같은데."
아무것도 없어요.
"그럼 자루를 칼로 찢어 볼까?"
아, 나리, 제발.
"속에 무엇이 있나 좀 열어 봐."

안 됩니다, 나리.

"왜 안 돼."

제가 가지고 있는 건 볼 수 없어요.

"잔소리 마."

제 옷이 들어 있어요.

"열어 보라니까!"

안 돼요.

"왜?"

제가 가진 것을 보여줄 수 없어요.

"난 보고 싶은데."

안 돼요.

"잔소리 마."

제 옷이 들어 있어요.

"열어 보라니까."

안 돼요.

"안 된다구?"

네.

"그럼 몽둥이 맛이나 봐라."

좋아요.

"너, 나를 놀리는구나."

아이구 나리! 아이구 나리!

"이놈 말버릇 좀 고치기 위해서라도 맛 좀 보여
줘야 해."

아이고 어쩌나!

제 롱 뜨 (자루에서 머리를 내밀며) 아파 죽겠네.

스 카 펭 나도 죽겠네.

제 롱 뜨 왜 내 등을 때리지?

스 카 펭 (제롱뜨의 머리를 자루 속에 넣으며) 조심하세요. 여섯 명의 무사들이 와요. (여섯 사람의 소리를 흉내내어) 자, 여기저기 제롱뜨란 녀석을 찾아보게. 걷는 수고를 아끼지 말고 온 마을을 뒤져 봐. 샅샅이 다 뒤져. 여기저기 다. 어디부터 갈까? 이리로 돌지. 아니야, 이쪽이야. 오른쪽, 왼쪽, 자. (제롱뜨에게) 잘 주무세요.

"아, 그 녀석 종이 있구나. 이놈 네 주인 어디 갔지? 말해 봐."

아, 여러분, 저를 때리지 마세요.

"자, 그럼 어디 있느냔 말이야. 말해, 빨리, 자, 그 곳으로 안내해. 빨리!"

아, 여러분, 조용히. (이때 제롱뜨, 자루 밖으로 목을 내놓고 스카펭을 본다) "만일 너의 주인을 못 찾으면 몽둥이 찜질이야."

제 주인이 있는 곳을 알리느니 차라리 괴로움을 감수하겠습니다.

"그럼 두들겨 패야겠군."

마음대로 하세요.

"맞고 싶어 환장을 했구나."

결코 주인을 배반할 수는 없어요.

"그럼 맛 좀 볼래? 얏!"

스카펭이 제롱뜨를 치려는 순간 제롱뜨, 자루에서 뛰쳐 나온다. 스카펭은 도망간다.

제 롱 뜨   아, 이 더러운 놈! 배반자! 악질! 나를 죽이려고 했구나.

제 3 장

제르비네뜨, 제롱뜨

제르비네   (제롱뜨를 보지 못하고 웃으며) 아하하, 숨 좀 쉬어야지.

제 롱 뜨   (제르비네뜨를 보지 못하고 혼잣말로) 두고 보자. 혼내 줄테니까.

제르비네   (제롱뜨를 보지 못하고) 아아, 참 우스운 이야기로군. 그 붉은 병신.

제 롱 뜨   조금도 우스울 것 없지. 웃을 필요가 있나.

제르비네   나리, 무슨 말씀입니까?

제 롱 뜨   너는 나를 놀리지 않아도 좋을 텐데.

제르비네   나리를요?

제 롱 뜨   그래.

제르비네   누가 나리를 우롱하겠습니까?

제 롱 뜨   왜 너는 여기 와서 나를 비웃지?

제르비네   나리와는 관계없는 일이지요. 저는 지금 막 들은 이야기 때문에 웃고 있었어요. 이렇게 재미있는 이야기는 아마 없을 거예요. 제 일이지만 자식이 아버지의 돈을 뺏는 기술 중 이보다 더 재미있는 이야기는 없을 기에요.

제 롱 뜨   자식이 애비의 돈을 뺏는다고?

제르비네   그럼요. 원하신다면 얘기해 드리죠. 저는 제가 알고 있는 얘기는 남에게 하고 싶어 못 견뎌요.

제 롱 뜨   그럼 이야기 좀 해봐.

제르비네   하고말고요. 얘기해도 별일 없겠지요? 게다가 언제고 알게 될 테니까요. 저는 우연히 이집트 나그네들 사이에 끼여, 마을을 돌아다니면서 점을 치는 사람들과 같이 있게 되었죠. 이 마을에 왔을 때 한 젊은이가 저를 보고 사랑에 빠졌어요. 그런데 그는 내 뒤를 따라다니며 세상 젊은이처럼 사랑만 고백하면 된다고 생각했어요. 하지만 전 냉정했기 때문에 그 생각이 틀렸다는 것을 알았죠. 그래서 그 분에게 저를 맡은 사람에게 돈을 내면 자유롭게 해줄 거라고 했죠. 그런데 제 애인도 대부분의 젊은이가 그렇듯 돈이 없었죠. 그 아버지는 큰 부자지만 말할 수 없는 구두쇠였어요. 게다가 근성까지 삐뚤어졌으니까요. 이름이 뭐라더라? 아, 생각 좀 해보세요. 이 마을에서 제일 구두쇠인 사람의 이름 모르세요?

제 롱 뜨 몰라.

제르비네 롱이라는 자가 붙은 이름에…… 롱뜨, 오르롱뜨도 아니고, 응 제롱뜨군. 저는 이 욕심쟁이 영감을 참 싫어하죠. 그런데 저희 한패가 오늘 이 마을을 떠나게 됐고, 제 애인은 돈이 없어서 저와 헤어지게 됐죠. 아버지에게 돈을 구하기 전에는요. 그런데 그 집 하인의 재치 있는 도움을 받았죠. 그 하인의 이름은 스카펭이에요. 정말 멋진 사나이예요. 아무리 칭찬해도 모자라죠.

제 롱 뜨 (혼잣말로) 요 나쁜 놈!

제르비네 그 영감을 속이기 위해서 이러한 계략을 썼죠. 생각만 해도 웃음이 터져 나오는군요, 호호. 그 구두쇠 영감에게 가서 이렇게 말했죠. 부둣가를 아들과 거닐다가…… 호호호, 터키 군함을 봤는데 거기에서 안으로 들어오라고 하자 들어가니 젊은 터키 사람이 음식을 대접하고…… 호호호, 둘이서 먹는 동안에 배가 육지로부터 떠났고 그리고 그 터키인이 스카펭만 쪽배에 태워 보내며, 5백 에큐를 당장 가져오지 않으면 알제리로 자식을 잡아가겠다고 협박한 것처럼 했죠.

그 구두쇠 영감은 무척 괴로워했죠. 자식에 대한 사랑과 욕심이 마음 속에서 크게 싸웠죠. 5백 에큐의 돈을 내는 것은 5백 번 칼에 찔리는 것만큼 괴로웠으니까…… 호호호, 그 돈을 낼 결심이 선뜻 나지 않았죠. 돈은 아깝고 자식은 구하고 싶어 여러 가지 이상한 말만 떠들어댔죠, 호호호. 비디에 있는 터키 배를 꽂세 하셨다는 둥 호호호, 종에게 그 아까운 돈을 모을 동안 아들 대신 붙잡혀 있으라고 강요하는 둥 호호호, 5백 에큐를 만들기 위해서 30 에큐도 안 되는 헌옷을 팔라고 하는 둥, 호호호. 그래서 하인이 상대방의 제안이 급하다는 것을 얼마나 되풀이 말했는지 몰라요. 하지만 그 영감은 말끝마다 어쩌자고 터키 배에 탔느냐, 더러운 놈의 배, 사기꾼, 터키 놈이라고 했죠. 그리고 여러 가지 구실을 만들고 오랫동안 괴로워하다 마침내…… 그런데 나리는 제 얘기를 듣고 웃지 않네요?

제 롱 뜨　그 젊은 놈은 나쁜 놈이고 건방진 놈이지. 자기가 한 일은 애비에게 벌받을 거야. 그 이집트 계집도 몹쓸 년이야, 양가집 자식을 타락시켰으니. 혼내 주어야지. 훌륭한 사람을 욕하고. 그 하인도 죽일 놈이야. 내일이 되기 전에 교수대로 보내야지.

제 4 장

실베스트르, 제르비네뜨

실베스트 어디로 도망쳤죠, 당신은 당신 애인의 아버지와 얘기했다는 것을 알고 있겠죠?

제르비네 그런 것 같은데요. 그런 지도 모르고 그 이야기를 했어요.

실베스트 뭐, 그 애기를?

제르비네 네, 나는 그 애기에 열중해 버렸으니까요. 누구에게라도 해주고 싶었죠. 할 수 없지. 그 분에겐 안됐군. 그랬다고 우리 일이 좋아지거나 나빠지지는 않을 테니까.

실베스트 아가씨는 정말 너무 말이 많아요. 자기 일에 대한 것도 가만히 있질 못하니.

제르비네 다른 사람에게서도 듣게 되겠죠?

제 5 장

아르강뜨, 실베스트르

아르강뜨　아, 실베스트르.

실베스트 　(제르비네뜨에게) 집으로 돌아가세요. 주인 나리
　　　　　가 절 부르십니다.

아르강뜨　스카펭과 너와 자식 셋이 짜다니. 나를 속이려
　　　　　고? 내가 언제까지나 모를 줄 알았느냐?

실베스트 　아, 나리, 가령 스카펭이 나리를 속이려는 걸
　　　　　알았다면 저는 거기서 손을 떼었을 것입니다.
　　　　　저는 가담하지 않았어요.

아르강뜨　이 사건을 밝혀야지. 밝히고 말고, 나는 병신이
　　　　　아니니까.

제 6 장

제롱뜨, 아르강뜨, 실베스트르

제 롱 뜨　아, 아르강뜨 씨, 저는 보다시피 불행 때문에
　　　　　절망에 빠져 있습니다.

아르강뜨　나도 역시 그래요.

제 롱 뜨　저 사기꾼 스카펭이 나를 속여 5백 에큐나 훔쳐 먹었어요.

아르강뜨　그 놈의 스카펭이 나를 속여 2백 피스톨이나 빼앗아 갔지요.

제 롱 뜨　5백 에큐만 앗아갔으면 괜찮게요. 나를 욕까지 보였으니 가만둘 수가 없어요.

아르강뜨　나는 그 놈이 꾸민 연극에 대해서 보복을 해야겠어요.

제 롱 뜨　나도 그 놈에게 본때를 보여줘야겠어요.

실베스트　(혼잣말로) 오, 하느님, 그 복수에서 나의 몫이 오지 않기를!

제 롱 뜨　그런데 아르강뜨 씨, 나의 불행은 언제나 뒤를 이어 다른 불행을 가져오나 봐요. 나는 오늘 딸이 오리라 기대하고 있었는데, 방금 온 한 녀석의 말에 의하면 딸은 훨씬 전에 따랑뜨를 떠났다는군요. 아마도 배와 함께 바다 속으로 가라앉아 버렸나 봐요.

아르강뜨　그런데 왜 당신은 딸과 함께 즐겁게 살 생각은 하지 않고 딸을 따랑뜨에 놔두었나요?

제 롱 뜨　그럴 만한 이유가 있지요. 집안 사정 때문에 재혼을 지금까지 비밀로 해두어야만 했어요.

제 7 장

네린느, 아르강뜨, 제롱뜨, 실베스트르

제 롱 뜨   아, 유모!

네 린 느   (발밑으로 미끄러지듯 쓰러지며) 아, 팡돌프 나
리…….

제 롱 뜨   제롱뜨라 불러라, 그런 이름으로 부르지 말고.
따랑뜨에 있을 때는 그 이름을 썼지만, 지금은
그럴 필요 없다.

네 린 느   아, 이름이 그렇게 바뀌어졌기 때문에 나리를
찾는 데 무척 고생을 했어요.

제 롱 뜨   딸과 부인은 어디 있지?

네 린 느   아가씨는 이 근처에 있습니다. 아가씨를 데리고
오기 전에 먼저 용서부터 해주세요. 아가씨는
결혼했어요. 나리를 만나지 못해서 아가씨와 함
께 떠돌아다녔지요.

제 롱 뜨   내 딸이 결혼했다고!

네 린 느   네, 나리.

제 롱 뜨   누구하고?

네 린 느   아르강뜨란 사람의 아들 옥따브란 분하고요.

제 롱 뜨   아!

아르강뜨 괴상한 만남이로다!
제 롱 뜨 자, 딸을 빨리 데리고 와.
네 린 느 집으로 들어오세요.
제 롱 뜨 먼저 가. 아르강뜨 씨, 같이 갑시다.
실베스트 (혼잣말로) 참 이상한 일도 다 있군.

제 8 장

스카펭, 실베스트르

스 카 펭 실베스트르, 도대체 저 사람들 웬일이지?
실베스트 자네에게 두 가지 전할 게 있네. 첫째 옥따브
건은 해결되었어. 우연히 이아상뜨가 제롱뜨의
딸임을 알게 되었지. 아버지가 정한 대로 된 거
야. 둘째로 두 영감이 자네를 혼내 주려 하지.
특히 제롱뜨가.
스 카 펭 아무것도 아니야. 협박하는 자는 언제나 무서운
존재가 아니지. 내 머리 위로 높이 지나가는 구
름과 같은 거야.
실베스트 조심해, 아들들은 부모와 화해할 수도 있으니
까. 자네만 골탕먹게 될지도 몰라.
스 카 펭 두고 봐. 화를 풀어 주고 말테니.
실베스트 물러가지, 그들이 오니.

제 9 장

제롱뜨, 아르강뜨, 실베스트르, 네린느, 이아상뜨

제 롱 뜨　내 딸아, 어서 집으로 오너라. 어머니가 함께
　　　　계시면 이보다 기쁜 일은 없을 텐데.
아르강뜨　옥따브 얘기를 모두 하지.

제 10 장

옥따브, 아르강뜨, 제롱뜨, 이아상뜨, 네린느, 제르
비네뜨, 실베스트르

아르강뜨　애야, 여기 와서 같이 경사스럽고 우연한 결혼
　　　　을 축하하자. 하느님은…….
옥 따 브　(이아상뜨를 보며) 싫어요, 아버지. 아무리 결혼
　　　　하라고 말씀하셔도 헛일입니다. 아버님께 거짓
　　　　말은 하지 말아야지요. 제 결혼에 대해서 알고
　　　　계시군요.
아르강뜨　이미 다 들었다. 너는 아직 모를 거야 …….
옥 따 브　알아야 할 것은 다 알고 있습니다.

아르강뜨　내가 말하는 것은 제롱뜨의 딸이…….

옥 따 브　제롱뜨의 딸은 저와는 관계없어요.

제 롱 뜨　그 딸이…….

옥 따 브　안 됩니다. 죄송합니다. 저는 결심했어요.

실베스트　도련님, 좀 들어 보세요…….

옥 따 브　닥쳐, 나는 아무것도 듣고 싶지 않아.

아르강뜨　네 신부는…….

옥 따 브　안 돼요, 아버지. 이아상뜨와 헤어질 바에는 차라리 죽어 버리겠어요. (무대 위를 걸어 이아상뜨에게 간다) 네, 아무리 그러셔도 소용없습니다. 저는 그녀를 선택했으니까요. 죽을 때까지 그녀를 사랑할 겁니다. 다른 여자는 싫습니다.

아르강뜨　그러니까 그녀를 너에게 준다잖니. 참 쓸데없이 고집만 부리는 바보 녀석이로구나.

이아상뜨　(제롱뜨를 가리키며) 아, 옥따브, 이제 아버지를 찾았어요. 이젠 걱정할 게 없어요.

제 롱 뜨　자, 집으로 가자. 집이 여기보다 이야기하기가 낫겠다.

이아상뜨　아버지, 제발. (제르비네뜨를 가리키며) 이 분과 저를 헤어지지 않게 해주세요. 이 분은 참 좋은 분이에요. 아버지도 이 분의 장점을 알면 마음에 드실 거예요.

제 롱 뜨　너는 네 오빠가 사랑하는 사람, 그나마도 내 눈 앞에서 나에 대해서 욕설을 퍼부은 여인을 집에 들어오게 하란 말이냐?

제르비네 용서해 주세요. 제가 제롱뜨 씨인 줄만 알았더라면 그런 짓은 하지 않았을 거예요. 게다가 저는 제롱뜨 씨에 대해선 소문밖에 들은 게 없었으니까요.

제 롱 뜨 뭐? 소문이라고?

이아상뜨 아버지, 오빠가 이 분을 좋아하는 게 무슨 죄가 되나요? 이 분이 훌륭한 여자라는 것을 제가 보증하겠어요.

제 롱 뜨 홍, 멋있군. 내가 이런 여자를 며느리로 맞을 줄 아니? 누구의 자식인지도 알 수 없는, 애비도 모르는 방랑꾼의 장사치 여자를……

제 11 장

레앙드르, 옥따브, 이아상뜨, 제르비네뜨, 아르강뜨, 제롱뜨, 실베스트르, 네린느

레앙드르 아버님, 제가 재산도 없고 출신도 모르는 여인을 사랑한다고 실망하지 마세요. 이 여인이 저에게, 자기는 이 마을 태생으로 좋은 가정에서 태어났는데 네 살 때 남자들이 훔쳐왔다고 말했어요. 여기 팔찌를 준 것이 있으니 이것으로 양

친을 찾을 수 있겠지요.

아르강뜨 아, 이 팔찌를 보니 나의 딸…… 내가 말했던 나이에 잃어버린…….

제 롱 뜨 당신 딸이군요.

아르강뜨 네, 내 딸입니다. 내 딸이라고 볼 수 있는 특징이 얼굴 곳곳에 엿보이는군요.

이아상뜨 아! 세상에 있을 수 없는 일만 자꾸 일어나는군요.

제 12 장

까를르, 레앙드르, 옥따브, 제롱뜨, 아르강뜨, 이아상뜨, 제르비네뜨, 실베스트르, 네린느

까 를 르 여러분, 큰일났습니다.

제 롱 뜨 무슨?

까 를 르 불쌍한 스카펭…….

제 롱 뜨 교수형을 처할 정도의 나쁜 놈이지.

까 를 르 나리, 그게 다 쓸데없게 되었습니다. 어느 건물 앞을 지나가다 그 녀석 머리 위로 석공의 망치가 떨어져 두개골이 깨지고 뇌가 나와 버렸어요. 그는 죽기 전에 할 말이 있으니 여러분을 모셔 오라고 부탁했어요.

까 를 르　저기예요.

제 13 장

스카펭, 까를르, 제롱뜨, 아르강뜨 등

　두 남자가 스카펭을 들고 있고, 정말 부상당한 듯
머리에 붕대를 감고 있다.

스 카 펭　아야, 아야, 여러분, 아야, 이처럼 저의 모습은
처참합니다. 저는 죽기 전에 저에게 화를 내고
계신 분 앞에 사과하고 싶어 왔습니다. 아야,
여러분, 제가 마지막 숨을 거두기 전에 저의 죄
를 용서한다고 말씀해 주세요. 특히 아르강뜨
나리와 제롱뜨 나리.

아르강뜨　그래 용서하지. 편안히 죽어라.

스 카 펭　(제롱뜨에게) 나리에게는 특히 몽둥이로 화나게
해서…….

제 롱 뜨　더 이상 말하지 마라, 용서해 주지.

스 카 펭　저는 뻔뻔스럽게도 몽둥이로 나리를…….

제 롱 뜨　그 말은 그만해.

스 카 펭　지금도 제가 괴로워하는 것은 그 몽둥이로…….

제 롱 뜨　그만두라니까. 나는 다 잊었어.

스 카 펭 참 인자하신 분이군요. 그럼 너그러운 마음으로 용서하시는 겁니까? 나리를 몽둥이로…….

제 롱 뜨 그래, 용서해 주지. 그만해. 좋아.

스 카 펭 나리께서 그렇게 말씀하시니 마음이 놓입니다.

제 롱 뜨 그래, 하지만 내가 너를 용서하는 것은 네가 죽는다는 조건하에서야.

스 카 펭 뭐라구요, 나리?

제 롱 뜨 만일 네가 살아나면 이 용서는 취소하지.

스 카 펭 아야, 아야. 또 몸이 쇠약해지는구나.

아르강뜨 제롱뜨 씨, 우리의 이 경사스러운 기쁨으로 그를 조건 없이 용서해 주시면…….

제 롱 뜨 좋소.

아르강뜨 그러면 이 기쁨을 충분히 맛보기 위해서 같이 식사를 합시다.

스 카 펭 그럼 저를…… 제가 죽기 전에 식탁의 구석 자리까지 운반해 주세요.

상상병 환자

Le malade imaginaire

등장 인물

아르강 상상병 환자

벨린느 그의 후처(後妻)

안젤리끄 큰딸

루이종 둘째 딸

베랄드 아르강의 동생

끄레앙뜨 안젤리끄의 연인

디아프와뤼스 의사

또마 디아프와뤼스 그의 아들

퓌르공 아르강의 주치의

플뢰랑 약사

보네프와 공증인

뜨와네뜨 하녀

곳 : 빠리

서 막

양치는 사나이, 아가씨여!
양떼를 떠나 이리 오라.
이 보드라운 느릅나무 밑으로 달려오라.
우리는 너희들에게 귀중한 소식을 알리고
이 근방 마을을 기쁘게 하기 위해서 왔다.
양치는 사나이, 아가씨여,
양떼를 떠나 이리 오라.
이 보드라운 느릅나무 밑으로 달려오라.

제 1 막

제 1 장

아르강 혼자서 방안 테이블 앞에 앉아 동전을 가지고 약사의 청구서를 계산한다. 혼자 중얼거리며 다음과 같이 독백한다.

아르강 셋에다 둘을 더하면 다섯, 다섯에다 다섯하면 열, 열에다 열은 스물, 셋에 둘을 더하면 다섯. "그리고 24일, 아르강 선생의 내장을 부드럽게 축축히 적셔서 시원하게 하고, 잘 스며들도록 부글부글 끓어오르게 만든 조그만 관장약." 내 약제사 플뢰랑 씨가 맘에 드는 건 그의 청구서가 아주 빈틈이 없기 때문이거든. "아르강 선생의 관장약 30 쏠." 그래요, 하지만 플뢰랑 씨,

반드시 공손한 것만이 다가 아닙니다. 이치를 잘 생각해야죠. 그리고 환자들의 돈을 갈취해선 안 됩니다. 관장약이 30 쏠이라니. 자, 더 이상 하고 싶지 않군요. 이미 말씀드렸죠? 다른 계산서에는 20 쏠로 되어 있었소. 약제사들이 하는 말로 20쏠. 다시 말하면 10쏠 말이오. 자, 여기 있소. 10 쏠이오. "그리고 전날 아르강 선생의 장을 씻어 내고 깨끗이 소제하기 위해 이중 효과의 만능 약과 대황, 붉은 장미를 넣은 꿀과 그 밖의 약을 처방에 따라 지어 드렸던, 썩 훌륭한 세척식 관장약이 30 쏠." 괜찮으시면 이것도 10 쏠로 합시다. "그리고 전날 저녁 아르강 선생을 잠들게 하기 위해서 지은, 효과 있는 관장약에 효과 있는 최면제·수면제 물약이 35 쏠." 그건 과히 나쁘지 않았지. 잠을 아주 잘 자게 해줬으니까. 그래서 35 쏠의 반은 10, 15, 16 그리고 17 쏠, 하고 마지막 6쏠. "그리고 25일 아르강 선생의 담을 쓸어 내고 배설시키기 위해서 퓌르공 씨의 처방에 의해 공동 지방의 센나가 섞인 완하제(緩下劑)와 그 밖의 것으로 지어 드린 설사약과 강장제가 4 프랑." 아, 플뢰랑 선생, 농담이시겠지. 환자들도 같이 살아야죠. 퓌르공 씨가 당신에게 4 프랑을 내놓도록 시키진 않았잖소. 자, 3 프랑으로 합시다. 미안하지만

20 하고 30 쏠. "그리고 전날 아르강 선생을 쉬시도록 하려고 쓴 진통제와 수렴제(收斂劑) 30 쏠." 좋소. 10 하고 15 쏠로 합시다. "그리고 26일에 아르강 선생의 가스를 뽑아 내기 위한 장(腸) 가스 배출식 관장약 30 쏠." 10 쏠이면 돼요, 플뢰랑 선생. "그리고 그날 저녁 선생의 관장에 이상과 같은 식으로 30 쏠." 플뢰랑 선생, 이것도 10 쏠이외다. "그리고 27일에 아르강 선생의 고약한 담즙을 속성으로 배출시켜 내도록 지은 완하제, 3 리브르." 좋아, 20 쏠에다 30 쏠, 당신은 매우 분별이 있으신 분이라서 아주 기쁘오. "그리고 28일에 아르강 선생의 혈액 순환을 완화시키고 진정시켜 시원하게 해드리기 위해 달게 정제해서 드린 우유 한 모금 20 쏠." 그래, 10 쏠. "그리고 열 두 개의 알약과 레몬 시럽과 석류와 처방에 따라 그 밖의 것으로 만든 강심제 물약 5 리브르." 아이구! 플뢰랑 선생, 참으십시오. 그런 식으로 하시면 사람들이 이젠 환자가 되길 싫어할 겁니다. 4 프랑만 받고 참으시오. 20에다 40 쏠, 셋에다 둘하면 다섯, 여기에다 다섯하면 열, 열에다 열을 하면 스물, 63 프랑 4 쏠, 마지막 6 쏠. 이번달엔 하나, 둘, 셋, 넷, 다섯, 여섯, 일곱, 여덟 개의 약에다 하나, 둘, 셋, 넷, 다섯, 여섯, 일곱, 여덟, 아홉, 열,

열하나, 열두 번의 관장으로 잘됐는데도 불구하고 지난달에 열 두 개의 약과 스무 번의 관장을 했단 말이야. 이번 달이 지난달만큼 그렇게 썩 좋아지지 않는 건 뭐 그럴 수도 있겠지. 여기에 따라 처방을 내리도록 퓌르공 씨에게 말씀드려야지. 자, 이런 건 다 없어지도록 해야지! 아무도 없구나. 말한 게 말짱 헛일 아냐? 힝상 날 혼자 내버려 둔단 말야. 그놈들을 여기다 붙들어 매어 놓을 방법도 없고. (종을 울려 하인들을 부른다) 전혀 못 듣는군. 이놈의 종은 소리가 잘 안 나. (찌링, 찌링, 찌링) 그게 문젠 아니지. (찌링, 찌링, 찌링) 모두 귀가 먹었나. 뜨와네뜨! (찌링, 찌링, 찌링) 마치 종을 하나도 안 치는 것같이 전부 조용하구나. 요암캐 같은 년, 망할 년아! (찌링, 찌링, 찌링) 어이구, 속 터져! (종은 더 이상 치지 않고 대신 소리 지른다) 찌링, 찌링, 찌링, 요 계집년 멀리도 가버렸구나! 가엾은 환자들, 그래, 이처럼 혼자만 내버려 둘 수가 있나? 찌링, 찌링, 찌링, 어이구! 참 가련도 해라. 찌링, 찌링, 찌링, 맙소사! 날 여기서 죽게 내버려 두려고 그러는구나. 찌링, 찌링, 찌링.

제 2 장

뜨와네뜨, 아르강

뜨와네뜨 (방으로 들어오면서) 갑니다.

아 르 강 요 암캐 같은 것! 아, 요런 잡년……!

뜨와네뜨 (머리를 부딪친 체하며) 어쩜, 악마에게라도 잡혀 가기나 하는 듯이 안절부절 못하세요? 그렇게 사람을 너무 재촉하시니까 문짝에다 머리를 찧었잖아요.

아 르 강 (성을 내며) 아이구, 조 앙큼한 게……!

뜨와네뜨 (소리를 지르지 못하도록 말을 가로채며 계속해서 불평스럽게 투깔스런 소리를 내뱉는다) 아!

아 르 강 벌써…….

뜨와네뜨 아!

아 르 강 한 시간이나…….

뜨와네뜨 아!

아 르 강 날 내버려 두고…….

뜨와네뜨 아!

아 르 강 입 다물고 있어, 이 말대가리 같은 년, 널 꾸짖고 있는 게야.

뜨와네뜨 아무렴, 그러시겠죠! 급하게 오다가 머리를 부딪치고 게다가 야단까지 맞으니 정말 멋지군요.

아 르 강 너 때문에 목이 다 쉬겠다, 쉬겠어. 이 잡것아!

뜨와네뜨 전 나리 때문에 머리를 찧었어요. 어느 쪽이나 매한가지, 피차일반이죠 뭐.

아 르 강 뭐라구? 망할 년이…….

뜨와네뜨 야단치시면 울어 버리겠어요.

아 르 강 내 말 들어, 앙큼한 년아…….

뜨와네뜨 (여전히 말을 가로막으려고) 아!

아 르 강 빌어먹을, 너 정말…….

뜨와네뜨 아!

아 르 강 어휴, 저걸 좀 성미 쑥 뽑히게 혼내 줄 수 없나.

뜨와네뜨 나리께서 절 야단치셔야 성미가 풀리신다면 저로서는 울어 드려야 산뜻하지 않겠어요? 누구나 제 몫이 있고 그래야 기울지 않죠, 아!

아 르 강 어이구, 참아야지. 이것 좀 치워! 그리고 날 좀 일으켜! (의자에서 일어난다) 오늘 내 관장은 잘 되었느냐?

뜨와네뜨 나리 관장요?

아 르 강 그래 담즙은 괜찮더냐?

뜨와네뜨 맙소사! 그 따위 일은 전 조금도 상관 안해요. 이득이 있는 플뢰랑 선생이나 킁킁거리며 냄새 맡을 일이죠.

아 르 강 그리고 고깃국 준비나 해. 관장이 끝나면 먹어야 하니까.

뜨와네뜨 그 플뢰랑 선생이나 퓌르공이라는 사람도 나리
의 몸을 장난감 가지고 놀듯 재미있어 해요. 나
리를 이용해 먹는다구요. 도대체 나리한테 무슨
병이 있다고 그렇게 많은 약을 먹게 하죠?

아 르 강 시끄럽다, 무식한 년. 처방을 하는데 네까짓 게
뭘 안다구. 가서 안젤리끄나 불러와. 그애한테
할 말이 있으니까.

뜨와네뜨 마침 들어오시네요. 나리의 생각을 미리 알고
있었나 봐요.

제 3 장

안젤리끄, 뜨와네뜨, 아르강

아 르 강 가까이 오너라, 애야, 때마침 잘 와줬다. 내 너
하구 얘기하고 싶었다.

안젤리끄 무슨 말씀인지 하세요.

아 르 강 (변기 있는 데로 달려가며) 기다려라, 내 지팡이
좀 주고. 곧 돌아올게.

뜨와네뜨 (빈정거리는 투로) 빨리 가보세요. 플뢰랑 나리가
변기를 대령하고 있잖아요.

제 4 장

안젤리끄, 뜨와네뜨

안젤리끄 (우울한 시선으로 뜨와네뜨를 쳐다보며 은밀하게)
뜨와네뜨.

뜨와네뜨 네?

안젤리끄 날 좀 쳐다봐.

뜨와네뜨 네, 보구 있어요.

안젤리끄 뜨와네뜨.

뜨와네뜨 그래요, 뜨와네뜨 뭐예요?

안젤리끄 내가 말하고 싶은 게 뭔지 전혀 모르겠니?

뜨와네뜨 왜 몰라요. 아가씨의 그 젊은 애인, 엇새 전부
터 우리의 화제에서 떠나지 않고 있는 그분 애
기 아녜요? 아가씨가 말하려는 게 그게 아니면
뭐겠어요? 제가 충분히 예상하고 있던 바죠.

안젤리끄 그래, 넌 잘 알고 있지. 내 애길 들어 준 게 네
가 처음이고, 너도 이 일에 어쩔 수 없이 끼여
들어 벗어나지 못하게 되었으니까.

뜨와네뜨 아가씨께서 제게 시간을 좀 주셔야죠. 그 점에
대해선 예측하기가 어렵다는 걸 유의하세요.

안젤리끄 그런데 솔직이 네게 그분 애길 해도 될지 모르

겠어. 네게 털어 놓으려 하는 순간마다 가슴이 확확 달아오르는구나. 하지만 뜨와네뜨, 내가 그 분에게 품고 있는 감정을 넌 책망하겠니? 말해 봐.

뜨와네뜨 전혀 그렇지 않아요.

안젤리끄 이처럼 감미로움 속에 빠져 있는 게 잘못일까?

뜨와네뜨 그렇지 않죠.

안젤리끄 타오를 듯한 열정으로 내게 표시하는 그 분의 애정어린 항의에 무관심하길 바라겠니?

뜨와네뜨 그럴 리가요.

안젤리끄 말 좀 해봐. 넌 나처럼 우리들이 서로 알게 된 이 우연에 그 어떤 운명적인 필연이, 하늘이 정해 주신 그 무엇인가가 있다고 생각지 않니?

뜨와네뜨 맞아요.

안젤리끄 나도 모르는 새에 나를 변호하고 있는 이런 짓도 전적으로 점잖으신 그분 때문인 것 같아.

뜨와네뜨 네.

안젤리끄 더 용감하게 행동할 순 없을까?

뜨와네뜨 그래야죠.

안젤리끄 그 분이라면 이 모든 걸 세상에서 가장 멋지게 해낼 거야.

뜨와네뜨 아, 아무렴요.

안젤리끄 그 분은 인품이 훌륭하신 분 같지, 뜨와네뜨?

뜨와네뜨 그렇구말구요.

안젤리끄 세상에서 가장 풍채가 멋있는 분이시구.

뜨와네뜨 말할 것도 없죠.

안젤리끄 그 분의 말씀엔 그 분의 태도처럼 뭔가 고상한
게 있어.

뜨와네뜨 확실히 그래요.

안젤리끄 그 분이 내게 말한 것보다 더 열렬한 말은 들을
수 없을 거야.

뜨와네뜨 정말이에요.

안젤리끄 나를 붙들어 매고 있는 이 속박보다 더 화나는
건 아무것도 없어. 하늘이 영기(靈氣)를 내리
신, 우리 두 사람의 타오르는 듯한 달콤한 격정
은 그것이 모두 막아 버리겠지?

뜨와네뜨 그래요.

안젤리끄 그렇지만 뜨와네뜨, 그 분은 정말 내게 말한 만
큼 그렇게 나를 사랑하고 있을까?

뜨와네뜨 아아, 그 점은 가끔 보증할 수 없을 때가 있죠.
사람의 마음은 진실과 아주 흡사해 보이니까요.
그런 면에 있어선 제가 위선자들을 많이 보아
왔거든요.

안젤리끄 아니, 뜨와네뜨, 그게 무슨 말이냐? 어쩌면 그
런 식으로 그 분이 말씀하신 게 진실이 아니라
고 할 수가 있단 말이니?

뜨와네뜨 여하튼 곧 명백해지겠죠. 어제 아가씨께 보낸
편지 속에 청혼을 하겠노라 하셨으니, 그 결과

를 기다려 보는 게 그 분이 진실을 말씀하신 건
지 어쩐지 제일 빨리 알게 해주는 방법이죠. 그
게 좋은 증거가 될 테니까요.

안젤리끄 아, 뜨와네뜨, 만일 그 분이 날 속이신 거라면
난 평생 동안 그 어떤 남자도 믿지 않을 거야.

뜨와네뜨 나리께서 돌아오시는군요.

제 5 장

아르강, 안젤리끄, 뜨와네뜨

아 르 강 (의자에 앉는다) 얘야, 네게 전할 소식이 있다.
아마 네가 기다리고 있는 게 아니겠느냐만서도
너에게 청혼이 들어왔어. 아니? 너 웃는구나!
기분이 좋은 게지? 그래, 그 결혼이라는 말이
말야. 이제 나이가 찬 처녀가 됐으니 장난으론
들리지 않겠지? 아, 물론 그럴 거야. 내가 보기
엔, 얘야, 네가 정말 결혼하고 싶은지 물어 보
는 일밖에 없겠구나.

안젤리끄 아버님을 기쁘게 해드리는 일이라면 무엇이든
해야죠.

아 르 강 너처럼 말을 잘 듣는 딸을 둔 나는 참 복도 많
지. 그러면 일은 다된 거니 네게 약속하마.

안젤리끄　아버님, 제가 할 일은 아버님의 의사에 무조건
따르는 거예요.

아 르 강　마누라, 네 새엄마는 너와 네 어린 동생 루이종
까지도 수녀로 만들었으면 하지. 늘 제 고집만
부려 왔지만 이번 일은 어쩔 수 없을 거야.

뜨와네뜨　(아주 작은 소리로) 그 순한 표정만 짓는 악인이
그렇게 말할 때는 무슨 딴 생각이 있겠지.

아 르 강　네 애미야 이 결혼엔 전혀 승낙하고 싶지 않겠
지만, 내가 오랫동안 바라 오다가 이룬 일이니
까 내 생각대로 될 거다.

안젤리끄　아, 아버님, 어지신 뜻 감사합니다.

뜨와네뜨　정말 잘하신 일입니다. 나리의 평생을 통해서
가장 현명하신 처사가 될 거예요.

아 르 강　아직 그 사람을 한 번도 보진 못했지만 만족할
거라고 그러더구나. 아마 너도 그렇겠지?

안젤리끄　물론이죠, 아버님.

아 르 강　어떻게 넌 그 사람을 봤니?

안젤리끄　아버님께서 승낙하셨으니 이제 제 마음을 열어
보일 수 있겠어요. 그리고 주저하지 않고 말씀
드리죠. 우리는 엿새 전 우연히 알게 되었어요.
아버님께 올린 그 청혼은 우리가 처음으로 보았
을 때부터 서로 느껴 왔던 애정의 표현이랍니
다.

아 르 강　그들이 그런 얘긴 않던데, 하지만 아무튼 기분

이 좋다. 일이 그런 식이라면 참 잘된 일 아니냐? 그 청년 풍모가 멋지다더구나.

안젤리끄 네, 아버님.

아 르 강 알맞은 체격이고.

안젤리끄 그렇죠.

아 르 강 매우 쾌활한 성격이고.

안젤리끄 정말 그래요.

아 르 강 말쑥한 미남이고.

안젤리끄 매우 잘생겼지요.

아 르 강 현명하고, 집안 좋고.

안젤리끄 완벽하죠.

아 르 강 매우 성실하고.

안젤리끄 세상에서 가장 훌륭하신 분이에요.

아 르 강 라틴어와 희랍어를 유창하게 구사하고.

안젤리끄 그건 제가 모르는 건데요?

아 르 강 사흘 안에 의사 자격을 얻게 될 거고.

안젤리끄 그 분이요, 아버님?

아 르 강 그래, 그건 네게 말하지 않더냐?

안젤리끄 아뇨, 전혀. 누가 그런 말을 하던가요?

아 르 강 퓌르공 선생이.

안젤리끄 퓌르공 씨가 그 분을 알고 있나요?

아 르 강 애야, 그런 걸 다 묻다니! 그 분이 그를 알고 있는 건 너무 당연한 일이 아니냐, 자기 조카니까.

안젤리끄 끄레앙뜨 씨가 퓌르공 씨의 조카라구요?

아 르 강 끄레앙뜨라니? 우린 지금 네게 청혼한 사람 얘기 하고 있는 거다.

안젤리끄 네, 그건 그렇지만 말예요.

아 르 강 그렇지, 또마 디아프와뤼스가 그 사람의 처남 디아프와뤼스의 아들이니까, 바로 퓌르공 씨의 조카가 아니냐 우린 오늘 아친 이 결혼을 결정 했다. 퓌르공 씨하고 플뢰랑 선생, 그리고 내가 말이다. 내일 장차 사위가 될 그 사람을 그의 부친이 데려오기로 되어 있다. 왜 그러느냐? 그 렇게 어처구니없다는 듯 놀란 얼굴을 하고 있으 니.

안젤리끄 아버님께서 어떤 사람을 말씀하시는지 알게 된 거죠. 아버님 전 다른 사람으로 듣고 있었어요.

뜨와네뜨 뭐라구요? 나리께선 그처럼 난데없는 생각을 품 고 계셨던 건가요? 그 많은 재산을 가지고 아가 씨를 그 의사하구 결혼시키려 하세요?

아 르 강 그래, 넌 쓸데없이 웬 참견이야! 망할 년, 무례 하게.

뜨와네뜨 맙소사! 너무 부드러우셔. 욕부터 먼저 나오신 다니까. 그렇게 펄펄 화만 내시지 말고 같이 이 치를 따져서 얘기할 수는 없나요? 자, 냉정하게 얘기해 봅시다. 죄송하지만 도대체 무슨 이유로 그런 결혼을 생각하게 됐죠?

아 르 강 그 이유야 내가 지금 이렇게 불구이고 병이 들
어 있으니까 의사들과 인척 관계를 맺고, 또 사
위를 들여서 직접 간호받고, 내게 필요한 약들
은 집안에 두고서 진찰과 처방을 같이 받을 수
있도록 하자는 거지.

뜨와네뜨 아하! 좋습니다. 아주 그럴 듯한 이유를 대시는
군요. 자, 서로서로 부드럽게 대답하는 건 기분
이 좋죠. 하지만 나리의 가슴에 손을 얹고 물어
보세요. 나리, 나리는 정말 환자이신가요?

아 르 강 뭐야? 망할 년, 내가 환자냐구? 그럼 내가 환자
가 아니냐? 무례한 년!

뜨와네뜨 네네, 좋아요. 그렇죠, 나리. 나리는 환자세요.
그 점에 대해선 전혀 언쟁할 게 없습니다, 네.
나리께선 상당히 병이 드신 거예요. 저도 인정
하죠. 나리께서 생각하시는 것보다 훨씬 더 중
한 병에 걸리셨어요. 자, 됐죠? 하지만 아가씨
께선 아가씨를 위한 남편과 결혼하셔야 합니다.
병자는 아니니까 아가씨에게 의사를 대주실 필
요는 없잖겠어요?

아 르 강 내 딸을 의사에게 주려는 건 나를 위해서야. 천
성이 착한 딸이라면 제 아버지의 건강에 도움이
될 수 있는 사람과 결혼하는 걸 아주 기쁘게 생
각하게 마련이다.

뜨와네뜨 얼씨구! 나리의 친구로서 충고를 드려도 될까

요?

아 르 강 무슨 충고?

뜨와네뜨 그 따위 결혼은 꿈도 꾸지 마세요.

아 르 강 뭐? 이유가 뭐야?

뜨와네뜨 이유요? 아가씨께서 전혀 받아들이지 않을 테니까요.

아 르 강 내 딸이 받아들이지 않아?

뜨와네뜨 그럼요.

아 르 강 내 딸이?

뜨와네뜨 따님께선요, 디아프와뤼스건 그 아들 또마 디아프와뤼스건 세상 어느 구석에 처박혀 있는 디아프와뤼스건 간에 아가씬 결혼하지 않겠다고 말하실 거예요.

아 르 강 내겐 필요해. 뿐더러 그 혼처가 생각보다 훨씬 유리하단 말이야. 디아프와뤼스는 자기 아들에게만 전 재산을 상속시킬 거고, 게다가 이 결혼에 더욱 유리하게도 퓌르공 선생은 부인도 자식도 없거든. 그러니 그의 재산도 전부 그에게 줄 거라구. 퓌르공 씨에겐 8천 리브르나 되는 연금이 있거든.

뜨와네뜨 그렇게 부자가 되려면 숱한 사람을 죽여야 했겠군요.

아 르 강 부친 쪽의 재산은 셈에 넣지 않더라도 8천 리브르의 연금이라면 괜찮거든.

뜨와네뜨 나리, 그건 다 좋습니다. 하지만 어쨌든 다시 한 번 말씀드리겠는데요. 우리끼리의 얘기로 충고 드립니다만, 다른 사윗감을 고르세요. 아가씬 디아프와뤼스의 부인이 되기엔 너무 어울리지 않아요.

아 르 강 하지만 내가 그렇게 되길 원해.

뜨와네뜨 에이, 참. 그렇게 말씀하지 마세요.

아 르 강 어째 그렇게 말하지 말아?

뜨와네뜨 네, 제발이요.

아 르 강 왜 그렇게 말하지 마?

뜨와네뜨 나리는 자신이 무슨 말을 하고 있는지 생각지도 않는다고들 그럴 거예요.

아 르 강 사람들이야 얘기하고 싶은 대로 하라지. 하지만 난 내가 결정내린 대로 내 딸이 행해 주기를 바란다고 말한 거야.

뜨와네뜨 천만에요. 아가씬 그렇게 안하세요.

아 르 강 그렇다면 강제로 시키지.

뜨와네뜨 그렇게 안하신다고 말씀드렸어요.

아 르 강 할 거야. 아니면 수녀원에 집어넣을 거야.

뜨와네뜨 나리께서요?

아 르 강 그래, 내가.

뜨와네뜨 그러시겠지.

아 르 강 뭐가 그러시겠지야?

뜨와네뜨 나리는 아가씰 수녀원에 못 보내십니다.

아 르 강 수녀원에 못 보낸다구?

뜨와네뜨 네.

아 르 강 못 보내?

뜨와네뜨 네.

아 르 강 와! 요게 날 놀려. 내가 원하는 대로 수녀원에
집어넣지 못해?

뜨와네뜨 제가 말씀드렸죠. 못하십니다.

아 르 강 누가 못하게 해?

뜨와네뜨 나리 자신이요.

아 르 강 내가?

뜨와네뜨 네, 그렇게 마음먹지 못하실 걸요.

아 르 강 할 거야.

뜨와네뜨 농담하시네.

아 르 강 전혀 농담이 아냐.

뜨와네뜨 아버지로서의 연민에 사로잡히실 텐데요.

아 르 강 그런 거엔 전혀 안 끌려.

뜨와네뜨 한 방울 두 방울 눈물이 떨어지고 두 팔로 목에
매달려 녹일 듯이 "나의 사랑하는 아빠" 하고
말하면 벌써 마음이 움직일 걸요.

아 르 강 그 따위 결론 아무것도 못해.

뜨와네뜨 네, 네.

아 르 강 분명히 말해 두겠는데, 끝까지 내 뜻을 굽히지
않을 거야.

뜨와네뜨 어림도 없지!

216

아 르 강 어디서 함부로 어림도 없다구 그래!

뜨와네뜨 아이구, 맙소사! 알았습니다. 나리는 천성적으
로 착하시지.

아 르 강 (화를 벌컥 내며) 나는 조금도 착하지 않아. 그럴
필요가 있을 땐 무섭다구.

뜨와네뜨 진정하세요, 나리. 나리께선 환자라는 걸 잊으
셨어요?

아 르 강 무슨 일이 있어도 내가 말한 그 사람을 남편으
로 맞으라구 할 테다.

뜨와네뜨 그렇다면 전 무슨 일이 있어도 그렇게 못하도록
아가씨를 보호하겠어요.

아 르 강 도대체 이게 어찌된 일이지? 어떻게 감히 주인 앞
에서 그 따위로 말대꾸를 해대는 망할 종년이
있나?

뜨와네뜨 상전이 스스로 무슨 짓을 하고 있는지 생각하지
못할 때, 분별 있는 종년이라면 상전을 바로잡
아 줄 의무가 있는 법이죠.

아 르 강 (뜨와네뜨를 잡으려고 쫓아가며) 아이구, 이 무례
한 년, 네년을 박살내고 말 테다.

뜨와네뜨 (피해 달아나며) 나리, 나리의 체면을 손상시키
는 일은 반대하는 게 제 의무입니다.

아 르 강 (손에 지팡이를 들고 몹시 화가 나서 의자 주위를 뱅
뱅 돌며 뜨와네뜨를 쫓아간다) 이리 와! 요것, 네
년에게 말하는 법을 가르쳐 주겠다.

뜨와네뜨 (아르강의 반대편 의자 끝으로 피하면서) 제가 마땅
히 해야 할 일로서, 나리가 미친 짓을 하도록
내버려 두지 않는 데 신경을 써야 한다구요.

아 르 강 암캐 같은 년!

뜨와네뜨 절대로 이 결혼엔 동의할 수 없습니다.

아 르 강 악랄한 년!

뜨와네뜨 아가씨가 그 또마 디아프와뤼스 따위와 결혼하
는 건 싫어요.

아 르 강 잡년!

뜨와네뜨 아가씬 나리보다 오히려 제 말을 잘 들어요.

아 르 강 안젤리끄, 너 저 망할 년을 좀 잡아 주지 않을
래?

안젤리끄 아이, 아버님, 제발 환자인 체하지 마세요.

아 르 강 저년을 잡아 주지 않으면 너도 욕할 테다.

뜨와네뜨 설사 아가씨가 말을 듣는다고 해도 제가 그걸
못 하게 하겠어요. 제가요!

아 르 강 (쫓아가다 지쳐서 의자에 털썩 주저앉는다) 아이구,
아, 못 견디겠다. 저것이 나를 죽이려고…….

제 6 장

벨린느, 안젤리끄, 뜨와네뜨, 아르강

아 르 강 어휴, 여보, 이리 좀 와요.

벨 린 느 아니, 여보 왜 그러세요?

아 르 강 이리 좀 와서 날 도와 줘요.

벨 린 느 도대체 무슨 일이에요, 귀여운 여보?

아 르 강 여보.

벨 린 느 여보.

아 르 강 날 화나게 만들잖아!

벨 린 느 저런! 불쌍하게도! 그래, 어떻게요, 여보?

아 르 강 저 망할 뜨와네뜨 년이 글쎄, 세상에 그렇게 무
례하게 굴 수가 없잖아.

벨 린 느 자, 흥분하지 마세요.

아 르 강 저게, 그냥 화를 돋우잖아, 여보.

벨 린 느 진정하세요, 귀여운 양반.

아 르 강 한 시간 동안이나 내가 하고 싶어하는 일을 반
대하잖아.

벨 린 느 자, 자, 제발 마음을 가라앉히시고.

아 르 강 뻔뻔스럽게도 내가 조금도 아프지 않다고 말했
다우.

벨 린 느 저런, 고것 참 건방진 년이로군.

아 르 강 여보, 당신은 알겠지?

벨 린 느 네, 여보. 저것이 잘못했어요.

아 르 강 저 망할 년이 글쎄 날 죽이려고 하는 거야.

벨 린 느 아이구 저런!

아 르 강 저것이 나를 온통 미치도록 화나게 만든 년이라
니까.

벨 린 느 자, 그렇게 화내지 마세요.

아 르 강 저년을 쫓아내라고 내가 당신에게 도대체 얼마
나 얘기했어.

벨 린 느 글쎄요, 여보, 결점이 없는 종이나 종년은 하나
도 없을 거예요. 가끔 좋은 면도 있기 때문에
나쁜 점도 어쩔 수 없이 참아야 할 때가 있는
거죠. 저 아인 재치 있고, 솜씨도 있고, 바지런
한 데다가 또 무엇보다도 충성스럽지 않수. 이
제부턴 사람을 고르는 데 신경을 쓰셔야 해요.
아시겠죠? 얘, 뜨와네뜨!

뜨와네뜨 네, 마님.

벨 린 느 대체 어째서 저분을 화나시게 한 거냐?

뜨와네뜨 (아양 떠는 목소리로) 제가요, 마님? 무슨 말씀
을, 전 마님께서 무슨 말씀을 하시는지 모르겠
네요. 저는 그저 열심히 무슨 일에서든 나리의
비위를 맞춰 드리려고만 하는데요.

아 르 강 아이구 저 앙큼한 년!

뜨와네뜨 나리께서 아가씰 디아프와뤼스의 자제분과 결혼
시키자고 하시길래 아가씨께 유리한 혼처 같군
요, 했죠. 하지만 저는 아가씰 수녀원으로 보내
는 편이 더 나을 거라고 생각해요.

벨 린 느 그렇게 해도 지장 없지. 제법 일리가 있는 것
같은데요?

아 르 강 아, 여보 저것 말을 믿소? 저건 몹쓸 년이야.
불손한 짓거리를 얼마나 많이 했다구.

벨 린 느 그래요, 여보. 당신 말을 믿어요. 자, 마음을
가라앉히세요. 뜨와네뜨, 들어라. 나리를 화나
시게 만들었다면 널 쫓아내겠다. 털망또 하고
베개를 가져와, 의자에 대드리게. 어떻게 해드
릴까요? 음, 모자를 귀까지 눌러 쓰세요. 귀에
바람을 쏘이게 하는 것만큼 감기 걸리기 십상인
것은 없어요.

아 르 강 아, 여보, 날 이토록 극진히 살펴 주는 당신의
갸륵한 정성이 얼마나 고마운지 몰라.

벨 린 느 (아르강의 등에 베개를 받쳐 주며) 잠깐만 일어나
보세요. 이것 좀 깔게요. 당신이 기댈 수 있게
이건 이쪽에다 놓고 그건 저쪽에다 놓고 요건
등 뒤에, 조건 당신 머리를 받치도록 놉시다.

뜨와네뜨 (아르강의 머리 위에 힘껏 베개를 꽉 눌러 놓고 달아
난다) 그리고 요건 나리가 편하게 쉬시도록.

아 르 강 (벌컥 화를 내며 일어서서 뜨와네뜨에게 베개를 죄다

아르강　던져 버린다) 으악, 망할 년, 너 내 숨통을 막아 놓으려구 그래!

벨 린 느　왜요, 아이 참, 왜 또 그러세요?

아 르 강　(씩씩거리며 의자에 털썩 주저앉는다) 아아, 아이구, 이젠 더 못 참겠어.

벨 린 느　왜 그렇게 화를 내세요? 잘해 드리잖아요?

아 르 강　당신은 몰라, 여보, 저 악랄한 계집녀의 장나을. 어이구, 저게 날 완전히 미치게 만드는데. 이걸 다 치료하려면 약이 여덟 개, 관장은 열 두 번도 더 해야 할 거야.

벨 린 느　아이, 여보, 조금만 참으세요.

아 르 강　여보, 당신은 내 위안의 전부야.

벨 린 느　가엾은 분.

아 르 강　당신이 내게 쏟아 주는 사랑을 감사하기 위해서 말이지, 여보, 내가 늘 말해 왔던 대로 유서를 써두려고 해요.

벨 린 느　어머나, 그런 말씀 하지 맙시다. 제발 그건 생각만 해도 견딜 수가 없어요. 유서라는 말만 들어도 고통스러워서 온몸이 부들부들 떨려요.

아 르 강　그래서 당신의 공증인에게 말해 두라고 누차 애기했었지.

벨 린 느　참, 마침 제가 그 분을 집으로 모셔 왔어요.

아 르 강　어서 그 분을 들어오시게 해요, 여보.

벨 린 느　아! 여보, 남편을 사랑할 땐 그런 생각은 꿈도 꾸지 않는답니다.

제 7 장

공증인, 벨린느, 아르강

아 르 강 가까이 오십시오, 보네프와 선생. 자, 좀 앉으
십시오. 제 안사람이 늘 선생은 매우 충직한 분
이라고 그러더군요. 그리고 친한 친구나 다름이
없다구요. 그래서 내가 하고 싶은 유언을 선생
께 말해 두라고 했죠.
벨 린 느 어머나, 전 그런 애긴 할 수 없어요.
공 증 인 선생님의 뜻과 부인을 위한 계획은 설명 들었습
니다만, 그 점에 대해선 선생님의 유언을 따라
부인께 드릴 수 있는 게 아무것도 없다는 사실
을 말씀드려야겠습니다.
아 르 강 어째서요?
공 증 인 관습법에 저촉이 됩니다. 문서상의 법이 있는
나라라면 가능할 수도 있겠죠. 그러나 빠리에
선, 하여간 대부분의 관습법이 적용되고 있는
지방에서는 그것이 불가합니다. 개인의 의향은
전혀 효력이 없습니다. 결혼해서 합치된 부부끼
리 서로 취할 수 있는 이점이 있다면 모두 생전

에 주고받는 선물 정도죠. 그리고 어쨌든 두 사람이 부부라고 해도 그 둘 중 한 사람이 먼저 사망할 시에 혼자만 남게 되거나 그에게 자식이 없거나 해야 합니다.

아 르 강 그 따위 터무니없는 관습이 어디 있담. 진정으로 남편을 사랑하고 그토록 정성스럽게 보살펴 주는 부인에게 아무것도 남겨 줄 수 없다니. 그렇다면 변호사와 상의하고 싶소. 내가 어떻게 해야 하는지 알아보게 말입니다.

공 증 인 그것은 변호사에게 달려갈 문제가 전혀 아닙니다. 그들은 그런 면에선 대체로 엄격하니까요. 사기를 쳐서 법을 마음대로 이용해 먹는 걸 대단한 범죄로 생각하지요. 그 사람들은 난해한 부류의 사람들이 돼 놔서 어느 정도의 양심을 차리면서도 슬쩍 취하는 정도의 술수에는 무지하답니다. 그 문제는 상의할 만한 사람들이 달리 있습니다. 훨씬 더 다루기 쉽고, 법쯤이야 살짝 수완 좋게 해치워서 허용되지 않는 것을 정당화시킬 줄 아는 편법에 통달한 사람들입니다. 그들은 사건상의 난점을 끝마무리할 줄도 알고, 그 어떤 간접적인 특권을 발동해서 관습망을 피할 줄도 알죠. 이런 게 없다면 그 일들이 어디까지 진척되겠습니까? 이 일에 있어선 용이하게 필요합니다. 다르게는 아무것도 할 수

없습니다. 그리고 저도 이 일에 손댈 엄두도 내
지 못할 테니까요.

아 르 강 집사람이 누차 말해 왔죠. 선생, 선생은 퍽 능
란하시고 매우 정직한 분이라고 말입니다. 내
재산을 자식들에게서 떼어다 집사람에게 주려면
어떻게 해야 되겠소?

공 증 인 어떻게 할 수 있느냐구요? 부인의 절친한 친구
한 사람을 골라 두셨다가 선생께서 내놓으실 수
있는 걸 전부 유언장을 통해서 정식으로 그 사
람에게 주십시오. 그러면 그 친구가 후에 부인
께 다 돌려드리는 겁니다. 그리고 또 하나는 의
심받지 않게 갖가지 채권자들을 이용해서 상당
한 금액의 채무를 지시는 겁니다. 그 채권자들
의 이름을 부인으로 하여, 그들이 한 짓이 부인
을 즐겁게 해드리는 것 외엔 아무것도 아니었다
는 진술서를 내놓게 하세요. 살아 계시는 동안
엔 현금이건 수표건 가지고 계신 걸 지참인불로
부인의 손에 쥐여 드릴 수도 있습니다.

벨 린 느 맙소사! 그런 일로 당신이 괴로움을 당하셔서는
안 돼요. 당신이 안 계시면, 여보 전 더 이상
살고 싶지도 않을 거예요.

아 르 강 여보.

벨 린 느 정말예요, 여보. 당신을 잃게 되는 것만으로도
너무나 불행한 일인데.

아 르 강 내 사랑하는 아내!

벨 린 느 인생이 더 이상 아무것도 아닌 게 되어 버릴 거
예요.

아 르 강 내 사랑!

벨 린 느 당신께 저의 사랑하는 마음을 보여드리고 싶어
서도 전 당신의 뒤를 따르고 말 거예요.

아 르 강 여보, 가슴이 찢어지는 것 같아. 제발 마음을
좀 달래 주구료.

공 증 인 눈물을 흘릴 때가 아닙니다. 일이 아직 그렇게
까지 되진 않았어요.

벨 린 느 아, 선생님, 당신은 남편을 애틋하게 사랑하는
게 뭔지 모르십니다.

아 르 강 내가 죽어서 제일 한이 되는 건 당신에게서 아
이를 얻지 못했던 걸 거요. 퓌르공 선생은 하나
쯤 낳을 수도 있다고 그랬는데.

공 증 인 아직 그럴 수도 있겠군요.

아 르 강 이 분이 말씀하시는 식으로 유언장을 만들어 둬
야겠어. 여보, 그렇지만 미리 저 알코브(벽면을
움푹하게 만들어서 침대를 들여놓는 곳)의 화장널
속에 감춰 둔 금화 2만 프랑하고 다몽 씨와 제
랑뜨에게서 받을 지참인불 수표 두 장을 당신
손에 쥐여 주겠어.

벨 린 느 아녜요, 싫어요. 그런 건 조금도 원하지 않아
요. 아! 그런데 당신의 그 알코브 속엔 얼마가

있다구요?

아 르 강 2만 프랑이야, 여보.

벨 린 느 재산 같은 건 제발 말씀하시지 마세요. 아! 그 수표 두 장은 얼마짜리지요?

아 르 강 하나는 4만 프랑이고 다른 하나는 6만 프랑이야, 여보.

벨 린 느 세상의 부(富)를 다 준대도 여보, 제겐 당신에 비할 바 못 돼요.

공 증 인 그럼, 유언장을 진행시켜 보기로 할까요?

아 르 강 그럽시다, 선생. 그런데 내 사무실에서 하는 게 더 나을 것 같소. 여보, 날 좀 데려다 주구료. 벨린느 갑시다, 내 귀여운 분.

제 8 장

안젤리끄, 뜨와네뜨

뜨와네뜨 공증인하고 같이 들어가는군요. 유언장에 관해 말하는 걸 제가 죄다 들었어요. 아가씨의 계모 라는 사람, 전혀 마음을 놓지 않는군요. 나리를 부추겨서 아가씨의 재산을 가로채려고 뭔가 음 모를 꾸미고 있는 게 틀림없어요.

안젤리끄 재산 같은 거야 마음대로 하시라지. 내 마음을 휘젓지 않는다면야. 뜨와네뜨, 너도 알지? 아버님에 대해 뭔가 좋지 않은 생각이 있는 거야. 제발 이런 극한 상황에서 날 버리지 마.

뜨와네뜨　제가요? 아가씰 배반해요? 차라리 죽지요. 아가씨의 계모가 잇속을 따져 날 심복으로 만들려고 아무리 그래두요 다 헛수고예요. 결코 그 양반에겐 호의를 가질 수가 없어요. 전 항상 아가씨의 편이었잖아요. 제게 맡겨 두세요. 아가씨를 섬기는 일이라면 뭐든지 할 거예요. 그런데 좀 더 유효적절하게 아가씰 도와 드리기 위해선 이제 방법을 바꿔야겠어요. 아가씨에 대한 충성심은 일단 숨겨 두고요, 나리와 마님의 편을 드는 체해야겠어요.

안젤리끄　이미 얘기가 다 되어 버린 이 결혼에 대해서 말인데, 제발 부탁이야, 끄레앙뜨 그이의 생각을 좀 듣게 해줘.

뜨와네뜨　이런 일에 나설 인물은 제 애인인 고리대금업자 폴리쉬넬밖에 없어요. 그렇게 하려면 뭔가 달콤한 말로 그를 꼬셔 내야겠어요. 아가씨를 위해선 할 수 있는 일은 다 해보죠. 오늘은 너무 늦었지만 내일 아침 일찍 그를 불러들이도록 하죠. 아마 황홀해서 어쩔 줄 모를……

벨 린 느　뜨와네뜨!

뜨와네뜨　절 부르는군요. 자, 쉬세요. 저에 대해선 안심하세요. 괜찮을 테니까요.

제 1 막간극

밤, 폴리쉬넬이 그의 애인에게 세레나데를 들려주려고 찾아온다. 바이올린을 켜는 악사들 때문에 방해를 받자 그들에게 몹시 화를 낸다. 그러고 나서 악사와 무용수로 조직된 야경에게 저지당한다.

폴리쉬넬　오, 사랑, 사랑, 사랑, 사랑! 가련한 폴리쉬넬, 너는 머리 속에 왜 그렇게 바보 같은 생각을 처박아 두었느냐. 너의 마음은 무엇으로 위로받느냐. 너는 얼마나 가련한 천치냐. 너는 하던 일도 다 집어치우고 식사도 않고 물도 마시지 않고 밤의 안식까지도 잃었구나. 그것은 누구를 위해서인가? 한 무정한 여인, 인정 없는 그녀, 요부 때문이다. 그녀는 나무로 코를 찌르는 것 같은 인사를 하고, 네가 말하고자 하는 모든 것에 대해서 코웃음친다, 그럴 이유도 없는데. 그래도 너는 사랑을 요구한다. 그것은 모든 인간처럼 너를 미치게 할 것이다. 우리 나이의 남자에게 그것은 좋은 일이 아니다. 인간은 분별력을 갖기를 원해도 갖지 못할 경우가 있어. 이리

하여 늙은 두뇌도 청년의 두뇌처럼 화낸다. 나
는 세레나데를 부름으로써 호랑이 같은 여자의
마음을 녹일까 하여 왔다. 사랑에 사로잡힌 사
나이가 애인의 집, 대문 빗장 앞에서 바보 같은
노래를 부르는 것보다 가슴 아픈 일은 없다.
자, 나의 목소리에 반주를 해다오. 오! 밤이여!
그리운 밤이여! 나의 한숨을 완고한 여인의 침
실로 실어다 다오.

(노래한다)

밤낮을 가리지 않고 사랑하네.
진정으로 사랑하네.
나의 마음을 편하게 해주는
승낙의 대답 한 마디 기다리네.
만일 승낙하지 않으면,
아름답고 무정한 여인이여,
나는 죽네, 당신 생각에 내 마음 상처 입네.
하지만 생각지 않는 하루는 너무 외로워.

제 2 막

제 1 장

뜨와네뜨, 끄레앙뜨

뜨와네뜨 누굴 찾으세요?

끄레앙뜨 내가 누굴 찾느냐구?

뜨와네뜨 아, 도련님이세요? 웬일이세요? 어쩌시려구 집 안엘 들어오셨어요?

끄레앙뜨 내 운명을 알기 위해서지. 그리고 나의 사랑스런 안젤리끄와 얘기를 나누고, 그녀의 가슴 속을 꿰뚫어보고 내가 경고받은 이 숙명적인 결혼에 대해 해결책을 그녀와 같이 찾아보려고 왔지.

뜨와네뜨 네. 하지만 아가씨껜 그렇게 직선적으로 말하는 게 아녜요. 조심하는 게 좋아요. 들으셨죠? 아가씬 외출도 못 하고 아무하고도 애기하지 못하게 엄중한 감시를 받으며 갇혀 지내세요. 단지 그 늙은 여자의 꼬치꼬치 캐기 좋아하는 호기심 덕분에, 도련님의 사랑을 싹터 오르게 만든 이 코미디에 우리가 멋대로 끼여 들게 된 게 아니겠어요? 그래서 여태껏 두 분의 애기를 아주 조심스럽게 숨겨 왔던 거예요.

끄레앙뜨　그래서 나도 네 아가씨의 애인인 *끄레앙뜨*로 여기에 온 게 아니라, 그녀의 음악선생의 친구로서 온 게 아니냐. 그가 날 대신 보냈노라고 말할 수 있는 기회를 얻어서 말야.

뜨와네뜨　나리가 오십니다. 잠깐 물러가 계세요. 도련님이 오셨다는 걸 말씀드리게요.

제 2 장

아르강, 뜨와네뜨, 끄레앙뜨

아 르 강　퓌르공 선생이 아침마다 방을 열 두 번씩 왕복하라고 했는데, 그게 길이로인지 아니면 너비로인지 물어 본다는 걸 잊어버렸네.

뜨와네뜨　나리, 저기…….

아 르 강　조그맣게 애기해, 이 악다구니 같은 년. 내 골

속을 온통 흔들어 놓으려고 그러느냐? 환자에겐 그렇게 소리를 바락바락 질러 대며 얘기해선 안 된다는 걸 네년은 생각도 못 하는구나.

뜨와네뜨 말씀드릴 게 있어요. 나리…….

아 르 강 조용히 말하라고 했잖아.

뜨와네뜨 (들릴락말락 하는 소리로) 나리.

아 르 강 왜?

뜨와네뜨 말씀드릴 게……. (말하는 체한다)

아 르 강 뭐야, 말할 게?

뜨와네뜨 (크게) 나리께 찾아오신 분이 있어요.

아 르 강 들어오게 해.

뜨와네뜨가 끄레앙뜨에게 나오라고 손짓한다.

끄레앙뜨 선생님…….

뜨와네뜨 (야유조로) 그렇게 크게 말씀하지 마세요. 우리 나리의 골통을 뒤흔들어 놓으시겠어요.

끄레앙뜨 선생님, 꿋꿋이 서 계신 걸 뵙게 되어서 참 좋습니다. 썩 좋아지신 것처럼 보입니다.

뜨와네뜨 (화가 나는 양하면서) 더 좋아지셨다니요? 무슨 말씀을. 나리는 여전히 편찮으신걸요.

끄레앙뜨 선생님의 건강이 좋아지셨다는 소릴 들었죠. 또 지금 보니 아주 혈색이 좋으신데요.

뜨와네뜨 그렇게 혈기 팔팔한 얼굴을 하고 그런 말씀을 하시나요? 나리는 훨씬 더 나빠지셨어요. 그런데 더 좋아지셨다구 해요? 누가 그렇게 당치도 않은 소릴 해요? 이처럼 나빠지신 적이 일찍이 없었어요.

아 르 강　그애 말이 맞소.

뜨와네뜨　걷고, 먹고, 마시고, 자고, 다른 사람들처럼 똑같이 하지만 그걸루 나리가 중병에 걸린 게 아니라고 할 순 없죠.

아 르 강　사실이라오.

끄레앙뜨　매우 안되셨습니다. 전 따님의 음악선생의 부탁을 받고 왔습니다. 그 친구가 며칠 동안 시골엘 좀 다녀와야 하나 봅니다. 그래 친한 친구인 절 대신 보내서 아가씨의 레슨을 계속하게 하더군요. 잠시라도 중단하면 이미 알고 있는 걸 잊어버리게 되지 않을까 걱정해서 말입니다.

아 르 강　그러시오. 안젤리끄를 불러와.

뜨와네뜨　나리, 제 생각엔 이 분을 아가씨 방으로 모시고 가는 게 더 나을 것 같은데요.

아 르 강　안 돼, 그앨 데리고 와.

뜨와네뜨　따로 있지 않으면 제대로 레슨을 할 수가 없을 거예요.

아 르 강　돼, 잘된다구.

뜨와네뜨　그런 일은 나리를 어지럽게 할 뿐이에요. 지금 같은 경황에선 어떤 감흥을 불러일으키기는커녕 나리의 머리 속을 마구 짓부숴 놓는 것밖엔 안 된다구요.

아 르 강 아니, 아냐. 난 음악을 좋아해. 오히려 매우 편한 마음으로…… 아, 마침 오는구나. 넌 가서 마님 옷치장 끝내셨는지 보고 오너라.

제 3 장

아르강, 안젤리끄, 끄레앙뜨

아 르 강 얘야, 이리 오너라. 네 음악선생이 시골에 가셨기 때문에 대신 다른 분이 널 가르치러 오셨다.

안젤리끄 어머나!

아 르 강 왜 그래? 왜 그렇게 놀라니?

안젤리끄 저…….

아 르 강 뭐야, 뭐가 널 그렇게 놀라게 하니?

안젤리끄 저, 아버님, 지금 일어나고 있는…… 너무나 놀라운 사건 때문이에요.

아 르 강 어떤?

안젤리끄 어젯밤 꿈속에서 전 너무나 엄청난 곤경에 빠져 있었어요. 그런데 그때 이 분하고 기가 막히게 꼭 닮은 사람이 제 앞에 나타났죠. 도움을 청했더니 그 분은 다가오셔서 제가 겪고 있던 그 고

통에서 절 끌어내 주셨답니다. 밤새도록 내 가
슴 속에 떠오르던 그 분을 이곳에서 느닷없이
보게 되니, 제 놀라움은 말할 수 없이 컸던 거
예요.

끄레앙뜨 아가씨의 생각을 사로잡고 있던 게 꿈이건 생시
건 불행한 건 아니군요. 제가 당신을 고통에서
끌어낼 수 있다고 보아주신 건 말할 것도 없이
큰 기쁨입니다. 그리고 제가 못 할 일이 뭐가
있겠습니까? 아가씨를…….

제 4 장

뜨와네뜨, 끄레앙뜨, 안젤리끄, 아르강

뜨와네뜨 (조롱조로) 아하, 정말! 나리, 이제 알아 모시겠
습니다. 이제 제가 말씀드렸던 것 모두 취소합
니다. 바로 지금 그 디아프와뤼스 나리와 그의
아드님께서 찾아뵈러 오셨습니다. 사위 한번 기
찬 분 맞으십니다. 세상에서 가장 잘생기고 재
치가 넘쳐 흐르는 도련님을 보시게 될 거예요.
말씀하시는 걸 단지 두 마디밖에 듣지 않았는
데, 단번에 매료당하고 말았답니다. 아가씨도
그 분에겐 반하실 거예요.

아 르 강 (가려는 체하는 끄레앙뜨에게) 가지 마시오. 내 딸을 시집보내려고 하는데 때마침 장차 남편될 사람을 데리고 온 모양이오. 딸아이가 아직 그 사람을 못 봤거든요.

끄레앙뜨 영광입니다, 선생님. 이처럼 즐거운 만남에 절 증인이 되도록 해주셔서.

아 르 강 노련한 의사의 자제라오. 나흘 안에 결혼식을 올리게 될 거요.

끄레앙뜨 아, 그러세요.

아 르 강 그 음악선생에게 알려 주시오. 결혼식에 참석하도록 말이오.

끄레앙뜨 잊지 않고 전해 드리지요.

아 르 강 선생도 같이 오시죠.

끄레앙뜨 대단한 영광입니다.

뜨와네뜨 자, 비키세요. 그 분들이 들어오십니다.

제 5 장

디아프와뤼스, 또마 디아프와뤼스, 아르강, 안젤리끄, 끄레앙뜨, 뜨와네뜨

아 르 강 (보네트에 손을 갖다 대지만 벗지는 않는다) 퓌르공 선생이 머리를 내놓지 말라고 하셔서요. 실례합

니다. 선생께서도 직업이 그러시니 이해하시겠
죠?

디아프와 저희가 방문한 것은 환자의 편의를 봐주자는 거
지 불편하게 만들려는 게 아닙니다.

아 르 강 선생 매우…….

그들은 동시에 말을 꺼냈다가 서로 방해되어 중단하
고는 당황해 한다.

디아프와 선생 여기…….

아 르 강 매우 기쁘게…….

디아프와 내 아들 또마하고 제가…….

아 르 강 당신의 영예로우신 처사를 받아들여…….

디아프와 저희들이 선생께 얼마나…….

아 르 강 그래서 댁을 방문할 수 있기를…….

디아프와 기쁘게 생각하시는지 보여드리려고…….

아 르 강 바라옵고…….

디아프와 선생의 그 호의에…….

아 르 강 확답을 드리려고…….

디아프와 그처럼 저희를 후대해 주신 것을…….

아 르 강 아시겠지만, 선생…….

디아프와 명예롭게…….

아 르 강 불쌍한 환자란…….

디아프와 선생과 인연을 맺게 됨에 있어서…….

아 르 강 어떤 일도 할 수 없는 사람이란 것을……

디아프와 확인드리고……

아 르 강 이 자리에서……

디아프와 저희들의 직업에 달려 있는 모든 일에 있어……

아 르 강 서로 알 수 있는 기회를……

디아프와 다른 일에 있어서와 똑같이……

아 르 강 모두 찾아보도록 하고……

디아프와 저희의 성의를 보여드릴……

아 르 강 언제든지 당신을 함께 도와 드리도록……

디아프와 준비가 완전히 되어 있을 겁니다, 선생. (아들에게 돌아서며 말한다) 자, 또마 이리 와서 인사드려라.

　　　또마는 최근에 학교를 졸업한 바보, 천치, 얼간이다. 그는 뭐든지 항상 마지못해서, 그것도 나쁘게 벌여 놓고 만다.

또　　마 저부터 시작하는 게 나을까요?

디아프와 그래.

또　　마 장인 어르신께 인사드리러 왔습니다. 어르신을 알아뵙고 소중히 받들어 모시며 경애를 표하러 왔습니다. 감히 말씀 올리건대, 앞으로 저희 친부모보다는 장인 어르신께 더욱 신세를 지게 될 것 같습니다. 친부께선 저를 낳아 주셨습니다만 장인께선 저를 택해 주셨고, 친부께선 부득이 저를 얻으셨지만 장인께선 후의로 저를 받아들이셨으며, 친부에게선 제가 육신의 작품을 이어받았습니다만 장인 어르신에게선 당신 의지의 소산을 받사옵고, 그 정신력은 육체적인 것보다 상위에 있는 만큼 더욱 어르신께 의지하는 바 많사오며, 그러므로 더더욱 장차의 친자 관계를 소중히 여겨, 오늘 미리 약속하옵니다만 정중한 선물을 감사의 표시로 드리러 온 것입니다.

뜨와네뜨 얼씨구, 학동님 만세! 어디서 저런 유식한 양반이 나왔담!

또   마 잘됐어요, 아버지?

디아프와 썩 훌륭했어.

아 르 강 (안젤리끄에게) 자, 와서 이 분께 인사드려.

또   마 인사할까요?

디아프와 그래, 그래.

또   마 (안젤리끄에게) 사모님, 하늘이 당신께 계모라는 명예를 허용하신 것은 당연한 일이옵니다. 왜냐하면…….

아 르 강 자네가 말하고 있는 사람은 집사람이 아니라 내 딸일세.

또   마 그럼 그 분은 어디 계세요?

아 르 강 곧 올걸세.

또   마 아버지 어느 쪽부터 해야죠?

디아프와　어쨌든 아가씨한테 인사해라.

또　　마　아가씨, 태양의 빛줄기가 멤논의 동상을 비출 때, 그것은 작지도 크지도 않은 꼭 알맞은 소리로 조화로운 반항을 울리곤 했습니다. 그와 마찬가지로 당신의 아름다움이라는 태양의 출현에 저는 감미로운 격정으로 휩싸여 있답니다. 자연주의자들이 해바라기라고 일컫는 꽃은 끊임없이 태양을 향해 돌아간다고 지적했듯이, 이제부터 제 심장은 항상 당신의 그 찬란한 눈빛으로부터 흘러나오는 반짝이는 천체를 따라 항상 돌아갈 것입니다. 그러니 아가씨, 오늘 당신의 눈부신 미의 성단 위에 제 영혼의 선물을 바치옴을 허락해 주십시오. 제 마음은 오직 당신에 대해 매우 천하고 순종적이며, 충실한 복종자이고 당신의 남편이 되기만을 열망하며, 다른 어떠한 영예도 야망도 원치 않습니다.

뜨와네뜨　(빈정거리며) 오호! 연습한 그대로 줄줄이로군. 고상하게도 배우셨어.

아 르 강　어떻게 생각하시는지?

끄레앙뜨　놀라우신 분이군요. 대단히 구변이 좋으신, 아주 훌륭한 의사 선생님이십니다. 저 분의 환자 되는 사람들은 기쁘겠어요.

뜨와네뜨　왜 아니겠어요. 그 유창하신 말씀만큼 치료하는 솜씨도 그럴싸하시다면 상당하시겠는데요.

아 르 강 어서 내 의자를 가져오고 이 분들에게도 갖다 드려라. 애야, 넌 거기 앉아라. 선생, 보십시오. 모두가 자제분을 칭찬합니다. 이런 아드님을 두셔서 아주 행복하시겠습니다.

디아프와 제 아들이라 그런 건 아닙니다만, 제가 저애에게 만족하고 있는 덴 그만한 이유가 있다고 할 수 있습니다 저앨 보는 사람마다 전혀 악의가 없는 순진한 아이라고들 합니다. 다른 사람에게서 볼 수 있는 기지의 불꽃이라든지 생기발랄한 상상력은 없지요. 하지만 바로 그것으로서 저는 저애의 명민한 판단력을 늘 헤아려 왔답니다. 그것은 저희들 직업에서 비롯된 성격이라고 할 수 있죠. 저 아이가 어렸을 땐 결코 장난꾸러기나 쾌활한 녀석이라곤 하지 않았답니다. 유치하다고 하는 장난 따위는 한 번도 해본 적이 없는, 항상 순진하고 조용하며 과묵한 아이였죠. 저애에게 읽기를 가르쳐 주기란 참으로 쉬운 일이 아니었죠. 그때가 아홉 살이었어요. 제 이름 철자도 몰랐답니다. "괜찮아" 하고 전 혼자서 말하곤 했지요. 철 늦은 나무가 더 좋은 열매를 맺는 법이라고 말입니다. 대리석 위에 조각을 하는 게 모래 위에 하는 것보다 물론 더 어려운 일이지만, 훨씬 더 오래 보존되지 않습니까? 그래서 이 애가 늦고 상상력이 둔한 게 장차 명민한 판단력의 징후가 된 겁니다. 저 애를 중학교 보냈을 때 매우 힘들었죠. 하지만 그 어려움을 꿋꿋이 버티어 냈답니다. 담임 선생님은 늘 저 애의 꾸준한 노력을 칭찬했지요. 열심히 노력한 결과 마침내 영광스럽게도 학점을 따게 되었고, 자랑은 아니지만 지금 5년째 학교를 다니고 있습니다. 그리고 학교에서 토론할 때는 저 애만큼 평판이 자자한 학생이 없답니다. 아주 무서운 아이로 통하죠. 특히 반대 명제에 있어선 철저하게 추론하지 않고 그냥 넘어가는 법이 없어요. 저 애는 강경하게 자신의 주장을 폈던 한 터키인처럼 토론에 있어선 확고하게 자신의 의견을 끝까지 주장하며, 가장 구석진 곳의 소소한 점까지도 밝혀 추론해 나간답니다. 저애가 나를 본따고 있는 점에서 특히 만족스럽게 여기고 있는 것은, 우리 선조의 뜻에 무조건 애착심을 갖는 것입니다. 현세기에 와서 탐지된 가정적 경험이나 이론, 그 혈액 순환에 관한 거라든지, 그게 그것인 주장들은 이해하려 들지도 않고 귀를 기울이지 않으려 하는 것이죠.

또마, 주머니에서 두루마리로 된 논문 한 장을 꺼내어 안젤리끄에게 보여준다.

또 마 제가 공개 논문 심사에서 혈액 순환론에 대한
반대설을 발표했죠. 어르신께서 허락하신다면
저의 정수가 담긴 이 신출작을 부디 아가씨께
선물로 헌정할까 합니다만.

안젤리끄 저한테는 쓸모없는 장식품에 지나지 않는걸요.
그런 건 하나도 모르니까요.

뜨와네뜨 주세요, 주세요. 그림으로 생각하면 될 테니까
요. 방을 꾸미는 데 쓸모가 있겠지요.

또 마 역시 어르신께서 허락하신다면 제가 추론키 위
해 요즘 하고 있는 여체 해부실험을 재미로 와
서 봐주십사고 근일간에 초대하고 싶습니다.

뜨와네뜨 고 재미 한번 근사하겠는데요. 정부(情婦) 때문
에 애깃거리가 되는 사람들도 있지만, 그런 거
에 비하면 해부실험을 한다는 건 훨씬 점잖아
뵈는 일이지요.

디아프와 그리고 이 결혼은 종자 번식에 있어 얻어질 질
이 어떤가 하는 측면에서도 우리 의사들의 관점
에 의하면 바람직합니다. 저 애는 높이 사줄 만
한 차원에서 왕성한 상상력을 소유하고 있으며,
매우 우수한 아이들을 낳게 할 수 있는 자질이
있음을 확신하는 바입니다.

아 르 강 아드님을 궁정에 보내어 자리를 하나 마련해 줄
의향은 없으세요?

디아프와 솔직이 말씀드리면 높으신 양반들 곁에서 일을

맡고 있는 저로선 결코 기분 내키지 않는 일이
랍니다. 그들보다는 우리 같은 사람들을 위해
대중 속에 머무르는 게 더욱 가치가 있다고 전
생각해 왔답니다. 대중이 편하죠, 무슨 짓을 하
건 아무것도 응대할 필요가 없으니까요. 정해진
처방법을 따르기만 하면 어떤 경우가 닥쳐도 전
혀 걱정을 안하죠. 그러나 지체 높으신 양반들
곁에 있노라면 무척 난처한 게, 그 분들이 환자
로서 저희를 찾을 때는 절대적으로 의사가 자신
들의 병을 치유시켜 주길 바라죠.

뜨와네프 웃기는군요. 당신들에게 자기를 치료해 주길 바
란다는 게 정말 터무니없어요. 곁에 있으면서
그런 일은 전혀 손대지 않는 게 아녜요? 선생님
들은 그저 약이나 지어 주고 수당이나 받자고
있는 거니까 말예요. 치료야 자신들한테 달려
있죠.

디아프와 사실이에요. 그 사람들에게는 단지 그 정신 상
태를 치료해 줘야 합니다.

아 르 강 (끄레앙뜨에게) 손님들 앞에서 내 딸의 노래를
좀 들려주는 게 어떻소?

끄레앙뜨 분부만 기다리고 있었습니다, 선생님. 손님들을
즐겁게 해드리려고 최근 작곡한 오페라의 한 장
면을 아가씨와 함께 부를까 합니다. 자, 이게
아가씨께서 부를 대목입니다.

안젤리끄 제가요?

끄레앙뜨 피하지 마시고 저한테 맡기십시오. 우리가 노래 불러야 하는 장면이 어떤 건지 곧 아시게 될 겁니다. 제 목소리가 과히 고르지는 못합니다만, 지금은 그저 부르기만 하면 됩니다. 아가씨께서 노래를 불러 주셔야 할 필요가 있어서 그러니 제발 양해해 주십시오.

아 르 강 대사는 아름다운가요?

끄레앙뜨 정확히 말씀드려 이건 방금 지은 즉흥 오페라입니다. 리드미컬한 운율시나 혹은 자유시 정도로 생각하십시오. 두 사람이 즉흥적으로 자신들에 관한 얘기를 나누면서 열정적인 사랑과 그 필연성을 노래하는 겁니다.
아, 좋소, 들어봅시다.

　　끄레앙뜨가 목동이라는 이름으로 애인에게 그들이 만난 이후부터의 사랑을 설명한다. 그러고 나서 그들은 서로의 생각을 노래로 표현한다.

끄레앙뜨 이 장면의 줄거리는 이렇습니다. 한 목동이 막 시작된 연극의 아름다운 무대 장치에 정신이 팔려 있습니다. 그때 갑자기 곁에서 소란스러운 소리가 들려 그곳으로 귀를 기울이게 됩니다. 얘기는 여기서부터 시작됩니다. 돌아서 보니 웬

난폭한 놈이 한 양치기 소녀에게 무례한 욕설을 퍼부으며 그녀를 마구 다루고 있습니다. 상대가 남자라면 누구나 당연히 경의를 표하게 되는 여자라는 데 우선은 관심이 끌립니다. 그래서 그는 그 놈의 무례함을 혼내 준 다음에 양치기 소녀에게로 다가가죠. 여태껏 한 번도 본 적이 없는, 너무나 아름다운 아가씨의 두 눈에서 눈물이 흐르고 있는 걸 보고, 그는 "아, 아! 어쩌면 이렇게 사랑스러운 여인을 모욕할 수 있을까! 아무리 잔인하고 야수 같은 놈이라도 이렇게 흘러내리는 눈물을 보고 마음이 움직이지 않을까"라고 중얼거립니다. 그러고는 너무나 아름답게 보이는 그녀의 눈물을 조심스럽게 닦아 줍니다. 사랑스런 양치기 소녀는 그의 사소한 친절에 대해 너무나 매혹적이고 부드러우며, 사랑스러운 말씨로 감사하다고 말하죠. 그는 뭐라고 대답하지도 못하고, 단지 그녀의 한 마디 한 마디의 말, 한순간의 시선이 그의 가슴 속을 타오르는 불화살이 되어 꿰뚫고 지나가는 것처럼 느낄 뿐입니다. "어디, 그처럼 사랑스러운 감사의 말을 들을 만한 거라도 되나요? 단 한순간만이라도 그처럼 감사하고 있는 당신의 감동적이고 상냥한 모습을 대할 수 있다면 무슨 일을 못하고 무엇을 바치지 못하겠으며, 무슨 위험인들 무서워

하겠읍니까"라고 그가 말합니다. 장면은 그가 안중에 두지도 않은 새에 다 지나가 버립니다. 그 장면이 끝나갈 때 이젠 놀라울이만큼 아름다운 양치기 소녀와 떨어져야 하기 때문에 그는 시간이 너무 짧은 것을 한탄합니다. 몇 년 동안 계속되어 오던 사랑이라면 더욱 격렬하게 취할 수도 있을 모든 것을 그는 이 최초의 만남, 단 한 번의 순간으로 잃어버리게 된 것이죠. 그는 마침내 이별의 아픔을 느끼게 되고, 아주 짧은 동안 봤던 그녀를 다시는 못 보게 될 것 같아 괴로워합니다. 밤이고 낮이고 간직해 오던 그녀의 모습, 그처럼 다정한 모습을 다시 한 번 보기 위해서 그는 할 수 있는 일은 다합니다. 하지만 그 양치기 소녀는 커다란 제약 속에 있기 때문에 그 어떤 방법도 받아들일 수가 없습니다. 그는 사랑의 포로가 되어 이젠 없으면 못 살 것 같은 그 아름다운 소녀에게 청혼하기로 결심하게 됩니다. 그래서 그녀에게 짤막한 편지를 써보내어 동의를 구하려 합니다. 그러나 그 때 마침 이 아름다운 소녀의 아버지가 딸을 다른 사람과 결혼시키기로 결정하고, 그 결혼식을 성대히 베풀기 위한 모든 준비가 되어가고 있다는 소식을 듣게 됩니다. 이 가련한 목동의 마음에 얼마나 잔인한 충격이었을지 생각해 보십시오. 죽을 것 같은 괴로움에 그는 완전히 짓눌려 버립니다. 그가 사랑하는 여인이 다른 남자의 품에 안겨 있는 걸 보게 된다고 생각하니 도저히 견뎌 낼 수가 없는 거죠. 좌절에 빠진 목동은 그녀의 마음을 알아보고 이 숙명적인 일을 어떻게 해야 할지 알아보기 위해서 양치기 소녀의 집에 들어갈 방법을 생각합니다. 그는 아버지의 변덕을 이용해서 애인의 사랑을 배반하게끔 만들려는, 가당찮은 그의 연적(戀敵)을 보러 들어가지요. 사랑스런 양치기 소녀 곁에서 마치 보장되어 있는 전리품을 끼고 서 있기라도 하듯이 득의만면해 있는, 그 우스꽝스러운 연적을 보고 그는 미칠 듯이 화가 치밀어 오르지만 겨우 참아 냅니다. 그는 고뇌에 찬 시선을 사랑하는 여인에게 던집니다. 그 자리에 아버지가 있고, 그 아버지에 대한 예의 때문에 그녀는 아무 말도 못 하고 눈으로만 그에게 대답하지요. 그러나 마침내 그는 기를 펴지 못하게 하는 이러한 속박을 끊어 버리고, 애인에 대한 끓어오르는 사랑을 이렇게 말하고 맙니다. (노래한다)
아름다운 필리스여!
고통스럽고 무거운 이 침묵을 깨고
내게 당신의 마음을 열어 주오.
나의 운명을 가르쳐 주오.

         살아야 하오, 죽어야 하오.
안젤리끄 (노래로 답한다) 띠르시여!
         당신께서 일깨워 주신
         이 결혼의 허식에 지쳐
         슬프고 우울한 절
         당신은 아시죠.
         눈을 들어 하늘을, 당신을 바라보며
         탄식할 뿐입니다.
         그 이상의 말은 당신께 필요 없겠지요.
아 르 강 오호, 내 딸이 주저하지도 않고 이렇게 즉석에
         서 능숙하게 노래를 부를 줄은 몰랐는걸.

         끄레앙뜨와 안젤리끄, 계속 노래한다.

끄레앙뜨 아, 아름다운 필리스여!
         사랑에 빠진 이 띠르시가
         당신의 마음 한구석을
         차지할 수 있을 만큼
         행복을 누릴 수 있을까요.
안젤리끄 억제할 수 없는 이런 고통 속에선
         견딜 수가 없어요.
         사랑해요.
끄레앙뜨 오, 나를 사로잡는 그 말
         아, 무슨 말을 들었던가.

> 필리스여, 다시 한 번 말해 주오,
> 내 귀를 의심치 않도록.

안젤리끄 그래요, 띠르시,
당신을 사랑해요.

끄레앙뜨 아아, 제발 한 번만 더 필리스여!

안젤리끄 사랑해요.

끄레앙뜨 다시 백 번만 쉬지 말고.

안젤리끄 사랑해요, 사랑해요, 나의 띠르시, 당신을 사랑
해요.

끄레앙뜨 발 아래로 온 천하를 굽어보는
제신들이여, 제왕들이여,
당신의 행복을 저와 비교할 수 있겠습니까?
하지만 필리스여,
이 달콤한 격정을 뒤흔들어 놓고 있소.
한 사람의 연적, 연적이……

안젤리끄 그 사람은 죽는 것보다도 더 싫어요.
당신과 함께 그가 이 자리에 있는 게
제겐 끔찍하도록 괴롭답니다.

끄레앙뜨 하지만 당신의 아버님께선 결심대로 당신을 복
종시키려고 합니다.

안젤리끄 차라리, 차라리 그것을 따르느니 죽지요.
차라리 차라리 죽겠어요.

아 르 강 그 말을 다 듣고 나서 아버지는 뭐라고 그러오?

끄레앙뜨 아무 말도 안합니다.

아 르 강 그런 괘씸한. 아무 말도 안하고 참고 있어? 그 아버지란 작자 형편없이 멍청한 놈이로군.

끄레앙뜨 (다시 노래한다) 아, 내 사랑…….

아 르 강 아, 아, 이제 그만해. 그 따위로 돼먹지 못한 극이 또 어딨어? 띠르시라는 양치기 녀석이나 아버지 앞에서 그 따위로 말하는 양치기년 필리스나 다 같이 괘씸한 것들이야. 그 종이 좀 이리 보여주시오. 어? 어? 여태껏 지껄여 댄 말이 도대체 어디 있소? 악보밖에 없잖아.

끄레앙뜨 악보만 가지고도 대사를 즉시즉시 만들어 냈다는 건 모르시는지요?

아 르 강 아하, 이젠 그만해 두시지, 선생. 그 무례하기 짝이 없는 오페라 같은 건 필요 없게 될 거요.

끄레앙뜨 재미있지 않으셨습니까?

아 르 강 그런 엉터리 같은 얘기 뭐가 재밌어? 아, 집사람이 들어오는군.

제 6 장

아르강, 뜨와네뜨, 안젤리끄, 디아프와뤼스, 또마 디아프와뤼스, 벨린느

아 르 강 여보, 이 사람이 디아프와뤼스 선생의 아들이
오.

또   마 사모님, 하늘이 당신께 계모라는 명예를 내리신
것은 정당한 것이옵니다. 왜냐하면 장모님의 모
습에는……. (연습해 온 인사말을 시작하다가 계속
하질 못한다)

벨 린 느 이렇게 때맞춰 찾아 주셔서 만나 뵙게 되니 정
말 반가와요.

또   마 왜냐하면 장모님의 모습에는…… 왜냐하면 장
모님의 모습에는…… 장모님께서 중간에 제 문
장을 가로채시는 바람에 까먹었습니다.

디아프와 또마, 그 부분은 나중에 하기로 하고 넘어가.

아 르 강 여보, 당신이 빨리 와줬어야 하는 건데.

뜨와네뜨 아유, 마님, 나리의 대목에선 멤논의 동상 운운
하고, 해바라기라 불리는 꽃 어쩌구저쩌구 하는
대목을 할 때 계셨어야 되는 건데. 정말 멋진
장면을 놓치셨어요.

아 르 강 아, 얘야, 저 분의 손을 잡고 남편에 대한 맹세
를 해라.

안젤리끄 아버님.

아 르 강 응? 아버님? 무슨 말을 하려고 그러느냐?

안젤리끄 제발 일을 그렇게 서두르지 마세요. 적어도 두
사람이 서로를 알 시간은 있어야 되잖아요. 완
벽한 결합이 되려면 절대적으로 필요한 애정이

서로의 마음 속에서 우러나와야지요.

또   마   전 이미 마음 속에 사랑을 느끼고 있습니다. 아가씨, 더 기다릴 필요가 없습니다.

안젤리끄   당신은 그렇게 성급하실지 모르지만 저까지 그런 건 아니잖아요. 당신의 재능이 아직 그다지 감명을 주는 것도 아니구요.

아 르 강   오오, 같이 결혼을 하고 나면 그럴 여유가 다 생기게 되는 거야.

안젤리끄   아, 아버님, 제발 제게 시간을 주세요. 결혼이란 결코 강제로 마음을 복종시켜서 이뤄지는 결합이 아녜요. 저분께서 교양이 있는 분이시라면 억지로 자기 사람을 만들려고는 하지 말아야 합니다.

또   마   저도 그런 귀결법은 부정합니다. 아가씨, 전 신사입니다. 그래 두 어르신의 말씀대로 아가씨의 손을 잡고 싶어할 수도 있습니다.

안젤리끄   완력으로 사랑을 이루려는 건 졸렬해요.

또   마   우리 선조들의 책을 읽어 보면 자기가 결혼하고 싶은 여자를 아버지의 집에서 훔쳐 오는 습관도 있습니다. 즉 딸의 동의는 받지 않아도 되는 것입니다. 승낙 말입니다.

안젤리끄   조상들은 조상들이고 우린 현재의 사람들이에요. 우리 시대엔 짐짓 꾸며 낸 허식 따윈 필요하지 않아요. 결혼하고 싶은 마음이 흡족하다면 질질 끌지 않고 지체없이 해버리는 거죠. 인내를 가지세요. 절 사랑하신다면 제가 원하는 건 뭐든지 들어주셔야죠.

또　　마 나의 사랑이 상처 입지 않는 범위 내에서 그렇죠, 아가씨.

안젤리끄 하지만 사랑하는 사람의 의사를 따라주는 게 제일 중요한 사랑의 표시지요.

또　　마 그것은 구별해서 생각할 문제이죠. 애인을 자기가 소유할 수 있을 때는 그럴 수 있지만 그렇지 못할 때는 그럴 수가 없지요.

뜨와네뜨 아가씨 이론으로 아무리 따져 봤자 말짱 헛일이에요. 저 신사분이 막 대학교를 졸업하시구, 날 세우고 나오신 분이니 오죽 잘하시겠수? 뭣 때문에 그렇게 대꾸를 하세요? 의학도입네 하는 긍지를 좀 아는 체해 주시잖구.

벨 린 느 아마 늘 염두에 두고 있었던 생각이 있는 게지.

안젤리끄 그런 게 있다면 제 이성과 정숙함이 허용하는 그런 떳떳한 것일 겁니다, 새어머님.

아 르 강 어렵쇼! 내 꼴이 지금 어떻게 되는 거지?

벨 린 느 여보, 제가 당신이라면 저앨 억지로 시집보내려 하진 않을 거예요. 어떻게 해야 되는 건지 전 알고 있으니까요.

안젤리끄 저도 압니다, 새어머님, 무슨 말씀을 하시려는 건지. 게다가 저에 대한 호의도 알아요. 하지만

아마 새어머님의 충고도 그렇게 다행스러운 건
못 되니 실현성은 희박할 겁니다.

벨 린 느 너같이 지혜 있고 정숙한 처녀들은 아버지의 뜻
이라구 해서 무조건 복종하고 따르지는 않는다
는 거지. 그런 건 옛날에나 통하던 얘기야.

안젤리끄 딸로서의 의무도 한계가 있죠. 이성이나 어떤
법칙이 무슨 일에든지 그 권한을 미치지는 않아
요.

벨 린 느 말하자면 네 생각은 단지 결혼에 관한 건데, 네
마음대로 남편을 택하고 싶다는 얘기지?

안젤리끄 아버님께서 제 마음에 드는 사람을 거절하신다
해도 적어도 제가 사랑할 수 없는 사람과는 억
지로 결혼하지 않을 건 확실해요.

아 르 강 여러분, 이런 애긴 하나도 개의치 마십시오.

안젤리끄 누구나 결혼에는 목적이 있는 법입니다. 저는
단지 진정으로 사랑할 수 있는 남편을 원할 뿐
이에요. 일생 동안 절 사랑해 주실 분 말입니
다. 그런 점을 전 신중히 생각하죠. 개중에는
부모의 구속에서 벗어나 자기가 원하는 대로 다
할 수 있도록 남편을 택한 사람도 있고, 또 개
중에는 결혼을 순전히 이해 관계로 생각하는 사
람들도 있지요. 새어머님, 단지 홀아비 재산을
갉아먹기 위해서나 남편이 죽으면 한재산 모으
려는 속셈에서 결혼을 하는 사람 말예요. 그들

은 유산을 횡령해 먹으려고 거리낌없이 이 남편에서 저 남편에게로 날아다니죠. 그런 여자들은 사실 수단 방법을 가리지 않아요. 그리고 그 사람 됨됨이는 거의 보지도 않는답니다.

벨 린 느 오늘은 참 이론도 밝군. 그래 무슨 뜻으로 그런 말을 하는 거지?

안젤리끄 제가 뭘 말씀드리려는 걸까요?

벨 린 느 이애 봐, 도대체 말도 안 되는 소리라서 참아 줄 수가 없다구.

안젤리끄 제가 모욕적인 말로 대답해 드렸으면 좋으시겠어요? 하지만 경고드리겠는데요, 그런 잇속은 채우지 못하실 겁니다.

벨 린 느 세상에 아무것도 네 오만불손함엔 비할 것이 없을 게다.

안젤리끄 천만에요. 새어머님은 말씀해 봤자 소용없어요.

벨 린 느 어깨에다 힘주고 대하는 저 건방진 태도에다 꼴 사납게 거만 떠는 걸 좀 봐.

안젤리끄 그런 건 아무래도 상관없어요. 아무리 그러셔도 제겐 분별이 있어요. 일이 새어머님께서 원하시는 대로 돌아가길 바라는 마음을 꺾어 놓기 위해서라도 당신 생각대론 안합니다.

아 르 강 시끄럽다. 이 문제엔 타협이 안 통해. 나흘 안에 결혼을 해라. 저 분이냐 수녀원이냐, 양자택일을 하라구. 여보, 슬퍼하지 말아요.

벨린느 여보, 당신 곁을 뜨긴 싫지만 마을에 가서 꼭 하지 않으면 안 될 일이 있어서요. 곧 돌아올게요.

아르강 가봐요, 여보. 가는 길에 공증인한테 들러서 그 일을 빨리 처리하자구 해요.

벨린느 안녕, 나의 귀여운 양반.

아르강 안녕, 여보. 정말로 날 사랑해 주는 여자야.

제 7 장

아르강, 디아프와뤼스, 또마 디아프와뤼스

아 르 강 이것 참 믿을 수가 없군.

디아프와 선생, 선생을 쉬시도록 해드려야겠습니다.

아 르 강 지금 내 상태가 어떤가 좀 말해 주시오, 선생.

디아프와 (아르강의 맥박을 짚어 본다) 자, 또마, 선생의 저쪽 팔을 짚어 봐. 네가 맥박을 잘 짚어 내는지 좀 보자. 무슨 소리가 들리지?

또   마 네, 어르신의 맥박이 고르지 못하군요.

디아프와 그래.

또   마 거칠구요.

디아프와 아주 좋았어.

또   마 손가락 끝을 퉁겨 내네요.

디아프와 훌륭해.

또   마 팔딱팔딱 뛰네.

디아프와 썩 훌륭해.

또   마 비장의 선세포 조직에, 다시 말하면 비장에 이
상이 있는 것 같아요.

디아프와 그렇지.

아 르 강 아닙니다, 퓌르공 선생은 내가 간장이 안 좋은
거라구 그러시던데.

디아프와 아, 네, 그러니까 짧은 혈관을 통해서, 에, 흔
히는 담즙관을 통해서 바싹 붙어 함께 교감되기
때문에 비장이라고도 말하고, 간장이라고도 말
하지요. 틀림없이 탄 음식을 잡수시도록 했군
요.

아 르 강 아니오, 끓인 것 외엔 아무것도 안 먹었소.

디아프와 아, 네. 구운 거나 끓인 거나 그게 그거죠. 그
사람이 아주 신중하게 처방을 해주니 더 유능한
사람에게는 맡기실 필요가 없겠습니다.

아 르 강 계란에다 소금을 몇 알 넣어 먹어야 될까요?

디아프와 약을 잡수실 땐 홀수로 나가니까 여섯, 여덟,
열 개의 짝수로 잡수시도록.

아 르 강 안녕히 가십시오, 선생.

제 8 장

벨린느, 아르강

벨 린 느 여보, 외출하기 전에 주의드려야 할 게 있어서
왔어요. 안젤리끄의 방 앞을 지나다가 개가 젊
은 남자하고 있는 걸 봤다우. 그 남자는 날 보
자마자 달아나더군요.

아 르 강 개가 젊은 녀석하구?

벨 린 느 네, 작은애 루이종도 같이 있었으니까 당신한테
그 애길 할 수 있을 거예요.

아 르 강 그앨 데려와, 여보. 이리로 데리고 와요. 어휴,
뻔뻔스런 계집 같으니, 이젠 그 따위로 굴다니
놀랍지도 않군.

제 9 장

루이종, 아르강

루 이 종 무슨 일이에요, 아빠? 날 부르신다고 새엄마가
그러시던데요.

아 르 강 그래, 이리 와 한 번 빙 돌아 봐. 눈을 똑바로 뜨고 날 쳐다봐, 자!

루 이 종 왜 그래요, 아빠?

아 르 강 털어 봐.

루 이 종 뭘요?

아 르 강 내게 할 말이 아무것도 없니?

루 이 종 심심풀이 얘기할까요? 요전에 들은 〈당나귀 가죽〉 얘기라든지 아니면 〈까마귀와 여우〉라든지 말이에요.

아 르 강 내가 묻는 건 그게 아냐.

루 이 종 그럼 뭔데요?

아 르 강 요런 교활한 것, 내가 말하려는 게 뭔지 알고 있으면서.

루 이 종 잘못했어요, 아빠.

아 르 강 그래, 내 말을 듣는 거니?

루 이 종 뭐가요?

아 르 강 네가 본 건 뭐든지 우선 나한테 와서 말하라구 신신당부했지?

루 이 종 네, 아빠.

아 르 강 그렇게 했어?

루 이 종 네, 아빠. 제가 본 건 죄다 아빠한테 말했어요.

아 르 강 그래 오늘은 아무것도 못 봤어?

루 이 종 네, 아빠.

아 르 강 그래?

루 이 종　네, 아빠.

아 르 강　틀림없니?

루 이 종　네, 틀림없어요.

아 르 강　어휴, 요런! 그렇담 내가 좀 보여주지. (회초리를 한 움큼 가지러 간다)

루 이 종　아이구, 아빠!

아 르 강　으음! 쥐방울만한 계집애, 왜 언니 방에서 웬 남자를 봤다고 말하지 않았지?

루 이 종　아빠!

아 르 강　거짓말하면 어떻게 되는지 가르쳐 주마.

루 이 종　(후닥닥 무릎을 꿇는다) 아이구, 아빠! 용서해 주세요. 아빠한테 말씀드리지 말라구 그런 건 언니예요. 하지만 죄다 말씀드리려고 왔잖아요.

아 르 강　거짓말을 했으니 어디 처음으로 회초리 맛 좀 봐라. 그러고 나면 알게 되겠지.

루 이 종　잘못했어요, 아빠!

아 르 강　아냐, 안 돼.

루 이 종　사랑하는 아빠, 때리지 마세요!

아 르 강　맞아야 해.

루 이 종　이젠 절대로, 아빠, 다신 안 그럴께요.

아 르 강　(때리려고 잡는다) 요, 요.

루 이 종　아야! 아빠가 날 때렸죠? 보세요, 난 죽었다. (죽은 척한다)

아 르 강　아니! 웬일이야? 루이종, 루이종, 아이구 하느

님 맙소사! 얘야, 루이종, 어이구 내 딸이! 야
단났네, 불쌍하게도 내 딸이 죽었다…… 대체
내가 무슨 짓을 했나? 오오, 불쌍해라. 아이구,
빌어먹을 놈의 회초리. 에잇, 확 부러져 버려
라, 이놈의 회초리! 불쌍한 내 딸, 가엾은 내
딸 루이종.

루 이 종 에계계, 아빠, 그렇게 울지 마세요. 아주 죽지
는 않았어요.

아 르 강 또 수썼어? 아이구 요, 요, 이번만은 용서했다.
네가 모든 걸 얘기하면 말야.

루 이 종 후유, 네, 아빠.

아 르 강 그렇지만 조심해. 모든 걸 다 알고 있어. 네가
거짓말을 하는지 안하는지 요 조그만 손가락 하
나로 다 알아내.

루 이 종 하지만 언니에겐 내가 말했다고 하지 마세요.

아 르 강 그래, 그래.

루 이 종 있잖아요, 아빠, 내가 언니 방에 있을 때 어떤
남자가 찾아왔어요.

아 르 강 그래서?

루 이 종 무슨 일로 왔느냐고 물으니까요, 장차 언니의
남편 될 사람이라고 그러지 않겠어요?

아 르 강 흥, 일났군. 그런데?

루 이 종 뒤에 언니가 나왔지요.

아 르 강 그랬어?

루 이 종 언니가 그러더군요. "나가요, 나가세요. 아이,
         어떻게 해. 나가 주세요, 빨리요. 절 보고 어떻
         게 하라고 그러세요?"

아 르 강 그랬더니?

루 이 종 그랬는데도 그 사람은 나가려구 하지 않았어요.

아 르 강 그 사람이 뭐라 그러던?

루 이 종 굉장히 많은 얘길 했는데요.

아 르 강 그래, 그래서 어떤 얘길?

루 이 종 언니를 매우 사랑하노라, 언니가 세상에서 가장
         아름답다는 둥, 어쩌구저쩌구 했어요.

아 르 강 그러고 나서?

루 이 종 그러고 나서 언니 앞에 무릎을 꿇었어요.

아 르 강 그리고?

루 이 종 그리고 언니 손에 입을 맞췄어요.

아 르 강 그리고?

루 이 종 그리고 새엄마가 문 앞에 나타났지요. 그러자
         그 사람은 도망가 버렸어요.

아 르 강 그것 말구 다른 건 없어?

루 이 종 없어요, 아빠.

아 르 강 그런데도 뭔가 야단쳐야 할 게 있는 모양인데
         (손가락을 귀에 갖다 댄다) 어디 보자! 응, 아, 그
         래? 오, 오! 네가 보구두 말 안한 게 뭔가 있다
         구 그러는데?

루 이 종 어, 어, 아빠, 그 손가락 거짓말쟁이야.

아 르 강   조심해.

루 이 종   아녜요, 아빠, 그 말 믿지 마세요. 거짓말에요. 맹세해요.

아 르 강   그래 곧 알게 되겠지. 가봐. 그리고 모든 걸 조심해. 아, 이젠 어린애가 아니로군. 어휴, 정말 일났네! 내 병을 생각할 겨를도 없어. 이젠 더 이상 못 참겠다. (의자에 다시 주저앉는다)

제 10 장

베랄드, 아르강

베 랄 드   여, 형님 어떻게 지내세요?

아 르 강   아, 자넨가? 말이 아니라네.

베 랄 드   말이 아니라뇨?

아 르 강   그래, 기운이 빠져서 못 견디겠어.

베 랄 드   그것 참 딱하군요.

아 르 강   말할 힘조차 없어.

베 랄 드   안젤리끄한테 혼처가 생겨서 왔는데요.

아 르 강   (벌컥 화를 내며 의자에서 일어난다) 여보게, 그 망할 계집애 애긴 꺼내지도 말게. 고 바람둥이 년, 괘씸하고 뻔뻔스런 계집앤 이틀 내로 수녀원에 넣고 말 거야.

베 랄 드 어이구, 그건 또 무슨 변이에요? 기운 좀 차리
시고 제가 형님을 찾아온 걸 반갑게 생각해 주
면 정말 기쁘겠어요. 자, 그럼 용건은 좀 있다
얘기합시다. 내가 오다가 우연히 만난 사람들이
있는데 형님 기분을 풀어 드리려고 데려왔죠.
아마 형님의 괴로움을 씻은 듯이 날려 보내 줄
거예요. 그러면 우리 애기도 훨씬 기분좋게 풀
려 나갈 거구요. 멋진 광대인데 이리로 데려왔
어요, 무어인 옷을 입은 이집트의 남녀들이 노
래와 춤을 보여드릴 건데 틀림없이 재미있을 거
예요. 아마 퓌르공 씨의 처방만큼의 값어치는
있을걸요. 자, 그럼 봅시다.

제 2 막간극

  상상병 환자의 동생은 기분전환을 시키기 위해서
무어인의 복장을 한 이집트의 남녀를 다수 등장시킨
다. 그들은 노래하며 춤춘다.

무어여인 생명의 봄
젊음을 마음껏 써라.
즐거운 청춘
생명의 봄

젊음을 마음껏 써라.
부드러운 애무에 몸을 맡겨라.

즐거운 환락도
사랑의 불꽃 없으면
마음을 위로하기에 충분한 힘을
갖지 못할 것이다.

생명의 봄
젊음을 마음껏 써라.
즐거운 청춘
생명의 봄
젊음을 마음껏 써라.
부드러운 애무에 몸을 맡겨라.

이러한 순간을 놓치지 마라.
봄은 빨리 지나고
시간의 색은 빨리 바랜다.
냉담한 노년이 다가와
청춘을 쫓고
달콤한 환락을 앗아간다.

생명의 봄
젊음을

마음껏 써라.
즐거운 청춘
생명의 봄
젊음을 마음껏 써라.
부드러운 애무에 몸을 맡겨라.

제 3 막

제 1 장

베랄드, 아르강, 뜨와네뜨

베 랄 드 자, 형님 어떻습니까? 센나(완하제)를 한 번 마
신 만큼의 효과는 있지요?

뜨와네뜨 뭐, 센나도 좋은 것은 아주 좋아요.

베 랄 드 그럼 같이 얘기 좀 할까요?

아 르 강 조금만 기다려, 곧 돌아올게.

뜨와네뜨 자요, 나리, 지팡이도 없이 걸을 수 있다고 생
각진 않으시겠죠?

아 르 강 그렇군.

제 2 장

베랄드, 뜨와네뜨

뜨와네뜨 부디 조카딸에 대한 관심을 버리지 말아 주세
요.
베 랄 드 그 애가 바라는 건 뭐든지 얻게 해주겠다.
뜨와네뜨 엉뚱한 생각 때문에 생긴, 이런 괴상망측한 결
혼은 절대로 시켜선 안 됩니다. 그래서 제가 생
각해 둔 게 있는데요, 우리편에 의사를 한 사람
끌어들일 수 있다면 일이 잘될 것 같아요. 퓌르
공이란 사람을 지긋지긋하게 생각하시도록 나리
께서 그 사람의 소행을 헐뜯는 겁니다. 하지만
지금 당장은 사람이 없으니까, 제가 속임수를
쓰려고 해요.
베 랄 드 어떻게?
뜨와네뜨 기가 막히게 재미있는 생각이 있어요. 슬기롭다
기보단 재치가 있는 생각이죠. 저한테 맡겨 주
시고 나리께선 나리대로 행동해 주세요. 아하,
우리 나리께서 오시는군요.

제 3 장

아르강, 베랄드

베 랄 드　제가 무슨 얘길 해도 도중에 발끈하지 마십시
오.

아 르 강　알았네.

베 랄 드　까다롭게 대꾸하시지도 말고.

아 르 강　그래.

베 랄 드　감정은 일단 제쳐놓고 이 일부터 함께 의논하는
겁니다.

아 르 강　맙소사! 웬 서곡이 그리 긴가?

베 랄 드　그리도 많은 재산이 있으면서, 그리고 자식이라
곤 딸 하나밖에 없으면서, 작은애는 생각지 말
고 말입니다. 도대체 어째서 그 애를 수녀원에
넣겠다고 하세요?

아 르 강　나한테 이로운 일이니까. 내가 이 집 주인인데
어찌된 일은 뭐가 어찌된 일인가?

베 랄 드　형수님께서 철저히 충동질하신 모양이군요. 두
딸을 그렇게 마구 다루도록 말입니다. 좀 자애
로운 마음으로 두 애가 다 착실한 아이라고 보
기엔 좀 언짢은 게 틀림없습니다.

아 르 강 내 그럴 줄 알았지. 우선 공연한 집사람부터 걸고 들어가서 모든 잘못이 그녀에게 있고 세상이 다 그녀를 욕한다고 말하려는 게지?

베 랄 드 아뇨, 형님. 자, 자, 그 얘긴 그만둡시다. 형님 집안을 위해서 가장 선한 마음만 품고 계신 형수님이십니다. 이해 관계는 다 떠나서 형님을 알뜰히 생각해 주고, 아이들에겐 상상도 못할 만큼 어질며, 애정으로 대해 주시는 분이라는 건 분명하죠. 그러니 그 얘긴 그만해 두고 조카딸 얘기로 돌아갑시다. 형님 무슨 생각으로 그 애를 의사 아들에게 시집보내려 하세요?

아 르 강 나한테 필요한 사윗감을 고르려고 그러는 거지.

베 랄 드 형님, 그건 형님 딸하곤 상관없는 얘기 아니오? 그애에겐 더 적당한 혼처가 있어요.

아 르 강 하지만 여보게, 날 위해선 딱 좋단 말일세.

베 랄 드 하지만 형님, 그 애의 남편을 택하는 게 그 애를 위해서요, 아니면 형님을 위해서요?

아 르 강 그거야 당연히 그 애와 나를 위한 거지. 그렇게 해서 나한테 필요한 사람을 집안에 들여놓으려는 거야.

베 랄 드 그런 이유라면, 또 작은애가 크면 그애에겐 약사 사위를 골라주시려 하겠군요?

아 르 강 왜 아닌가.

베 랄 드 그럼 형님은 항상 그 약사나 의사들에 기대서

그 사람들과 형님의 체질을 핑계삼아 환자 행셀
하실 작정이세요? 그게 가능할 것 같아요?

아 르 강 어떤 뜻으로 그런 말을 하는 거지?

베 랄 드 형님보다 더 건강한 사람을 못 봤다는 뜻입니
다. 지금의 형님보다 썩 나은 상탠 바랄 수가
없어요. 형님 몸은 전혀 아무런 이상이 없다는
증거로 말입니다. 여태껏 치료를 받아 왔지만
아직까지도 몸이 좋아지시는 것 같지 않고, 그
렇게 많은 약을 먹고도 나가떨어지지 않은 걸
보면 알 수 있지요.

아 르 강 하지만 여보게, 내가 그것으로 지탱된다는 걸
모르나? 난 치료를 받지 않으면 단 사흘도 못
견디고 쓰러질 거라고 퓌르공 씨가 그랬어.

베 랄 드 형님이 조심하지 않으면 그 자가 형님을 치료한
답시고 마구 이것저것 먹여서 형님을 저 세상으
로 보내고 말 거요.

아 르 강 하지만 이치를 좀 따져 보세. 그럼 자네는 그
의학이란 걸 도대체 신용하지 않는 건가?

베 랄 드 안 믿습니다. 자기를 건강하게 하기 위해서라도
그런 건 믿을 필요가 없다고 봅니다.

아 르 강 뭐라고? 자넨 모든 세상 사람들이 이미 입증해
놓은 걸 사실로 받아들이지 않겠다는 건가? 전
(全)세기를 통해 밝혀진 것을 말일세.

베 랄 드 그걸 사실로 받아들이고 안 받아들이고의 문제

가 아닙니다. 제가 보기엔 그건 사람들의 광기
입니다. 철학적인 입장에서 봐도 그보다 더 우
스꽝스러운 의식은 못봤어요. 다른 사람을 치료
한답시고 참견하려 드는 자보다 더 우스운 인간
은 없어요.

아 르 강 어째서 자넨 사람이 다른 사람을 치료해 줄 수
있다는 걸 인정하지 않나?

베 랄 드 우리들 몸속 기관의 원동력은 지금까지도 신비
에 싸여 있기 때문이죠. 인간은 그 속에 것은
아무것도 보지 못해요. 자연의 본성은 베일에
가려져 있기 때문에 우리의 눈으론 뭔가 알아낼
수가 없지요.

아 르 강 그럼 자네의 생각은 의사들이 아무것도 모른다
는 건가?

베 랄 드 왜요, 제법 많이 알죠. 형님, 그들은 고전을 대
부분 알고 있고, 라틴어를 유창하게 말할 줄도
알고, 모든 병에 대한 증세를 희랍어로 이름붙
일 줄도 알고, 그것을 정의내리고 구분할 줄도
알아요. 하지만 치료하는 문제에 가선 아무것도
모른답니다.

아 르 강 그래도 그런 문제에 대해선 다른 사람들보다 의
사가 더 많이 알고 있다는 걸 인정해야 하지 않
나?

베 랄 드 제가 형님께 말씀드린 건 그들이 알고 있지만,

뭐 그런 결론 대단한 치료는 하지 못한다는 거예요. 그네들의 뛰어난 기술이라면, 별난 객설로 뜻도 모를 허언이나 자랑스럽게 떠벌려 논리 정연한 말로 환자에게 명령을 내리거나 과시하기 위해서 장담을 하는 거죠.

아 르 강 하지만 여보게, 어쨌든 자네만큼 현명하고 유식한 사람들도 병자가 되면 누구나 할 것 없이 다 의사에게 구원을 청하는 거야.

베 랄 드 그건 인간의 나약함의 표시이지 의사들의 재간이 참되다는 건 아니예요.

아 르 강 그렇지만 의사들은 자기들 직업을 참된 걸로 믿어야 돼. 스스로 그 기술을 쓰고 있으니까.

베 랄 드 그것은 의사 가운데엔 자기가 평소 이용하고 있는, 세상 사람들이 빠져 있는 오류 속에 빠진 경우도 있고, 그렇지 않고 잘해 나갈 때도 있기 때문이죠. 형님의 의사 퓌르공 선생도 잘해 나가는 것 같지 않아요. 그는 머리끝에서 발끝까지 의사지요. 모든 수리를 증명하는 것 이상으로 자기의 법칙을 믿고 조금도 그것을 의심하려 하지 않아요. 의학 속에는 어떠한 애매한 점도, 의심스러운 점도, 곤란한 점도 없다고 믿고, 맹신적인 선입견이나 융통성 없는 자신의 난폭한 상식과 이론으로 관장을 멋대로 하고 자락(刺絡:질병 치료를 위해 정맥을 찔러 악혈을 뽑아내는

일)을 서슴지 않지요. 생각을 안하니까요. 그가
무슨 짓을 해도 나쁘게 생각해서는 안 되지요.
정직하고 변함없는 마음으로 환자를 저 세상으
로 보내니까요. 환자를 죽여도 자기 처나 어린
애에게 한 것도 아니고, 언제고 해야 할 일을
할 뿐이니까요.

아 르 강 여보게, 그건 자네가 어릴 때부터 그 분에게 원
한을 품고 있었기 때문이야. 하지만 그건 그렇
고 본론을 얘기하세. 병이 들면 그럼 어째야 하
는가?

베 랄 드 아무것도 할 수 없죠.

아 르 강 아무것도?

베 랄 드 아무것두요. 휴식을 취할 필요는 있죠. 체질은
그냥 버려 두면 그것이 국면해 있던 혼란으로부
터 자연스럽게 빠져 나옵니다. 뭐든지 일을 악
화시키는 것은 우리의 불안, 우리의 초조함이
죠. 거의 대부분의 사람들이 약 때문에 죽지 병
때문에 죽진 않아요.

아 르 강 하지만 그 체질을 구제해 줄 수 있어야 되잖나.

베 랄 드 어이구, 형님, 그건 단지 사람들이 내보이기 좋
아하는 공상에 불과해요. 옛부터 우리가 과신해
왔던, 허울좋은 공상에 빠진 사람들의 생각 속
에 항상 스며 있죠. 공상이란 항상 우리에게 아
첨하고, 사실처럼 생각되길 바라니까요. 의사가

환자를 도와 주고, 구제하고, 육체적 부담을 덜어 주고, 진정시키고, 해가 되는 것을 제거시키고, 결핍된 것은 보충해 주고, 건강을 회복시키고, 기능을 회복시켜 준다고 말할 때 말입니다. 혈액을 정류(精溜)시키고, 내장과 뇌수를 완화시키고, 비장을 수축시키고, 가슴을 꿰매고, 간장을 고치고, 심장을 강화하고, 체온을 정상으로 돌려서 유지시키고, 장수의 비결을 가지고 있다고 환자에게 떠벌려 댈 때 말입니다. 그 자는 의학의 허구를 풀어 대는 거죠. 그러나 경험을 돌이켜보면 이런 게 모두 아무것도 아니라는 걸 알게 됩니다. 마치 허황한 꿈과 같아서 깨어나 보면 그런 걸 믿었다는 게 불쾌할 따름이죠.

아 르 강 말하자면 세상의 전반적인 학식이 자네 머리 속에 다 담겨져 있다는 건가? 우리 시대의 그 어떤 의사들보다도 그런 걸 더 많이 알고 있다는 거로군.

베 랄 드 객설하는 짓거리를 보면 그 잘나신 의사 선생이란 양반들은 두 종류죠. 그들이 말하는 걸 들어 보십시오. 세상에서 가장 유식한 양반들입니다. 하지만 그들이 하는 짓을 보라구요. 세상에서 가장 무식한 짓들이에요.

아 르 강 오호! 내가 보기엔 자네 만사정통, 척척박사시군 그래. 자네의 역설을 따끔하게 물리쳐 버리

고, 그 쨱쨱거리는 험구를 쏙 들어가게 해줄 사
람이 하나라도 이 자리에 있었으면 정말 좋겠
네.

베 랄 드 전 말입니다, 형님, 전혀 의술을 가지고 따지자
는 게 아닙니다. 누구나 제 목숨과 운을 걸고
자기 마음에 드는 걸 믿을 수는 있으니까요. 제
가 말씀드리는 건 단지 우리들끼리의 얘기일 뿐
이에요. 전 지금 형님이 저지르고 있는 잘못에
서 조금이라도 구해 드렸으면 했던 겁니다. 그
래서 형님을 즐겁게 해드리려고 몰리에르 선생
의 코미디 한 편을 보여드리러 이 장(章)으로
형님을 끌고 왔던 겁니다.

아 르 강 이런 코미디를 만든 자네의 그 몰리에르인가 뭔
가 하는 놈은 지독히도 건방진 놈이로군. 의사
들같이 성실한 분들을 가지고 놀려 대다니, 형
편없이 웃기는 녀석이야.

베 랄 드 그 분이 공격하는 건 의사들이 아니라 의술의
우스꽝스러움이죠.

아 르 강 의술을 확인해 주서서 대단히 고맙소, 몰리에르
선생! 정말 주제넘고 건방진 녀석이야. 진찰과
처방을 조롱하고, 의사들을 인신 공격하고, 게
다가 그 분들처럼 존경할 만한 사람들을 제 무
대 위에 올려놓으려 하다니.

베 랄 드 각양각색의 직업을 가진 사람들을 거기에 올려

놓은 게 뭐 어떻습니까? 의사님네들만큼 훌륭한 가문인 왕자나 왕들도 항상 등장시키지 않습니까?

아 르 강 악마에게나 잡혀 먹어라! 내가 의사들이라면 건방진 그 작자를 단단히 혼내 줄 거야. 그 자가 병이 나면 도와 주지도 않고 그대로 죽게 내버려 두겠어. 그렇게 되면 그 놈이 무슨 짓을 하건 무슨 말을 지껄이건 말짱 헛일일 테니까. 그 녀석에겐 조금이라도 사혈(瀉血)을 해주거나 관장을 시켜 주지 않을 거야. 그리고 이렇게 말하지. "뒈져! 뒈지라구! 어디 또 한 번 의사단을 공격해 보시지 그래."

베 랄 드 어허, 형님, 그 분께 대단히 노하셨군요.

아 르 강 그렇다, 그 놈은 소견머리도 없어. 의사들이 분별 있다면 내 말대로 할 거야.

베 랄 드 아마 형님의 그 의사 선생님네들보단 몰리에르가 더 현명할 걸요.

아 르 강 약의 도움을 받지 않으면 제까짓 게 별 수 있나?

베 랄 드 지각 있는 분이니 그런 건 바라지도 않습니다. 활기 있고 강인한 사람들에겐 가능한 일이죠. 그런 사람들은 병이 나더라도 약을 먹지 않고 거뜬히 견뎌 낼 수 있는 힘이 있습니다. 그런 힘은 당연히 고통을 견뎌 내기 위해서만 있는 겁니다.

아르강 그 따위 얼토당토 않은 생각이 어디 있담! 이것 보게, 이젠 그 작자 얘긴 그만하자구, 열이 오르니까. 병이 다시 도지겠어.

베랄드 그럽시다, 형님. 화제를 바꿔 말씀드릴까요? 형님이 안젤리끄에게 비위가 상해 있다고 하더라도 그엘 수녀원에 보낸다는 등 과격한 결단을 내려서는 안 됩니다. 사위를 고르는 데 맹목적으로 형님의 격한 생각을 추종시켜선 안 돼요. 이 문제에 있어선 딸애에게 애정을 좀 기울이십시오. 전(全)생애가 걸려 있는 일이고, 거기에 결혼의 모든 행복이 달려 있으니까요.

제 4 장

손에 관장기를 든 플뢰랑, 아르강, 베랄드

아르강 잠깐 자릴 좀 비켜 주게.

베랄드 왜요? 뭘하시게?

아르강 관장 좀 하려고 그래. 금방 끝나.

베랄드 농담 마세요. 거 한 번만이라도 관장이나 약 없인 어쩌지 못하세요? 그런 건 다음에 해요. 그리고 조금만 좀 쉬세요.

아 르 강 플뢰랑 선생, 저, 오늘 저녁이나 내일 아침에 합시다.

플 뢰 랑 (베랄드에게) 왜 치료를 방해하시지? 어째서 관장을 못 받게 하는 거요? 당신 참 우습소. 아주 뱃심이 좋군요.

베 랄 드 가보셔, 선생. 사람을 맞대 놓고 얘기할 때 당신은 돼먹잖게 버릇이 없다는 건 알고 있소.

플 뢰 랑 그렇게 약을 업신여기고 내 시간을 빼앗아도 될 것 같소? 난 단지 해야 할 치료를 하러 여기 왔을 뿐이란 말이오. 퓌르공 씨의 지시를 받고 내 임무를 수행하려고 하는데, 어떻게 날 방해했는지 퓌르공 선생께 말씀드리겠소. 아시겠소? 두고 보시오……. 어디 두고 보자구요.

아 르 강 이것 봐, 자네 예서 화근이 되려고 그러나?

베 랄 드 퓌르공 선생이 지시한 관장을 못 받아서 대단히 안되셨수. 한 번 더 얘기합시다. 형님, 형님 병을 의사들한테서 치료받으실 수 있을까요? 그들이 주는 약으로 수의를 만들어 입으실 작정은 아니시겠죠?

아 르 강 아이구 맙소사! 이것 봐, 자넨 건강한 낯짝을 하고 그런 말을 하지만, 자네가 내 처지라면 말이 바뀔 걸. 열기가 펄펄 넘칠 땐 의술이 어쩌니저쩌니 하고 함부로 욕하기 쉬운 거야.

베 랄 드 그런데 형님은 도대체 어디가 아프세요?

아 르 강 날 화나게 만들 거야! 자네도 나처럼 병이 나봐
        야겠군. 그렇게 요란스럽게 떠들어 댈 수 있나
        좀 보란 말야. 어이구, 퓌르공 선생이 오시네.

제 5 장

퓌르공, 아르강, 뜨와네뜨

퓌 르 공 저 아래 문 입구에서 아주 기가 막힌 얘길 듣고
        왔는데, 내 치료를 뭣같이 알고 내가 처방해 준
        약을 거절하셨다구요?
아 르 강 선생님, 그런 게 아니라…….
퓌 르 공 허참, 무지무지하게 뻔뻔스런 얘기요. 환자가
        감히 주치의의 말을 거역해요? 이거 심상찮은
        반항이오.
뜨와네뜨 저런 끔찍해라.
퓌 르 공 내가 몸소 조제한 관장약인데.
아 르 강 제가 아니라…….
퓌 르 공 온갖 예술적인 법칙을 다 써서 창안해 만들었으
        므로…….
뜨와네뜨 잘못하셨군.
퓌 르 공 창자 속에 들어가면 틀림없이 기가 막힌 효과를
        내는 그것을…….

아 르 강   제 아우가······.

퓌 르 공   비웃고 돌려보내다니요.

아 르 강   그건 저 사람이······.

퓌 르 공   참으로 엄청난 짓입니다.

뜨와네뜨   그래요.

퓌 르 공   의사에 대한 어마어마한 모독입니다.

아 르 강   화근은 저 사람인데······.

퓌 르 공   의학에 대한 모독죄로 충분히 벌받을 만합니다.

뜨와네뜨   옳습니다.

퓌 르 공   분명히 말해 두겠는데요, 이후 당신과의 관계를
          끊겠소.

아 르 강   그 말을 한 건 내 아운데······.

퓌 르 공   당신과는 더 이상 관계를 맺고 싶지 않소.

뜨와네뜨   잘하셨습니다.

퓌 르 공   당신과의 관계를 매듭짓기 위해서, 자, 보십시
          오. 이게 이번 결혼이 성사되면 내 조카에게 주
          려고 했던, 재산을 상속한다는 증여 증서요.
          (그것을 조각조각 찢어 버린다)

아 르 강   잘못은 죄다 제 아우한테 있습니다.

퓌 르 공   내 관장을 비웃어요?

아 르 강   그를 오라고 해! 그 놈을 잡아오겠어요.

퓌 르 공   하지만 도가 지나치기 전에 당신을 궁지에서 구
          해 드릴 수도 있소.

뜨와네뜨   그럴 자격이 없어요.

뛰르공 몸속을 깨끗이 씻어 내고, 그 고약한 담을 완전
히 배설시켜 드리려고 했었지.

아 르 강 아이구, 그 아우 녀석이!

뛰르공 가방 바닥을 싹싹 쓸어 봐도 이젠 약이 한 첩밖
엔 남지 않았을 겁니다.

뜨와네뜨 그 분은 그런 치료를 받을 자격이 없다구요.

뛰르공 하지만 내 손으로 치료받긴 원하지 않으셨기 때
문에…….

아 르 강 내가 그런 게 아닙니다.

뛰르공 의사에게 복종하지 않겠다고 했으므로…….

뜨와네뜨 벌받아 마땅합니다.

뛰르공 내가 처방한 약을 안 먹겠다고 분명히 그러셨으
니까…….

아 르 강 그럴 수가! 전혀 그렇지 않습니다.

뛰르공 당신의 형편없는 체질과 더러운 내장과 썩어 가
는 피와 쓴 담과 오탁한 액을 그냥 버려 둘 수
밖에 없다고 말씀드려야겠소.

뜨와네뜨 아주 아주 잘하셨습니다.

아 르 강 아이고 하느님!

뛰르공 나흘도 못 가서 치료 불가능한 상태가 될 거요.

아 르 강 아아! 야단났네!

뛰르공 서서히 소화가 잘 안 되다가…….

아 르 강 뛰르공 선생!

뛰르공 소화 불량이 되고…….

아 르 강 선생!

퓌 르 공 소화기가 완전히 꽉 막혀 버릴 거요.

아 르 강 퓌르공 선생님!

퓌 르 공 그리고 가벼운 설사를 하다가…….

아 르 강 퓌르공 나으리…….

퓌 르 공 수종 설사가 나오고…….

아 르 강 퓌르공 선생님!

퓌 르 공 어리석음 때문에 수종에 걸려 죽게 되겠지.

제 6 장

아르강, 베랄드

아 르 강 아이구, 나 죽는다. 이것 봐, 자네가 날 이 꼴로 만들었어.

베 랄 드 어, 왜 이래요, 무슨 일이에요?

아 르 강 이젠 다 글렀다. 벌써 의학이 앙갚음을 하는 것 같아.

베 랄 드 젠장! 형님 미쳤어요? 사람들이 형님 꼴을 볼까 무섭소. 몸을 좀 만져 보고 제발 정신 좀 차리시라구요. 그리고 그 따위 공상은 이제 그만하세요.

아 르 강 어, 이것 봐, 이상한 증세가 나타나기 시작했어.

베 랄 드　내 참, 형님처럼 단순한 사람도 있소?

아 르 강　나흘 안으로 불치가 될 거래.

베 랄 드　그렇게 말했다고 뭐 어쨌다는 겁니까? 신이 그 렇게 예언합디까? 형님 말을 듣자니, 마치 그 퓌르공이란 작자가 형님의 생명줄을 손에 쥐고 서 최상의 권위를 가지고 제멋대로 늘였다가 줄 였다가 할 수 있는 것 같군요. 생각해 봐요, 형 님. 생명은 형님 자신 속에 있는 겁니다. 약으 로 형님을 살게 할 수 없는 것처럼 퓌르공의 노 여움이 형님을 죽게 할 수 없어요. 형님이 하시 려고만 한다면 이번이야말로 그 의사놈들을 내 쫓을 수 있는 기회예요. 혹은 날 때부터 그것 없이는 견딜 수 없게 되어 있더라도 다른 의사 를 구하면 되죠. 위험을 좀 덜 겪게 해줄 수 있 는 사람 말입니다.

아 르 강　여보게, 그 사람은 내 체질과 날 다루는 방법을 알고 있단 말이야.

베 랄 드　형님은 순전히 형님 자신의 편견에 사로잡혀서 사물을 이상한 눈으로 보고 있다는 걸 인식하셔 야 해요.

제 7 장

뜨와네뜨, 아르강, 베랄드

뜨와네뜨 나리, 나리를 뵙고자 하는 의사 선생님이 오셨읍니다.

아 르 강 어떤 의사가?

뜨와네뜨 의사업을 하는 의사죠.

아 르 강 그가 누구냐고 묻잖아?

뜨와네뜨 저도 모르겠어요. 그런데 이상하게도 그 사람은 저와 판에 박은 듯 닮았어요. 만일 제 어머니가 정숙한 여자만 아니었더라면, 아버지가 돌아가신 후 어머니가 낳아 놓은 제 이부 동생이라고 생각될 정도랍니다.

아 르 강 들어오시게 해.

베 랄 드 바라는 대로 일이 착착 되지 않습니까? 하나가 떠나니까 또 한 사람이 나타나잖아요.

아 르 강 제발 자네가 또 무슨 좋지 않은 화근이 될까 무서워.

베 랄 드 아무리! 그 무슨 말씀이에요?

아 르 강 자네 아나? 심장에 뭔가 모를 증세가 나타나고 있으니…….

제 8 장

의사로 변장한 뜨와네뜨, 아르강, 베랄드

뜨와네뜨 나리, 찾아뵙게 됨을 허락하시어 나리께서 필요한 사혈과 완하제로써 제가 조그만 서비스를 하게 해주십시오.

아 르 강 대단히 감사합니다, 선생. 어럽쇼, 저런! 뜨와네뜨가 아닌가!

뜨와네뜨 잠깐 실례하겠습니다. 내 하인에게 심부름 보낸다는 걸 깜빡 잊었군요. 곧 돌아오겠습니다.

아 르 강 어어! 저게 정말 뜨와네뜨가 아니라고 할 텐가?

베 랄 드 네, 과연 완전히 닮아 버렸군요. 하지만 그런 식으로 닮은 것에 놀라는 이야기는 책에서 많이 읽었지요. 단지 그 운명의 장난으로 해서 숱한 애기들이 꼬리를 물고 일어나지만요.

아 르 강 난 하마터면 똑같은 사람으로 알 뻔했지.

제 9 장

뜨와네뜨, 아르강, 베랄드

　　뜨와네뜨, 의사로 변장했던 게 그녀라고 믿기 어려울 정도로 재빨리 의사 옷을 벗어버리고 나온다.

뜨와네뜨　부르셨어요, 나리?

아 르 강　뭐야?

뜨와네뜨　절 부르지 않으셨던가요?

아 르 강　내가? 아니.

뜨와네뜨　분명히 귀가 간질간질했는데.

아 르 강　그 의사가 너랑 얼마나 닮았는지 좀 보게 여기 있거라.

뜨와네뜨　(나가면서 말한다) 네, 정말이에요. 전 아래 일이 있어서 나가 봐야겠어요. 그리고 그 사람이라면 실컷 봤어요.

아 르 강　두 사람을 같이 보지 않으면 같은 사람이라고 생각할 거야.

베 랄 드　정말 그렇게 꼭 닮았다는 건 참 놀랍군요. 이런 일을 가끔 보지만 늘 착각하게 마련이죠.

아 르 강　내가 보기엔 저것에게 속고 있는 것 같아. 틀림없이 한 사람일 거야.

제 10 장

의사로 변장한 뜨와네뜨, 아르강, 베랄드

뜨와네뜨 선생님, 진심으로 사과드립니다.

아 르 강 이거 참 놀라운데!

뜨와네뜨 부디 호기심에서 선생 같은 환자를 보러 온 데
대해 기분 나쁘게 생각지 마십시오. 선생의 소
문이 도처에 자자해서…… 이런 무례함을 용서
하실 거라고 생각했습니다.

아 르 강 아, 죄송합니다만 그만두겠소.

뜨와네뜨 저를 뚫어지게 쳐다보시는군요. 제가 몇 살이나
먹어 보입니까?

아 르 강 많아야 스물여섯이나 스물일곱 살쯤 되겠죠.

뜨와네뜨 아 —— , 아흔 살입니다.

아 르 강 아흔 살?

뜨와네뜨 네, 이렇게 싱싱하고 활기차게 건강을 유지해
온 제 비술을 아시겠죠?

아 르 강 그럴 수가 있나! 아흔 살이나 먹은 늙은이가 이
렇게 젊어!

뜨와네뜨 전 떠돌이 의사죠. 마을에서 마을로 지방에서

지방으로 이 나라에서 저 나라로 나의 재능을 높이 발휘할 수 있는 기회를 찾아 돌아다닙니다. 제가 발견해 낸 이 위대한 비결을 베풀어 줄 만한 자격이 있는 환자들을 찾아서 말입니다. 평범한 환자들 나부랑이는 상대도 안하죠. 류마치스라든지, 어디가 삐었다든지, 미열이 있다든지, 머리가 뱅뱅 돈다든지, 두통이라든지 하는 따위의 시시한 치료는 달갑잖아 사절합니다. 저는 중환자를 원합니다. 뇌일혈로 인한 정신착란증으로 계속되는 고열이나 성홍열, 치명적인 전염병, 부어오르는 수종(水腫), 흉부에 염증이 생기는 늑막염 등등 그런 게 제 기분에 맞죠. 바로 제 전문입니다. 만일 선생께서 제가 방금 말씀드린 병이 죄다 걸려서, 약이란 약은 다 써보다 포기해 버리고 절망에 빠져 헐떡헐떡 죽어 가는 신음을 하고 계신다면, 저의 탁월한 치료법을 발휘해야 선생이 구제될 수 있다는 말입니다.

아 르 강　　저에 대한 호의는 감사하오, 선생.

뜨와네뜨　　맥을 짚어 봅시다. 자, 어서 제대로 뛰는지 어쩐지 봅시다. 아하, 잘 봐드릴께. 오호, 이 맥박은 돼먹질 않았군! 아직도 선생은 날 잘 모르시죠. 선생의 주치의는 누구입니까?

아 르 강　　퓌르공 씨요.

뜨와네뜨　그런 사람은 우리들 대(大)의사들 사이에선 전혀 기억도 없는데, 그는 당신의 어디가 병들었다고 말하던가요?

아 르 강　그 분은 간장이라고 했는데, 또 다른 사람은 비장이라고 합디다.

뜨와네뜨　거 다 무식한 사람들이로군. 선생이 병든 곳은 폐입니다.

아 르 강　폐요?

뜨와네뜨　그렇소. 평소의 기분은 어떠신가?

아 르 강　때때로 두통이 납니다.

뜨와네뜨　맞소, 폐병이오.

아 르 강　때론 눈앞에 연막이 끼인 것 같기도 하구요.

뜨와네뜨　폐병이야.

아 르 강　어떤 땐 가슴이 아프구요.

뜨와네뜨　폐병이라구.

아 르 강　혹 가다간 사지가 온통 노곤한 게 피곤한 것 같기도 하구요.

뜨와네뜨　폐병이야.

아 르 강　또 어쩌다간 심한 복통이라도 일어나는지 배가 막 아프고.

뜨와네뜨　폐병이오. 먹는 음식엔 식욕이 있으신지?

아 르 강　그럼요.

뜨와네뜨　폐병. 술 마시는 걸 좀 좋아하시나?

아 르 강　네, 선생님.

뜨와네뜨 폐병. 식사 후 조금씩 졸음이 오고, 자고 나면 아주 편하시지?

아 르 강 네.

뜨와네뜨 폐병, 폐병이 맞아. 선생의 주치의는 음식물로 뭘 지시합디까?

아 르 강 수프를 권하더군요.

뜨와네뜨 모르는 소리.

아 르 강 닭고기두요.

뜨와네뜨 모르는 소리야.

아 르 강 그리고 쇠고기두요.

뜨와네뜨 역시 모르는 소리야.

아 르 강 고깃국물에다.

뜨와네뜨 에이, 모르는 소리.

아 르 강 날계란하구요.

뜨와네뜨 무식하게 모르는 소리.

아 르 강 그리고 저녁땐 소화가 잘 되라고 작은 자두를 먹구요.

뜨와네뜨 모르는 소리.

아 르 강 그리고 특히 물을 탄 포도주를 마시지요.

뜨와네뜨 무식하고 무식하며 무식한 소리! 그냥 순수한 포도주를 마셔야 해. 지나치게 가느다란 선생의 혈관을 굵게 만들려면 지방질이 많은 암소 고기를 잡수시고, 기름기 많은 돼지고기에다 폴란드 산(産) 치즈와 붙여서 짝짝 달라붙는 우유 덩어리와 쌀과 밤과 아이스크림을 먹어야 하오. 당신의 주치의는 순 엉터리군. 내가 사람을 하나 보내 드리겠어요. 그리고 내가 이 마을에 있는 동안은 가끔 당신을 찾아 뵙기로 하지요.

아 르 강 대단히 고맙습니다.

뜨와네뜨 대체 이쪽 팔은 이거 왜 이러오?

아 르 강 어때서요?

뜨와네뜨 내가 당신이라면 그 팔은 당장 잘라 버리겠소.

아 르 강 왜요?

뜨와네뜨 그게 양분을 다 빼먹어서 이쪽 팔까지 못쓰게 만드는 걸 모르시오?

아 르 강 네? 하지만 전 팔이 필요해요.

뜨와네뜨 그리고 그 오른쪽 눈도 내가 당신이라면 빼버리겠소.

아 르 강 눈을 빼요?

뜨와네뜨 그게 양분을 다 가로채서 왼쪽 눈을 불편하게 하는 걸 모르시오? 나한테 맡기고 당장 그걸 빼내도록 합시다. 그러면 왼쪽 눈이 훨씬 더 잘 보이게 될 거요.

아 르 강 그건 그리 고통스럽진 않은데요.

뜨와네뜨 안녕히 계시오. 이렇게 빨리 떠나게 돼서 유감이오. 하지만 어제 죽은 남자를 진찰하러 가야 하거든.

아 르 강 어제 죽은 사람을요?

뜨와네뜨 그렇소. 그 사람을 다시 살려 낼 필요가 있는지
보고 결정을 내려야죠. 또 봅시다.
아 르 강 아시다시피 환자들은 배웅을 나갈 수가 없어서,
그럼.
베 랄 드 정말 아주 노련해 뵈는 의사군요.
아 르 강 그래, 하지만 좀 너무 성급해.
베 랄 드 유명한 의사들이란 다 그렇죠.
아 르 강 한쪽 팔을 자르고 한쪽 눈을 빼라고? 다른 쪽이
더 잘 움직이도록? 하지만 난 그렇게 너무 잘
돌아가지 않는 게 훨씬 좋아. 참 별난 수술도
다 있군. 애꾸눈에다 외팔이로 만들려 하다니!

제 11 장

뜨와네뜨, 아르강, 베랄드

뜨와네뜨 자, 자, 그만둡시다. 이젠 그만 웃고 싶어요.
아 르 강 왜 그래, 뭐야?
뜨와네뜨 그 의사가 글쎄, 내 맥을 짚어 보겠다구.
아 르 강 저런 별꼴일세! 아흔 살이나 먹은 주제에!
베 랄 드 아참, 형님, 이젠 그 퓌르공도 한바탕 법석을
떨고 가버렸으니 제가 꺼낸 조카딸 혼담 애길
하는 게 어떻겠습니까?

아 르 강 그만두게. 그앤 수녀원으로 보내 버릴 거야. 내 뜻을 거역했으니까. 고것 뒤꼍에 어떤 좋아하는 녀석이 있다는 것도 알고 있어. 몰래 만나고 있는 걸 내 알아냈지. 내가 그 사실을 알고 있다는 걸 고것은 모르지만 말야.

베 랄 드 어허, 형님, 조금이라도 애정이 있으시다면 그건 너무 잔인하지 않소? 모든 일이 단지 결혼이라는 신성한 예만 치르게 되면, 형님 명예를 손상시킬 게 아무것도 있을 수 없지요.

아 르 강 어쨌거나 고건 수녀로 만들 거야. 이미 결정난 애길세.

베 랄 드 누군가의 마음에 흡족한 애기겠죠.

아 르 강 무슨 말인지 알아. 또 그 애기지? 그래 집사람이 마음에 거슬리는 거지?

베 랄 드 그래요, 마음을 터놓고 말씀드리면 바로 형수님 애깁니다. 골치 아픈 의술 애긴 치우고 말입니다. 전 형님이 형수한테 푹 빠져 있는 게 참을 수가 없어요. 형수가 놓은 덫에 형님 목이 축 걸려 있는 걸 도무지 못 봐주겠다구요.

뜨와네뜨 어머나, 마님 험담은 마십시오. 그 분은 탓할 게 없는 분이에요. 간계를 꾸미는 분이 아니세요. 우리 나리를 사랑하고 아껴 주시구요……. 그렇게 말씀하시는 게 아니라구요.

아 르 강 그 사람이 내게 달콤한 애정을 얼마나 쏟아 주는지 저 애에게 좀 물어 보게.

뜨와네뜨 그럼요.

아 르 강 내가 병든 걸 얼마나 슬퍼해 주는데.

뜨와네뜨 두말하면 잔소리죠.

아 르 강 곁에서 얼마나 극진한 정성과 노고를 기울여 준다구.

뜨와네뜨 아무렴요, 제가 한 번 확인시켜 드릴까요? 마님이 얼마나 나리를 사랑하시는지 보게 해드릴까요? 나리, 아우님이 아무 말씀 못하시게끔 만들어서 잘못했노라고 시인하도록 해줍시다.

아 르 강 어떻게?

뜨와네뜨 마님께선 곧 돌아오실 겁니다. 나리는 이 의자에 완전히 뻗어 계세요. 그리고 죽은 체하시는 겁니다. 제가 마님께 그 소식을 전하고 마님이 어떤 얼굴을 하시나 보시면 돼요.

아 르 강 그렇게 하지.

뜨와네뜨 네, 하지만 마님을 그와 같은 절망 속에 너무 오랫동안 빠져 있게 하진 마십시오. 정말 죽으려고 하실 수도 있으니까요.

아 르 강 나한테 맡겨라.

뜨와네뜨 (베랄드에게) 나리는 이쪽으로, 구석에 숨어 계십시오.

아 르 강 (죽은 척하고 있다) 진짜 무슨 위험이 생기는 건 아니겠지?

뜨와네뜨 아이구, 무슨 일이 있다고 그러세요? 그저 거기 쭉 뻗어 계세요. (낮게) 아우님이 당황해 하시는 게 참 볼 만할 겁니다. 아, 마님이 오십니다. 자, 잘 주무세요.

제 12 장

벨린느, 뜨와네뜨, 아르강, 베랄드

뜨와네뜨 (소리 지른다) 아이고, 하느님! 오, 어쩌나! 웬 변이람!

벨 린 느 무슨 일이야, 뜨와네뜨?

뜨와네뜨 아, 마님!

벨 린 느 무슨 일이냐니까?

뜨와네뜨 나리께서 돌아가셨어요.

벨 린 느 남편이 죽었다구?

뜨와네뜨 아아! 딱하게도 그 분께서 고인이 되셨답니다.

벨 린 느 정말이냐?

뜨와네뜨 물론이죠. 아무도 이 참변을 아직 모르고 있어요. 저 혼자 이 곳에 있었는걸요. 방금 제 팔 안에서 숨을 거두셨답니다. 자, 보세요. 의자에 저렇게 뻗어 계시잖아요.

벨 린 느 이런 기쁜 일이 어디 있담? 아! 마침내 무거운

짐을 벗게 되었다! 이 멍청이 뜨와네뜨야, 죽은
게 뭐가 그리 슬프냐!

뜨와네뜨 제 생각엔 마님, 통곡을 하셔야 될 일 아녜요?

벨 린 느 애, 애, 슬플 게 뭐가 있니? 저 따위 늙은이 하
나 없어진 게 뭐 그리 대수냐? 제가 살아서 뭘
할 게 있다구. 세상 어딜 가도 쓸모없는 인간
아냐? 더럽고, 징그럽고, 끊임없이 관장이나 하
고, 뱃속에다 약이나 처넣고, 밤낮 코풀고, 기
침이나 가래나 뱉지 않으면 기력도 없고, 고약
한 성질에다 권태롭고, 마냥 사람을 피곤하게
만들고, 항상 하인년놈들에게 호령이나 해대는
저 따위 인간을 말야.

뜨와네뜨 와, 멋진 조사(弔詞)군요.

벨 린 느 뜨와네뜨, 내 계획대로 실행하게끔 내가 도와
줘야겠다. 날 도와 주면 틀림없이 보상이 있을
거라는 건 생각할 수 있겠지? 다행히 아무도 이
일을 알지 못하고 있으니까, 저 늙은일 침대에
옮겨 놓고 이 죽음을 비밀로 해두자. 내가 한재
산 거두게 될 때까지 말야. 내가 손에 넣고 싶
어했던 재산과 서류가 있는데 결실도 없이 내
청춘을 저 늙은이 곁에서 썩혀 보냈다면 공평치
못하지. 자, 뜨와네뜨, 먼저 영감태기의 열쇠꾸
러미부터 뺏자꾸나.

아 르 강 (갑자기 벌떡 일어나면서) 으음, 가만히!

벨 린 느   에그머니나!

아 르 강   그래, 부인, 당신이 날 그렇게 사랑하고 있었
어?

뜨와네뜨   아이구! 죽은 사람이 죽지 않았네.

아 르 강   (도망가는 벨린느에게) 이제야 당신의 사랑을 알
게 돼서 기쁘군. 당신이 내게 보내 준 그 아름
다운 찬사도 아주 잘 들었어.

베 랄 드   (숨어 있던 곳에서 나온다) 흥! 형님, 이젠 아셨
죠?

뜨와네뜨   정말, 절대로! 그러리라곤 꿈에도 생각 못 했어
요. 그럼 이번엔 아가씰 봅시다. 나리는 아까처
럼 하세요. 그리고 아가씨께선 나리의 죽음을
어떤 식으로 받아들이는지 보기로 해요. 견디기
힘든 일은 아닐 거예요. 이미 시작된 거구요.
이렇게 해서 가족들이 나리를 어떤 감정으로 대
하고 있는지 아시게 될 테니까요.

제 13 장

안젤리끄, 아르강, 뜨와네뜨, 베랄드

뜨와네뜨   (소리 지른다) 오, 이를 어쩌지? 아, 가슴 아픈
일! 불행한 하루여!

안젤리끄 왜 그래, 뜨와네뜨? 뭣 때문에 우니?

뜨와네뜨 아! 아가씨, 슬픈 소식이 있어요.

안젤리끄 응? 뭔데?

뜨와네뜨 아버님이 돌아가셨어요.

안젤리끄 아버님이 돌아가셨다구?

뜨와네뜨 네, 저기보세요. 졸도하시더니 방금 돌아가셨어요.

안젤리끄 오, 어쩜 좋아! 이게 무슨 불행이람! 너무나 잔인한 일이야! 아! 아버님을 잃고서도 세상에 살아 남아야만 하는가? 게다가 어쩌면 불행하게두 나 때문에 화가 나 계시던 때에 돌아가셔야 하나? 오, 난 앞으로 어떻게 될 건가? 그리고 이 커다란 상처를 무엇으로 위안받을 건가?

제 14 장

끄레앙뜨, 안젤리끄, 아르강, 뜨와네뜨, 베랄드

끄레앙뜨 왜 그래요? 아름다운 나의 안젤리끄? 무슨 불행한 일이 있길래 그토록 울고 계십니까?

안젤리끄 어쩌면 좋아요? 내 생애에서 가장 아끼고 귀중했던 걸 잃어버렸답니다. 아버님의 죽음을 애도하고 있는 거예요.

끄레앙뜨 아니, 저런! 이게 무슨 변입니까? 너무나 뜻밖의 일입니다. 아! 당신의 아저씨께 제 편을 좀 들어주십사고 부탁드리고서 이렇게 인사드리려고 왔는데. 제 소원대로 저를 사위로 맞아 주십사고 존경과 경의로써 아버님의 마음을 사도록 하려고 말입니다.

안젤리끄 아, 끄레앙뜨, 이젠 아무 얘기도 하지 말아요. 결혼에 대한 생각은 제쳐놓기로 해요. 아버님을 잃은 전 더 이상 살고 싶지도 않아요. 영원히 포기해 버리겠어요. 아버님, 제가 아버님의 뜻을 거역했다면 적어도 하나만이라도 따르고 싶어요. 그렇게 해서 제가 아버님께 드린 고통을 용서받고 싶습니다. 제발 아버님, 지금 제가 드리는 말씀을 거두어 주세요. 그리고 아버님께 저의 슬픔을 보여드리기 위해 키스하도록 허락해 주십시오.

아 르 강 (일어난다) 오, 내 딸!

안젤리끄 (대경실색하며) 어머나!

아 르 강 자, 겁내지 마라. 난 죽지 않았어. 그래, 너야말로 나의 진짜 혈육, 진짜 딸이다. 아름다운 네 천성을 알게 돼서 정말 기쁘다.

안젤리끄 아, 이보다 더 놀라운 기쁨이 어디 있겠어요, 아버님! 아버님을 통해 하늘이 제게 최상의 행복을 내렸습니다. 아버님, 허락해 주세요. 아버

님 앞에 무릎 꿇고 한 가지 간청드릴 게 있어
요. 제 가슴 속에 품고 있는 사랑을 아버님께서
달갑지 않게 여기시고 끄레앙뜨를 저의 남편으
로 받아 주시지 않는다면, 전 적어도 다른 사람
과의 억지 결혼은 하고 싶지 않아요. 제발 아버
님께 간청드립니다.

끄레앙뜨 (무릎을 꿇는다) 정말입니다, 아르강 씨. 따님과
저의 간청을 들어주십시오. 이토록 아름다운 우
리 두 사람의 사랑을 저버리지 마십시오.

벨 린 느 형님, 반대하실 수 있어요?

뜨와네뜨 나리, 이렇게 서로 사랑하는데 어떻게 생각하십
니까?

아 르 강 의사가 된다면 결혼을 승낙하지. 그래, 의사가
되게. 내 딸을 줄 테니.

끄레앙뜨 기꺼이 하겠습니다. 그렇게 해야 사위가 될 수
있다면, 의사뿐 아니라 원하신다면 약사도 되지
요. 그것뿐이 아닙니다. 아름다운 안젤리끄를
얻기 위해서라면 무슨 일이라도 얼마든지 하겠
습니다.

베 랄 드 그런데, 형님, 제게 생각이 하나 있는데요, 형
님 스스로 의사가 되시죠. 그렇게 되면 훨씬 더
편리할 겁니다. 형님에게 필요한 건 뭐든지 지
니게 될 테니까요.

뜨와네뜨 맞아요. 나리께서 곧 나으실 수 있는, 정말 좋

은 방법이죠. 의사들을 공격하는 것도 되구요.
그뿐만 아니라 어디 하나라도 겁낼 병이 있겠어
요?

아 르 강 내 생각엔, 여보게, 자네가 날 놀리는 것 같네.
아직도 내가 공부할 수 있는 나이인가?

베 랄 드 그럼요! 공부하십시오! 형님은 제법 학식이 있
잖습니까? 형님보다 더 나을 바도 없는 사람들
이 개중엔 수두룩하다구요.

아 르 강 하지만 라틴어도 잘 알아야 하고, 병에 대한 증
세에도 정통해야 하며, 거기에 필요한 약도 알
아야지.

베 랄 드 의사의 옷과 모자만 갖추면 그런 건 모두 알게
돼요. 그러면 후엔 형님이 원하시는 이상으로
능숙해지는 겁니다.

아 르 강 으응? 그런 옷을 입는다고 병이 어쩌고저쩌고
떠들 수 있게 되나?

베 랄 드 그럼요, 옷과 모자를 쓰고 그저 말하는 것뿐이
에요. 그 뜻도 모를 말들이 전부 학식이 되고
어리석은 짓들이 죄다 이론이 되는데요 뭐.

뜨와네뜨 나리께선 수염밖에 없지만 그 정도도 많이 되어
있는 셈이죠. 그 수염만으로도 반은 의사로 만
들어 놓은 거니까요.

끄레앙뜨 어쨌든 전 모든 각오가 되어 있습니다.

베 랄 드 그 일이 곧 이뤄졌으면 좋겠죠?

아 르 강 금방 어떻게?

베 랄 드 됩니다. 그것도 형님집에서요.

아 르 강 여기서?

베 랄 드 네, 제가 의사인 친구 하나를 알고 있는데 그 사람이 곧 여기로 와서 식을 베풀어 줄 겁니다.

아 르 강 난 뭐라고 말하지? 뭐라고 대답해?

베 랄 드 그가 형님께 간단히 가르쳐 드릴 겁니다. 형님이 말해야 하는 것을 글로 써서 줄 거예요. 자, 가셔서 예복을 입으세요. 그럼 전 그를 부르러 사람을 보내죠.

아 르 강 그래, 어디 해보지.

끄레앙뜨 무슨 말씀이세요? 선생님의 친구분 중 그 의사분이 와서 뭐가 어떻게 된다는 거죠?

뜨와네뜨 어쩌실 생각이세요?

베 랄 드 오늘 저녁 즐겁게 놀자는 얘기야. 배우들이 와서 의사 입회식 파티를 짤막한 가극으로 춤과 음악을 곁들여 해줄 거야. 그 여흥을 다 같이 누렸으면 좋겠어. 그리고 형님이 거기서 주역을 맡으시는 거지.

안젤리끄 하지만, 아저씨, 아버질 좀 너무 놀리시는 것 같아요.

베 랄 드 아니다, 얘야. 그렇게 네 아버지를 놀리자는 게 아냐. 당신이 하고 싶은 대로 하게 내버려 두자는 것뿐이야. 이건 전부 우리들의 얘기다. 우리

도 각자가 하나씩 역할을 맡을 수 있어. 그렇게
서로서로 극을 만들어 나가는 거야. 사육제 형
식으로 하는 거지. 자, 빨리 모든 걸 준비하러
가자꾸나.

끄레앙뜨 (안젤리끄에게) 그렇게 하시겠습니까?

안젤리끄 그럼요, 아저씨께선 우리를 이끌어 주시는 거니
까요.

제 3 막간극

　몇 명의 실내장식인들이 와서 박자에 맞추어 의자
를 늘어놓고 식(式) 준비를 한다. 다음에 회원들(주
사기를 든 86명의 약제사, 22명의 박사, 의사 시험을
치르는 사람, 2명의 춤추는 외과의, 노래하는 외과
의) 등장하여, 각기 신분에 따라서 자리에 앉는다.

의　　장 여기에 모이신
박학한 박사들이여
의학 교수들이여
대학의 명령에 충실한 시행자
외과의, 약제사 여러분
또한 회원 여러분
여러분에게 경례와 존경과 감사를 드립니다.

마음껏 드시오.

박학한 동업자 여러분
의학이 얼마나 유익한 발명인가는
정말로 감탄할 일이오.
이 축복받은 의학이란
그 얼마나 행복스런 발견인가.
단순히 의학이라는 이름만으로도
오래 전부터 수많은 사람들을
편안하게 살게 하는 것은
놀랄 만한 기적이라 할 수 있소.
이제는 전세계의 위인도 범인도
우리에게 열중하고
모든 사람이 우리의 의학에 의지하며
우리와 신을 받드오.
왕도 왕자도 우리들의 지시에 복종하오.

고로 이러한 신용, 유행, 명예를
유지할 만한 충분한 노력으로
이 명예직에 종사하는 자격 있는 사람만을
우리의 회합에 입회시킴에 있어 주의할 점은
우리의 총명, 양식, 신중이오.
때문에
오늘 우리는 여기에 모였소.

이 사람에겐
의사의 소질이 있다는 것을
여러분이 인정할 것으로 믿으오.
그에게 질문하고
충분히 시험을 행하는 것은
여러분의 능력에 맡기겠소.　　＊

308

소극(笑劇)을 통한 현실 인식

민희식
(한양대 명예교수, 불문학)

서민귀족

〈서민귀족〉이 인기를 끈 것은, 등장 인물의 성격의 진실성이나 줄거리의 진실성을 안중에 두지 않은 소극(farce)인 동시에, 당시의 풍속을 진지하게 취급하여 비판적으로 그려냄으로써 인생과 사회에 대해서 반성을 촉구하는 고급의 희극이라는 점에 있다.

이러한 소극과 희극의 통일이 이 작품의 특징이다. 이 희극은 '터키의 의식(儀式)'을 다룬 무용극으로서, 루이 14세로부터 주문받아 쓴 것이다. 17세기의 프랑스 문학에는 터키가 유행되어 많은 작가가 터키 문제를 다루었고, 또한 터키인을 우스꽝스럽고 잔인한 인종으로 다루었다.

이러한 편견과 반감은, 당시 터키가 유럽에 있어서 위험한 침략자였던 점에 기인한다. 14세기 이래 터키는 희랍, 불가리아, 루마니아를 정복하고 헝가리에 침입하였으며 시리아, 이집트, 알제리, 튀니지까지 지배하였다.

　1669년 8월 4일 터키 황제는 소레만 아가라는 인물을 프랑스에 사자(使者)로 보냈다. 이 사자는 프랑스의 외무장관은 상대조차 하지 않고 직접 루이 14세에게 터키 황제의 친서를 전하겠다고 하였다. 할 수 없이 루이 14세가 직접 만나기로 하고, 왕은 온통 다이아몬드를 박은 옷을 입고 그를 맞이하였다. 소레만이 서한을 전할 때 루이 14세에게 의자에서 일어나라고 하자 왕은 이를 거부하였다. 그 사자는 그런 다이아몬드는 터키에 있는 말이 더 많이 달고 있다고 왕을 비웃었다.

　1670년 그가 프랑스를 떠나자 프랑스는 자기 궁정의 어리석은 허영심에 대해서는 반성도 하지 않고 터키 사자만을 오만하다고 비웃었다. 루이 14세가 몰리에르에게 ‘터키 의식’을 넣은 대본을 쓰도록 주문한 것도 이러한 시대적 배경 때문이었다.

　〈서민귀족〉은 전 5막으로 된 희극이지만, 그 골자는 소극으로 각 막이 막간의 무용극으로 이어져 있다.

　17세기 프랑스의 부르주아 가운데는 쥬르댕 같은 인물이 많았다. 몰리에르는 이 인물을 피와 살과 하나의 성을 가진 인물로 다루기보다는 인물의 허영심을 소극의 형태로 확대했다. 쥬르댕의 검술 연습, 발음 연습, 그 밖의 모든 쥬르댕의 어리석은 행위는 그 당시의 현실에 대한 풍자이기도 하지만, 그것은 극도로 과장되어 있다.

　〈서민귀족〉 안에서 가장 현실성을 지닌 인물은 쥬르댕

부인이다. 그녀는 학문은 없지만 양식이 있고 애정도 있으며, 유머를 이해할 줄 아는 17세기의 전형적인 부르주아 여성이다. 딸의 남편감으로 거지 귀족보다는 돈 많고 인격 있는 서민이 났다고 하는 그녀의 말은, 부르주와 계급에 대한 최초의 계급적 자각이다.

한편 음악·무용·철학 선생을 스케치식으로 그려내고 있지만, 이것은 당시의 풍속적 희화(회畵)로서 뛰어나다. 그 중 가장 대표적인 것은 철학선생이다. 그 당시 프랑스 궁정에 침투한 스토아 사상에 대해서 몰리에르는 정념(情念)의 입장을 고집하는 가상디 철학의 입장에서 스토이시즘을 공격하고 있다. 철학선생이 물리학을 언급한 것도, 데카르트가 1637년 〈방법론 서설〉과 더불어 〈기상학〉을 쓴 점을 암시하여 철학선생이 맹목적인 데카르트 신봉자임을 풍자한 것이다.

〈서민귀족〉은 터키 의식을 전개하는 목적으로 만든 소극이었기 때문에 여기에 나오는 쥬르댕은 현실 관찰에 입각해서 만들어진 인물이면서도 소극적 풍자의 대상이 된 점에서 쾌활함과 심각함이 양립된 작품이다.

스카펭의 간계

〈스카펭의 간계〉는 현실성 있는 희극이 아니고 환상의 희극이다. 몰리에르는 이 희극의 골격을 테렌티우스의 〈포르미오(phormio)〉에서 빌어 왔다. 포르미오는 인색하고 가난한 식객으로, 책사(策士)이긴 하지만 스카펭 같은 하인은 아니다.

몰리에르는 이 작품을 이탈리아 희극의 기본 형식에 맞추어 만들었다. 그는 인물의 생활에 있어서 뿐만 아니라 무대 전체에 이탈리아 희극의 분위기를 만들려 애쓰고 있다. 무대로는 나폴리가 나오고 이탈리아 희극에 자주 등장하는 터키인이 나타나며, 스카펭이란 주인공뿐 아니라 옥따브, 레앙드르 등 이탈리아 희극에서 유래하는 이름이 나온다.

그는 여기에서 〈포르미오〉에 나오는 데미포와 크레메스라는 두 아버지를 인색한 자로 만들어 버렸다. 그리고 포르미오와 게다라는 두 인물이 스카펭이라는 책사형(策士型)의 쾌활하고 낙천적이며, 발랄하고 자신만만하며, 활동적인 종으로 변모한 것이다.

서민적인 밝은 성격을 지닌 스카펭은 결코 악인도 이기주의자도 아닌, 이탈리아 희극에 나오는 스카피노에서 빌어 온 인물이다. 스카펭은 단순한 책사가 아닐 뿐더러 예술가의 품격을 지니고 있다. 그는 단순히 주인공의 이익을 위하여 농간을 부리는 것이 아니라, 여유 있게 자기의 책략의 성공을 즐기는 인물이다.

〈스카펭의 간계〉에는 몰리에르의 다른 작품에서 볼 수 있는, 풍속 묘사에 대한 관심은 거의 없다.

17세기적 의미에 있어서의 모랄리스트의 사상은 풍속과 밀접하게 연결되며, 모랄리스트는 풍속 비평을 통하여 인간의 정신적·도덕적 측면을 그리고 분석하는 인물을 그려내는데, 성격 희극의 기본적 성질은 이러한 의미에서 '모랄리즘'에 있으나, 이 작품에는 그러한 색채가 전혀 없다.

그러나 이 작품이 이탈리아 희극식의 갈등의 전개만을 멋지게 다룬 것이라고는 생각되지 않는다. 공상에 맡기어 전개되는 것처럼 보이는 갈등 희극의 저변에는 아주 확고한 인간 심리의 관찰 내지 파악이 있다. 스카펭의 기지에만 있는 것이 아니라, 그 기지가 상대방의 심리를 완전히 파악하고 있기 때문에 상대방이 걸려 드는 것이다. 그러기 때문에 이 갈등 희극은 자연스럽게 보이는 것이다.

상상병 환자

1673년 2월 10일 몰리에르는 팔레 로얄에서 〈상상병 환자〉를 초연하여 크게 성공을 거둔다. 이 작품은 3막의 무용이 있는 극으로, 서막의 '목가'는 국왕의 전승을 축하하는 내용이다. 따라서 이 희극은 네덜란드 전역에 출전한 루이 14세의 개선 후 궁정 축하연 때 공연할 목적으로 쓰여진 것이다. 그러나 몰리에르의 협력자였던 뤼지의 음모로 궁정에서는 공연되지 못했다.

이 희극이 당시의 의학과 의사를 풍자한 것이라는 것은 읽어 보면 누구나 알 수 있다. 하지만 작품에서 의학을 저주하는 베랄드나 생(生)에의 집착 때문에 의학을 맹신하는 아르강이나 다 작가의 분신으로, 이 작품은 말하자면 작가의 독백(Solilogue)을 객관화한 것이다.

몰리에르의 병과 작품에 나타난 그의 사고방식을 볼 때, 몰리에르는 의학에 대한 불신과 병에 대한 치료 사이를 방황하고 있었으며, 베랄드와 아르강이 그의 내부에서 끊임없이 싸우고 있었음을 알 수 있다. 철학자로서의 몰리에르는 의학을 부정하지만, 병자로서의 몰리에르는 의학을 긍정하는 형으로 공존해 있었던 것이다. 고로 이 작품은 이하에 절망하여 죽음을 선고받은 남자의, 죽음의 신에 대한 도전장인 것이다.

이 작품의 주제는 작가가 환자로서의 체험을 통하여 당시의 의학이나 의사를 관찰한 것이다.

당시의 의사 전체는 몰리에르가 냉소하고 있는 융통성 없는 정신, 권위주의의 상징이었던 것은 디아프와뤼스의 대사 속에 나오는 혈액순환설을 둘러싼 격렬한 논쟁만 보아도 알 수 있다.

당시의 의학적 이론은 실험이나 관찰에 기반을 둔 것이 아니고 스콜라 철학의 3단논법을 바탕으로 한 공론, 즉 융통성 없는 스콜라주의, 권위주의로 그들은 자기 설(說)의 치료법을 맹목적으로 남용하였다. 아르강은 설사약을 한 달에 열 두 번 먹고 관장을 스무 번씩 하지만, 당시의 의학에 의한 하제(下劑), 관장, 피뽑기의 남용은 몰리에르를 놀라게 한 것이다.

의사에 대한 풍자를 몰리에르는 퓌르공이나 디아프와뤼스의 입을 빌어 하고 있지만, 그가 그러한 의사보다 환자 아르강을 주인공으로 삼은 것은, 원래 인간의 고통을 덜어 주고 목숨을 살리기 위한 의사가 스콜라 철학에 사로잡혀 사람이 죽건 괴로워하건 옛부터 선성시해 온 학설의 면목만 유지하기 위해 비인간적으로 되어 버린 의학을 공격하기 위한 것이다. 그러기에 의학의 만능이나 약의 만능을 믿는 것은 비극이며, 그보다는 인간은 자연을 믿어야 한다고 몰리에르는 외친다. 동물들도 병에 걸리지만 의사의 기술의 지배를 받기보다는 자연의 지배를 받기 때문에 확실하게 병을 치료한다.

당시의 의학의 권위주의는 마치 당시의 재판관, 변호사가 법률 그 자체의 선악을 문제로 삼지 않고 조문을 외거나 그것을 적용하는 데만 애쓰듯, 의사도 고대 학설을 암기하고 그것을 적용하는 해석학인 점에서 당연히 인간의 건강의 적이 되고 있다.

당시의 해부학 교수 가운데 시체를 해부한 사람이 거의 없다는 점이, 의학에 있어서 실험이 경시되었음을 입증한다. 손에 피가 묻는 일을 외과 의사는 천한 일이라고 생각하였다. 또한 임상 강의라는 것이 없기 때문에 의과 대학을 환자의 맥 한 번 짚어 본 일 없이 암기 시험에만 통과하여 졸업하는 자도 많았다. 당시의 의학이 실험 과학이 아니고 주로 변론의 기술이었던 데에 심각성이 있다. 몰리에르가 당시의 의학과 의사를 잘 관찰하고 본질적인 성격을 잘 그려냈기에, 여기에 나오는 인물들은 현실성을 띠고 있는 것이다.

이 작품은 당시의 의학에 대한 현실적인 풍자이지만,

이 극의 형식은 희극이기보다는 소극에 속한다. 그러나 몰리에르가 의학을 경멸하면서도, 일단 중병에 걸리면 의학에 의존할 수밖에 없는 인간의 약점을 그 심층까지 파고든 면에 있어서는 본격적인 희극에 속한다.

316

□ 연 보

1622년   1월 15일 궁중 실내장식가 장 뽀꿰렝의 아들로
         출생. 본명은 장 바띠스뜨 뽀꿰렝(Jean Baptiste
         Poquelin).
1631년   루이대왕학교에 입학하여 1639년까지 수학.
1640년   오를레앙 대학에서 법률학 공부.
1643년   희극 배우 마드렌느 베자르와 사귀게 되어 성명
         극단(盛名劇團)을 설립, 몰리에르라는 이름으로
         단장이 됨.
1644년   1월 처녀 공연을 했으나 관객 유치에 실패.
1645년   결국 이 극단은 파산하여 투옥될 위기에 처함.
         그러나 뒤 프레네(du Frené) 극단에 가담하여 빠
         리를 떠나 13년 동안 지방을 돌아다니며 〈꼬메
         디아 데라르떼〉를 공연함.
1658년   빠리로 돌아와 루이 14세 앞에서 공연, 왕실 소
         유의 부르봉 극장의 사용을 허락받음.
1659년   〈꼴불견의 재녀들(Les précieuses ridicules)〉로써
         뷰레스끄적인 풍속 희극을 개척하여 성공을 거
         둠.
1660년   〈스가나렐르(Sganarelle, ou le cocu imaginaire)〉 공
         연.

1661년   〈남편의 학교(L'école de mari)〉가 성공을 거둠.

1662년   같은 극단의 여배우 아르망드 베자르와 결혼.
          〈아내의 학교(L'école de femme)〉를 써서 여성 교
          육 문제를 취급.

1663년   〈아내의 학교〉로 논쟁이 벌어지자 중상가들로부
          터 자신을 보호하기 위해 〈아내의 학교 비판〉과
          〈베르사이유 즉흥극(L'impromptu de versailles)〉을
          씀.

1664년   장남 루이 출생. 1월 루브르에서 〈강제 결혼
          (Le mariafe forcé)〉 공연. 5월 베르사이유에서
          〈에리드 공주(La pricesse d'Elide)〉 공연. 8월 당
          시의 신앙을 비판한 〈위선자(Le Tartuffe)〉를 썼
          으나 1669년까지 공연 금지됨.

1665년   부활제 후 산문 희극 〈동 쥬앙(Don Juan)〉 공연,
          15회 공연된 후 금지당함. 9월 베르사이유에서
          〈사랑의 의사(L'amour médecin)〉 공연.

1666년   6월 자신의 불행을 반영했다고 생각되는 〈증인
          병자(Le misanthrophe)〉를 발표하지만 그 평은 냉
          담함. 8월 〈할 수 없이 의사가 되어(Le médecin
          malgré lui)〉 공연.

1667년   1월 〈전원 희극(Pastorale Comique)〉 공연. 2월
          〈시실리인(Le Sicilien ou l'amour peintre)〉 공연.

1668년   2월 팔레 로얄에서 〈앙피트리옹(Amphitryon)〉
          공연. 7월 베르사이유에서 〈죠르쥬 당댕(George

Dandin ou le Mari confondu)〉 공연. 9월 그의 최대의 걸작인 〈구두쇠(L′avare)〉 공연.

1669년 이때부터 왕실 흥행물 총감독이 되며, 공격도 줄어들고 영광도 지니게 됨. 10월 〈쁘로소냐끄 씨(Monsieur de Pourceaugnac)〉 공연.

1670년 2월 〈당당한 연인들(Les amants magnifiques)〉 공연. 10월 샹보르에서 〈서민귀족(Le bourgeois gentilhomme)〉 공연.

1671년 1월 팔레 로얄에서 〈피시셰(psyché)〉 공연. 5월 〈스카펭의 간계(Les fourberies de Scapin)〉 공연.

1672년 3월 〈여학자들(Les femmes savantes)〉 공연. 7월 〈에스카르바니아스 백작 부인(La comtesse d′ Escarbagnas)〉 공연.

1673년 2월 팔레 로얄에서 마지막 희극 〈상상병 환자 (Le malade imaginaire)〉 공연. 이 공연에서 주인공 역을 맡은 그는 공연 열 시간 후(2월 21일) 경련을 일으키며 죽음.

1680년 왕의 명으로 꼬메디 프랑세즈(Le Comédie Française) 창립.

옮긴이 민희식

서울대학교 불문과 및 동 대학원 졸업.
프랑스 대통령으로부터 문화훈장 받음(1985년).
서울대, 성균관대, 이화여대, 한양대 교수 역임.
문학박사(불문학).
저서로 《프랑스 문학사》, 《사르트르의 연구》 등이 있으며,
역서로 《감정교육》,《반수신의 오후》,《운명의 시련 속에서》
《초대받은 여자》,《새벽》 등이 있음.

몰리에르 희곡선

발행일 | 2012년 8월 16일 초판 1쇄 발행
2024년 10월 15일 초판 7쇄 발행

지은이 | 몰리에르　　　　　　**옮긴이** | 민희식
펴낸이 | 윤성혜　　　　　　　**펴낸곳** | 종합출판 범우(주)
교 정 | 장웅진　　　　　　　**인쇄처** | 상지사

등록번호 | 제406-2004-000012호 (2004년 1월 6일)
주　　소 | (10881) 경기 파주시 광인사길 9-13 (문발동 525-2)
대표전화 | 031-955-6900　　　**팩 스** | 031-955-6905
홈페이지 | www.bumwoosa.co.kr　**이메일** | bumwoosa1966@naver.com

ISBN 978-89-6365-080-7 03860